時來孕轉當正妻 3 完

文創風 972

景丘 著

目錄

第四十一章 聖旨……005
第四十二章 三個女人一臺戲……017
第四十三章 兄妹打架……031
第四十四章 拜訪徐老天……037
第四十五章 徵糧……053
第四十六章 新的種子……071
第四十七章 共眠……083
第四十八章 徐老天之死……095
第四十九章 小哥兒失蹤……107
第五十章 祭壇設計……125
第五十一章 真假黃雀……143
第五十二章 有孕……161
第五十三章 看戲……175
第五十四章 伏誅……193
第五十五章 並州下雨……203
第五十六章 宋家復爵……211
第五十七章 面聖謝恩……221
第五十八章 奴變……233
第五十九章 反擊……251
第六十章 手刃惡奴……263
第六十一章 晉爵……277
第六十二章 尾聲……291
番外 雙胎……303

第四十一章　聖旨

宋衍大婚，眾僕都領了賞錢，整個宋宅到處喜氣洋洋。

唯有小哥兒的乳母心急如焚，恨不能生出三頭六臂，分身出七、八個自己，這樣才好把這座宅子快速地翻遍。

「小哥兒！小哥兒！快來吃果子了。」乳母不敢太大聲，怕被人發現端倪，只能自己和伺候的丫鬟們一邊找，一邊如往常一般輕聲呼喚。

拜堂時候，乳母抱著孩子來看新娘子，即小哥兒以後的嫡母，後面又帶著孩子去玩小蚱蜢，中間也就打個盹的時間，小哥兒就不見了。她以為小哥兒玩累了，自己去找夫人，沒想到回到夫人的院子裡，裡面空空如也，哪來孩子的身影？

好在夫人在正廳招呼貴客，暫時顧不上這邊，她翻遍了院子都沒找到人，又轉身跑到園子裡找。此刻更不用說了，早已經驚得一身冷汗，背心都打濕一片。

要是真出了點什麼事，她怕是要被夫人把皮給扒掉。

服侍小哥兒的丫鬟也驚得渾身冷汗，幾乎話都說不清楚了。「嬤、嬤嬤，怎麼辦？我害怕。」

乳母跟她一樣害怕，這大宅大院的，要是沒在夫人回來之前找到孩子，後果不堪設想。但是此時此刻害怕抵不了事，還是得把人找到。

「莫要慌張，平嬤嬤最恨下人沒規矩，被她發現妳慌慌張張的，只怕馬上露餡。小孩子貪玩亦是常事，哥兒素日安靜，想必今日人多，瞧見什麼新鮮玩意兒了也未可知，我們再分頭找！」

那丫鬟心裡發顫，害怕地說：「哥兒素日沈靜，今日怎會說不見就不見了。」

乳母看她那模樣就是膽小的性子，恨鐵不成鋼地指揮她。「別說了，趕緊去哥兒平時常玩的園子裡轉一轉，還有那看小蟲的地方，包含池子邊上，平時睡午覺的地方也找！」

她越說越害怕，萬一哥兒自己去水邊玩耍，失足落水怎麼辦？

不敢再深想，幾人分頭行動，假裝辦事，在宋府裡找人。

今日主子大婚領了賞錢，又加上眾僕多數都吃了酒，也沒多少人有心幹事。一群人坐在一起，喝酒的繼續喝酒，摸牌的繼續摸牌，倒也沒注意她。

乳母沒走幾步，就聽到宋府守園子的一個老婆子和幾個粗使丫鬟在那裡竊竊私語。

「今日夫人進門了，若是夫人又生了個兒子，那小哥兒怎麼辦？」一個丫鬟問那婆子。

那婆子一邊吃酒，一邊回答那丫頭。「嘿！老婆子看多了這大戶人家，也就那樣吧。誰叫小哥兒是個庶子呢？要想在宋府取得立足之地，只得靠自己了。」

幾人又嘰嘰喳喳議論一番，越說越難聽。乳母聽得心裡難受，越想越是淒涼，當初以為尋了個好差事，如今也不知道自己何時才能有出頭之日。

她邊想邊走，思緒混亂，沒想到竟然走到正屋的院子這邊。

正院張燈結綵，一片耀眼的紅，守著外面的媳婦婆子們早已累了，此刻打盹的打盹，養神的養神。隔得遠一點，乳母看到平嬤嬤也在打瞌睡，正想著還是避著點好，就發現院子後牆的草叢陰影處，有個小黑影。

她揉了揉眼睛，仔細一看，立刻心中大駭。

此刻，小哥兒一雙黑白分明的眼睛，正定定地瞧著正院宋衍的屋子，也不知在想什麼。

「祖宗，我的祖宗，總算是找到你了。」乳母連忙跑過去。

小哥兒人小，眼神卻很沈靜，看見乳母來了也不驚慌，仍由乳母將他抱起來。

乳母以為他是想父親了，心裡暗忖：到底是小孩子，特別是近期主子又抱了一個小姊兒回來。那小姊兒長得冰雪可愛，性子活潑。雖然主子說這是小哥兒的同胞妹妹，但是小哥兒並不買帳。至今小哥兒還沒給小姊兒這個妹妹打過一個招呼。

乳母是伺候小哥兒的人，最是瞭解他，心中嘆口氣，原本屬於父親的愛被分走了，孩子這麼小，心裡肯定難過。

到底是心疼他，乳母哄著孩子。「哥兒讓我找好久，我們快回去吧，回去吃果子，今日有很多好吃的果子呢。」

小哥兒沒說話，直到乳母鬆口氣抱走他，他還望著正院的方向。

第二日一早，沉歡就腰痠背痛地從床榻上爬起來。

昨天晚上被宋衍折騰一晚上，沉歡只覺得每一根骨頭都不是自己的，腰不是腰，腿不是腿，身上每一處，都似要散架一般。

到底是禮不可廢，今天早上按例，她應該要去給宋衍的母親崔氏請安。

宋衍見她掙扎著起來的模樣，猶如去覲見皇帝，一邊摟著她的腰，一邊附在她耳邊說：「到底是綿綿太過誘惑，夫君沒有把持住。」

沉歡瞪了宋衍一眼，賭氣地甩開他的手。

宋衍這個騙子，她不會再信他了！說好讓她多休息一下，結果根本算不得數。

丫鬟們進來幫她梳妝，淨手洗臉，沉歡從鏡子裡看到自己，臉上一副春睡未醒的粉紅，嗓子有點啞，嘴唇也有點腫，好在上了口脂以後好了一點，至少掩飾一下昨夜的癲狂。隨後她換了一件素雅的淡紫色衣衫，頭上簡單地插了一根碧璽靈芝如意髮簪，戴上耳墜子，這才算收拾妥當了。

她已經換成婦人的髮式，一頭烏黑油亮的長髮高高地盤起來，倒更顯得脖頸修長，優雅美麗。

兩人並肩而行去崔氏的院子裡請安，崔氏見兩人過來也沒說話，她近日也是乏得慌，畢竟四十多歲的人，不比以前。

「新媳沉歡給母親敬茶。」沉歡接過丫鬟們早已準備的茶水，按規矩恭恭敬敬地遞給崔氏。

崔氏不鹹不淡地接過那杯茶，淡淡「嗯」了一聲算是回應，最後還是喝了。

沉歡與宋衍又去太夫人那裡，太夫人此刻正在自己的院子裡逗弄那幾隻小翠鳥，那鳥兒一身羽毛翠綠，模樣可愛。

「我都說了，今日新婚，不用過來。怎麼還是過來了？」

宋衍扶著她的手，將她扶回榻上坐好，這才笑著對祖母說：「孫兒不日就要回南城了，自然要帶沉歡向祖母問安。」

太夫人這才把目光轉到沉歡身上，太夫人林氏與侯夫人崔氏性格截然相反，崔氏既占長又占嫡，在平國公府即是說一不二的大小姐，素來不喜人違背承諾；太夫人卻是出身信德侯府的嫡次女，早已練就喜怒不形於色的本事，沉歡被她細細打量，只覺得太夫人的目光直透人心，再多的心思，在她面前都難以隱藏。

太夫人朝她招招手。「好孩子，過來。」

對這種老年人，做乖巧的好孩子最穩當。

沉歡立刻乖巧地走過去行禮。「孫媳給祖母請安。」

太夫人從上到下地打量了她一番，這才笑起來。「好！好！如今成了家，妳便是我宋家的孫媳婦了。我宋家人丁稀少，希望妳能為我宋家開枝散葉。」

沉歡沒想到居然提到這件事情，一瞬間臉就紅了起來。「孫媳婦記下了。」

一通問安走完，沉歡就急著要回自己的院子了，因為接下來乳母會帶著小哥兒和小姊兒來給她請安，一想到待會兒能夠與兒子與女兒相見，沉歡就忍不住笑容滿面。

宋衍見她一張芙蓉臉笑意盈盈，忍不住俯身在她的耳邊輕聲調笑。「祖母要妳開枝散葉呢，妳可記住了？」

沉歡臉色微紅瞪他一眼。「容嗣！」

宋衍知她心思都在孩子那裡，也不繼續逗弄她，兩人說說笑笑，回了正院。

剛回來正院不久，兩個乳母就帶著小哥兒和小姊兒過來請安了。

小姊兒天真無邪，不知如今和以前有什麼不同，一看到母親就高興地拍手，又是叫娘親，又是要撒嬌。

沉歡怕她失了禮數，又怕孩子難過，這才牽著小姊兒的小手說：「姊兒乖，母親待會兒給妳吃小糖人。」

小哥兒也過來給沉歡請安，除了乳母與祖母，他自幼從未與人如此親近過，見小姊兒纏著沉歡，除了最初的問候之外，就一直沈默地站在旁邊看著。他黑白分明的瞳仁像極宋衍，連沈靜的氣質都如出一轍。

那邊小姊兒撒嬌要母親抱，這邊小哥兒彷彿一個局外人似的，乳母也覺得尷尬，不禁拉了拉小哥兒的衣角說：「哥兒，那是母親呢，再去給母親問候一下吧。」

沉歡從剛剛開始就按捺著激動的心情，此刻端坐在椅子上，就等著小哥兒走過來一點。孩子年紀小卻很沈靜，聽了乳母的話，終於慢慢地走過來，奶聲奶氣的聲音是沉歡在夢中都想聽到的。

「孩兒給母親請安。」

沉歡此刻無法控制自己，排山倒海的情緒瞬間淹沒她的理智，從小哥兒出生到現在，她終於可以被他喚一聲母親了。

千言萬語湧上心頭，那種喜悅與苦澀、擔憂與歡喜交織在一起，糾結擰成一條粗繩，彷佛馬上就要破胸而出。

沉歡極力控制住自己的情緒，對小哥兒伸出手，聲音裡帶著一絲不自覺的顫抖。「哥兒，小哥兒……來，過來讓母親抱抱。」

小哥兒的小臉有點驚訝，他看了父親一眼，黑白分明的瞳仁裡閃出一絲希冀。

宋衍知道自孩子出生以後，自己就遠赴南城，小哥兒雖然衣食無缺，但到底缺少父母關愛，不禁放柔聲音鼓勵他。「去吧，這是你母親。」

小哥兒又看了沉歡一眼，抿著小嘴巴，這才邁著兩條小短腿，一步一步地走過去。

沉歡摟住他，摸著他小小的肩膀，聞著他小孩子特有的奶香味。一瞬間，眼淚如決堤般奔流直下。她知道自己情緒失控了，可她怎麼也忍不住。

這是她的孩子啊！她曾以為這輩子都無法這樣擁抱著他。無數個擔憂的夜裡，怕他在府中過得不好，直到宋衍親口說孩子無礙。

乳母嚇著了，以為哥兒勾起主母的傷心事，畢竟是庶子，要是惹主母不高興以後日子也不好過，連忙要將小哥兒從沉歡懷裡拉出來，一邊賠笑著解釋。「哥兒怕是勾起夫人的傷心事，孩子年幼，望夫人莫要怪罪。」

沉歡搖搖頭，撫摸著小哥兒的頭。「母親也給你吃小糖人好不好？」

「娘親的小糖人只能我吃。」這個時候小姊兒口齒伶俐，鬧起彆扭了。

小哥兒看了小姊兒一眼，眼神冷冷的，不過一閃即逝，馬上轉過頭對著沉歡點點頭。

沉歡開心不已，又將孩子抱了又抱。

宋衍見沉歡的模樣，也知她心情難以平復，嘆了口氣，對乳母說：「中午小哥兒就在正院裡用餐，妳去回稟母親，就說是我的意思。」

乳母見沉歡不似作假，鬆了口氣，又擔憂地看了小哥兒一眼，這才領命去了。

如心早已經偷偷在後面抹眼淚了，她不想被其他人發現異樣，悄悄退了出去，待情緒好一點，這才又回到小姊兒身邊。

中午，兩個孩子都圍在桌子上吃飯，小哥兒從小接受的是貴族禮儀，吃飯就吃飯，話不多，安安靜靜地當一個小小的美男子。

沉歡與小姊兒在南城自由慣了，兩人邊吃邊說著話。

小姊兒與母親分開這麼久，終於可以見到母親，吃一會兒飯就撒嬌要母親抱。

宋衍板著臉。「要講規矩。」

小姊兒怕父親生氣，可憐兮兮地自己坐好，她的乳母連忙幫忙挑好菜，然後餵她。

沉歡看了一眼小姊兒，又看了一眼小哥兒，心中嘆息：大概宋衍從小也是這麼長大的吧！

「小哥兒要喝湯，喝魚湯長高高。」沉歡放柔聲音，哄著他。

孩子看了她一眼，默默地喝了一口。

吃完飯後，小哥兒照例是要午睡的，乳母就過來接他了。

宋衍知沉歡的心思，安撫道：「如今下人都不知妳是他生母，待過些日子，有適當的契機了，再說不遲。」

沉歡也知道現在沒有合適的理由，點點頭，唉聲嘆氣，正打算與宋衍商議一下後續南城的事情，卻見府裡的大管事跑得上氣不接下氣地過來通傳。

「主、主子！」大管事喘著氣飛奔到宋衍面前。「宮裡、宮裡來人了！」

沉歡驚了一跳，和宋衍對望一眼，還是宋衍沈著，冷靜地問：「來的是哪位，可還認得？」

不待大管事回答，一個太監獨有的尖聲尖氣又如同被輪子碾壓過的怪異嗓音，已經傳到沉歡耳裡。

「宋大人不用問了，咱家已經進來了。」

宋衍一聽，神色微變，不過很快恢復正常，連忙迎過去，笑道：「原來是王公公，不知公公……」

來人正是當今聖上身邊的大太監王公公。

崔氏和太夫人得令，此刻也帶著丫鬟、僕婦一群人趕到正院。

王公公年約四十多歲，面無鬚髮，臉上露出個公式化的笑容，隨即神色一整，朗聲道：「並州府同知宋衍接旨！」

沉歡一聽，心中緊張，竟然是聖旨來了，連忙帶著眾人跪下。

崔氏不知今日為何宣旨，亦是眉頭緊蹙，想著之前宣旨還是封府奪爵之時，此刻又來道聖旨，難免心底忐忑。

大律按制度，品官娶妻都要上報朝廷，由禮部登記正妻姓氏、籍貫、年齡等，納妾則不用如此正式。

只聽王公公打開聖旨宣讀。「奉天承運，皇帝敕曰，並州府同知宋衍端重循良、吏治清明，興水利以護良田，重農耕而利民生，獻策積糧以慰朝廷，特恩封爾為並州府知州，其母崔氏淑慎其儀，教子有方，恩封為『宜人』，其妻顧氏柔嘉維則、端方守禮，特同恩封為『宜人』，著宋衍明日即刻赴任，報效朝廷，欽此。」

「宋衍接旨！」宋衍連忙磕頭接過那聖旨。

王公公傳了聖旨，臉上還是怪異的笑容。「宋大人，聖上念宋家子嗣不易，特恩封了宋家新婦，趕緊去謝恩吧！」

待王公公走後，沉歡還是處於驚呆的狀態。

五品宜人，皇上連她是圓是扁都不知道，就柔嘉維則、端方守禮了？

沉歡直接被這天降大餅砸暈了，她才剛成婚不久，人生就開始飛黃騰達了。

京城崔府議事廳。

「聖上居然這麼快就封宋衍為並州府知州，我原以為吏部還要考核一段時間。」崔家其中一位在朝廷領著要職的人率先開口，今日這道聖旨實在是突如其來。

「並州地轄好幾個大縣，知州頭上還有知府，宋衍年輕，這並州的知州也不是那麼好做。」另外一人譏諷出聲，顯然不以為意。

「聖上今天明裡暗裡要他積糧，以我看聖上這是有意為征伐蠻族做的準備。」

平。

「聖上還沒死了這條心啊？」在兵部供職的人簡直苦不堪言，大律周邊其實一直並不太平。

眾人你一言，我一句，好不熱鬧。

崔簡卻並沒有那幾位那麼輕鬆，雙目始終停留在昨日送來的那封密信上。宋衍去南城以後，像一個標準的地方官一樣，興水利，護農耕，在朝廷今年天文數字般的徵糧指標面前，也並沒有慌亂，甚至沒有上書反駁數字不合理，只是平靜地接受了。

「今年天氣乾旱，聽說並州那邊第一季稻子全部減產，可是沒人敢上奏摺給聖上，都怕觸這個霉頭。」

大律風調雨順幾十年，朝廷上至天子，下至百官，其實並沒有將缺雨這事放在心上。如今雨水雖少，但是好歹下過一次，之後想必還是會再下的。

「難道被騙了？」崔簡用手指摩挲著那封信，喃喃自語。

「阿簡，太子殿下明裡暗裡召喚了你幾次，只怕不好再推。」首輔崔入海沈吟道。

他崔家出仕幾朝，一向眼光毒辣，押寶必勝，聖上如今暮年，崔家擇良木而棲，護家族百年榮耀，是他的責任。

好在太子雖性子毒辣了一點，政事頗用心，成王在治世之才上略遜太子，暫不構成威脅。只是不知為何，從那年探花宴，宋衍發病昏睡不醒之後，阿簡就始終有意無意地避著太子。

崔簡將信件收好，這才起身，撣了撣衣服上的縐褶，玩世不恭地抱怨道：「走吧，再不見太子，只怕殿下這把火就要燒到崔家了。」

宋衍、知州、並州、天氣，這一串變故，將意味著什麼？

崔簡眉梢一動，終於還是悄悄上了馬車，去東宮。

第四十二章　三個女人一臺戲

天氣情況對京城影響並不大，百姓們毫不知情，整個京城一片祥和安寧。

然而，此刻的宋府卻是波濤洶湧。

宋衍去了宮裡謝恩，此刻還未回來，沉歡自接到聖旨之後就沒有坐下來過。她一直不停地在屋子反覆踱步，走來走去，著急的時候甚至會加快速度。

沉歡的真實想法和大律的禮制衝突，她甚至不敢保證，宋衍這次能不能站到她這邊。正所謂憂喜參半，喜的是宋衍升遷，恩蔭女眷，憂的是時間如此倉促，並沒有給宋家緩衝的餘地。按朝廷要求的啟程時間，宋衍明日就要動身，待宋衍謝恩回到府邸，也是晚上的事情了。

聖上的意思很明顯，官給你升了，妻子、母親也給你恩蔭了，趕緊麻溜地幹吧，幹不好，你看著辦。

關鍵這還不僅僅是看著辦的問題，能看著辦的是公事，現在的宋家當務之急是處理家事——她能否攜帶孩子跟著宋衍去南城？

如心已經被沉歡踱步踱得找不著北了，忍不住提醒她。「姊姊，這晚飯妳還吃還是不吃？」

沉歡充耳未聞，哪有心思用晚飯，始終眉頭緊蹙。

「少夫人，奴家將幻言、幻娟帶來了。」門外封嬤嬤的聲音響起。

沉歡這才想起，之前崔氏覺得她身邊沒有適合伺候的大丫鬟不成體統，遂指派了幻言和幻娟，一則兩人之前都是伺候宋衍的人，對正院的一切事務都很熟悉，二則兩人雖知道一些內情，但僅是皮毛表面，又是死契，撥過來正合適。

兩人自宋衍去南城後都降成二等丫鬟，那日知道沉歡要成為正頭娘子，都驚得合不攏嘴，不知道這些年究竟發生了什麼事。在平嬤嬤一陣威懾之下也不敢多言，都老實過來了。

沉歡一聽，幻言、幻娟都過來了，崔氏已經為她留在京城的打算做安置了。

不行啊，真的不行啊！

沉歡無心見封嬤嬤，推託說吹了風，頭疼，拒之不見。

三分天注定，七分靠打拚，她把目光放到太夫人林氏的院子方向。

心中沈吟了一番說詞，沉歡動身往太夫人院子走去。

崔氏這邊，卻是另一番景象。

平嬤嬤喜氣洋洋地跟在崔氏後面，今日府裡高興，她奉崔氏的命令又發了一些賞錢，眾僕都興高采烈，盡揀著好聽吹捧的話來講，平嬤嬤滿臉褶子都是笑意。

崔氏自然心情好，連帶著平日裡冷淡的聲音都染上一絲暖意。宋家自奪爵之後被壓了這麼久，如今終於吐了一口惡氣出來。她從小沒受過這種委屈，為了宋家一直忍耐，今日才算是舒爽一些。

高興一會兒，崔氏忽然發現小哥兒不在院子裡，不禁挑眉問海棠。「哥兒怎麼不在屋裡，連乳母都沒看到，又躲懶了嗎？」

海棠連忙彙報。「今日兩個孩子都去少夫人院子裡請安，後面宮裡又來人了，估計還在少夫人那裡呢！」

這少夫人自然就是沉歡了。

崔氏立刻臉一沈，不高興了，喚平嬤嬤過來吩咐道：「去正院將哥兒接回來，小孩子吹不得風，要是著涼就不好了。」

平嬤嬤連連點頭。「這個時間點了，還不帶哥兒回來，我看就是故意的，老婆子我這就去看看。」

海棠不好說話，只得裝作沒聽見，幫崔氏將衣衫打理好。

結果平嬤嬤腳還沒邁出崔氏的院子大門，就見太夫人的貼身大丫鬟過來請崔氏過去。「太夫人說了，公子明日就要赴任，讓夫人過去說說話，解解悶。」

崔氏不疑有他，剛好換好衣裳，便帶著平嬤嬤及海棠往太夫人的院子去了。在她的心裡，媳婦留在京城伺候婆母乃是天經地義的事情，更別提還想攜子女一起離開，簡直就是翻了天。

她作夢都想不到，剛進門的新媳婦沉歡能有這豹子膽。

事實證明，沉歡還真有豹子膽，因為她早就到太夫人的院子裡。

大律的禮制，五品以上的官員，外放是不能攜帶家眷，也就是說，你要當官，就要清心寡慾，為民生做貢獻，為朝廷做表率。

當然七品芝麻官就沒這個煩惱，可以攜帶家眷，因為指不定一輩子都在地方上混呢！有品級約束，皇帝是讓你去地方為人民服務，不是讓你妻子、孩子熱炕頭，當個本地土皇帝。這樣既限制有權力的地方官員扎根太深，不願放手，又以家眷為牽制，讓官員隨時能回到天子腳下，任其差遣。

這也是為何沉歡和宋衍的婚事，必須在京城完成的重要原因。

但是禮制畢竟是禮制，高品官員也有皇上特批妻子隨行的，這些都是朝廷的重要官吏，一般外放時間一到就要回來繼續升官。

對於沉歡而言，宋衍的升遷，以及她五品宜人的身分，既是塊好餅，又是塊毒餅。好的是她得到多少平民百姓所豔羨的五品宜人貴婦身分，如今她可是有誥命的人；毒的是宋衍的知州剛好就是升到五品，若是按常規，她要和夫君分開，並且放棄她在南城的一些安排。婚前不是沒想過這個問題，那會兒自由多了，沒想到宋衍能升這麼快。

太夫人何等老辣，從沉歡繞開崔氏進院子的那一刻起，她就已經料定沉歡所為何事而來。

沉歡是新婦，新婚夫妻才成婚就要分隔兩地，的確不人道，然而禮不可廢，太夫人已經做好沉歡一開口就回絕的準備。

「給祖母請安。」沉歡都走出正院了，又專門折返回去換一件素淨的衣裳出來。

太夫人見她過來，笑了起來，命人上茶，卻不像往日那般親切。

沉歡一看太夫人淡淡的眼神，就知道太夫人的想法，意料之中。

太夫人不開口，一切都要靠沉歡自己，時間緊迫，沉歡整理了一下思緒，開口對太夫人說：「祖母，孫媳今日過來，是有一事憂慮，此事事關容嗣，孫媳覺得不得不講。」

一提到事關宋衍，太夫人就提起精神，想著她要是提隨行的事情，一口回絕就是了。

「何事？」

沉歡似是猶豫，掙扎了幾番，這才囁囁嚅嚅地繼續。「今日都這個時辰了，容嗣去宮裡還未回來，他突然返京，又被召見了幾回，雖說好事在前，但是按理，這個點也該回來了。」

太夫人心中一動，今日確實遲了一些，正常謝恩這個點早該回來了，但面上還是不動聲色。「聖上留他多說一會兒話，亦是常理，不必憂慮，妳也早點歇息吧。」

沉歡哪能就這麼退了，掐自己一把，眼眶濕潤，絞著帕子繼續說：「祖母與母親遠在京城有所不知，容嗣南城赴任諸多凶險，地方豪強縉紳打壓，他幾度遇險，性命堪憂。」

「什麼遇險？」太夫人驚了一跳，這些容嗣的家書裡從未提過。

「先不提之前容嗣為了南城灌溉圖跋山涉水，連個伺候的人都沒有，渴了喝點湖水，累了草地上休息，就連食飯都只能與山民同食。就說回到京城之前，豪強縉紳可以帶著家兵持刀圍了我們的馬車，那日情況危險，差點動手。還有回來之前，還有人帶著本地地痞到容嗣管理的公田大肆挑釁，拔了容嗣為朝廷辛辛苦苦種的稻苗。更有過分的，孫媳不敢再講，怕惹祖母憂慮。」

沉歡一邊掉眼淚、一邊控訴，聲淚俱下，將宋衍南城赴任，說成世家公子從雲端跌進泥裡的苦難掙扎，被地方豪強欺負的小可憐地方官。

「還有這等事？」太夫人已經不是吃驚了，她是震驚。

南城離京城很遠，宋衍的家書確實從來是報喜不報憂。

震驚之後，太夫人又開始沈默，伴隨沈默的是對孫子宋衍的無限憐愛。明明是神采飛揚的少年郎，文武兼備，卻偏偏遭遇侯府如此劫難，想著兒子去世時，宋衍獨自燒紙錢的模樣……

太夫人嘆口氣，很是心疼孫子。

沉歡知道只有以宋衍目前的處境才能說動太夫人，吸了一口氣，將最重要的話在心裡再順一遍，然後起身附在太夫人耳邊，悄悄又說了一些。

總之，當崔氏帶著平嬤嬤和海棠來到太夫人的院子時，沉歡正乖巧地替太夫人沏茶，看起來一切都很正常。

三人問安以後，坐下開始說話。

都說三個女人一臺戲，沉歡的戲已經差不多收尾了，崔氏又是明顯不喜歡演戲的人，餘下太夫人根本不想演戲，喝了茶就先向崔氏說：「聖上今日突然頒了這道聖旨，聽聞並沒有走吏部。」

崔氏點點頭。「確實如此。」

拿到聖旨不久，她就派人去弟弟平國公那裡問過話，崔汾也是略驚訝。

「這五品宜人的誥命雖比妳之前低，但多少是個好兆頭。」太夫人嘆口氣。

崔氏倒是心中歡喜。「母親，於媳婦而言，誥命不誥命的倒是其次，容嗣能走得容易一些才是要緊的。」

太夫人點點頭。「今兒喚妳過來，是商議一下沉歡的去留問題。」

崔氏神色一僵，這才回過神來，太夫人林氏是朝廷欽封的康樂老太君，封號還在，她若向朝廷請書，聖上多少肯定是要顧念一下舊情的。

崔氏看了沉歡一眼，心中又是其他考量。

在來的路上，她剛剛訓斥完平嬤嬤，原因是平嬤嬤在路上說，這陰女做正頭娘子就擺架子云云。

崔氏向來護短，雖然嘴上對沉歡仍沒有太多溫言溫語，但是進了宋家的門，就是主子了，她素不喜奴僕不敬，平嬤嬤雖是老人，今天還是被訓斥了。

另外，崔氏倒是想起早些時候余道士說的話，那時候她對陰女一事也是死馬當活馬醫，侯爺當時都說她瘋了。可是瘋不瘋只有她自己知道，先是宋衍真的醒了，然後孩子也生下來了，平安活到現在，接著宋衍又升遷了，莫非真如當初所說「世子命格特殊，須得全陰命格的女子方能沖抵疾患」？

太夫人見她不說話，知道她心裡不情願，不禁拉起崔氏的手語重心長地繼續勸慰。「容嗣少年掌家，自幼敏而好學，歷風雨而不懼，如今宋家都是婦孺，他的安危比一切都重要。

沉歡若是跟過去，一則有個貼心的人照應，二則南城事務她待得久了，也多少有些幫襯。」

沒錯，沉歡說服太夫人最大的理由就是可以幫襯宋衍積糧。如今南城情況不好，宋衍雖然升了知州，但是面臨的卻是比前任知州更多麻煩的事情，是福是禍還未可知。

崔氏懂太夫人的意思，只是心中多少沒這麼快接受。「若是按朝廷的慣例，只怕沉歡、哥兒或者姊兒，一個都不能帶走。」

太夫人點點頭。「我何嘗不知本朝禮制，然帶誰走，誰能走，誰不能走，聖上今天已經說得很清楚了。」

崔氏細細地回憶今天王公公宣讀聖旨的話，並未覺得有何不妥及暗示，倒是催糧一事令她記憶深刻。她只有宋衍一個親生兒子，最怕他有任何意外。

沉歡聽太夫人如此說，忽然腦海中靈光一閃，接著她再細細琢磨一下聖旨的內容，慢慢地也意會過來了，莫非……

聖上也料到宋家目前這情況，給她恩封了，還方便她跟著去？

太夫人端起茶盞輕啜了一口，又將茶盞置於桌上，站起來慢慢地走到窗戶旁邊，盯著外面的月亮。「沒錯，帶誰走誰能走，今日聖旨宣讀之時，已經言明。月有陰晴圓缺，滿則溢，盈則虧，乃世間至理。我宋家恩蔭了幾代，如今擔子落在容嗣的身上，倒是不扛也得扛了。就讓沉歡攜著哥兒、姊兒隨行南城吧。聖上那邊，由我親自進宮去請恩。」

由太夫人請恩，隨個家眷，本朝先例多了去，聖上定會准的。

崔氏沒想到太夫人一錘定音，心裡到底不舒服。「皇上到底還是念著宋家子嗣單薄。」

最終定論：只能帶回去一年，幼童三歲啟蒙時，必須返回京城。

一年就一年，沉歡咬牙，以後的事以後說，一年之後還不知道什麼情況呢！

大事解決，沉歡這才拖著疲憊的身軀回到正院。兩個孩子都已經吃飽玩累了，兩人互不相讓，都搶著爬到沉歡的床上睡著了。

是故沉歡進去的時候，乳母正在抱孩子起來。

沉歡輕手輕腳走到榻邊，低頭看著床上熟睡的兩個孩子，小姊兒胖一點，睫毛鬈翹，像一個年畫娃娃，此刻睡得很熟；小哥兒略清瘦，要高一點，此刻那雙沈靜的眼睛閉得緊緊的，在睡夢中都有一絲絲顫動。

畢竟太小了，沉歡心中實在捨不得，俯身下去用臉頰分別貼了貼兩個孩子的臉，又摸著他們的小手，感受著特有的體溫，心中愛憐不已，這才依依不捨地讓乳母抱走了。

沉歡心事已了，反而無心睡眠，晚上替宋衍更衣，不是拉錯了帶子，就是拿錯了衣服，一副魂不守舍的模樣。

宋衍嘆口氣，將她胡亂點火的手捏住。「綿綿，再胡鬧，我可要將妳抱到榻上去了。」

沉歡這才臉紅紅地清醒過來，宋衍回來就已經知道太夫人的安排，他並未多問沉歡，只是捏著沉歡的手，告訴她。「南城情況並不算好，我原本想著你們都在京城安全一點。」

沉歡悶悶不樂。「我知道，可我不想。」

宋衍見她那樣子，可憐兮兮的，不禁將她拉到懷裡。「如今既然祖母都准許了，那就都走吧，到時候辛苦可別哭。」

沉歡連忙點頭。

太夫人連夜遞了謝恩的摺子，聖上准了。

翌日上午，一切打理妥當，宋衍就攜著家眷出發回南城了。

因攜帶幼童上路，行程自然走得不快。沉歡算了一下時間，若是路上不出意外，那麼到達南城的時間，剛好是第二季種子下地了。

過了宿州府再走一段日子就能到達南城，因宋衍有事去拜訪宿州府的知府大人，這日，沉歡下了馬車就帶著兩個孩子進客棧休息。

兩個乳母都沒有坐過這麼長時間的馬車，其中小哥兒的乳母更是第一次走這麼遠，而小姊兒的乳母則是來了一趟，又折返一趟，走了一段時間，兩人都是腰痠背痛，苦不堪言。

大人尚且如此，兩個孩子就更是辛苦了，特別是小哥兒，小孩子從未出過遠門，剛開始幾天還覺得好奇四處都有可看的，越走到後面就只剩下官道上的沙塵飛揚，道路漫漫了。

乳母苦不堪言，不禁心中抱怨。這新來的主母也不知道究竟怎麼想的，好好的官家夫人不做，非要帶著小哥兒出來吃苦，連累自己也受苦受累。

路上沒有太多玩樂的東西，兩個小孩都很無聊，這是他們第一次待在一起這麼長的時間，小姊兒慣愛撒嬌，在南城的時候就是這樣，時不時就要娘親抱抱，要親親還要舉高高。

小丫頭嘛，大多都這樣，只要沉歡不忙，她都會盡力滿足小姊兒的願望。

只是每當如此，小哥兒都是一個人默默地坐在一邊，有時候看著沉歡與小姊兒一起玩，有時候加入一起說話，卻說得並不多。他在宋府是主子，沒人敢親他，崔氏自幼受的教育，更沒這親親、抱抱、舉高高的思路存在。

每當小姊兒和母親撒嬌的時候，沉歡都會招手讓小哥兒過來一起，但是每次小哥兒都是用那神似宋衍的黑黝黝的眼珠看了一會兒，就扭頭去找乳母了。

「哥兒乖，哥兒乖，乳母陪著你。」乳母輕輕地抱著孩子，哄著小哥兒。

每當這時候，沉歡心裡就又是心疼，又是挫敗，又是嫉妒，畢竟是自己親生的孩子，卻跟自己不親近。

這天一得空，沉歡問那乳母。「哥兒平時在宋府，一天的作息時間是怎麼安排的？」

乳母見沉歡問她，連忙答道：「每日哥兒早晚要去給祖母請安，中午小睡一會兒，有時候不睡，上午和下午帶著哥兒在園子裡玩一下，其餘時間要麼乳母陪著玩，要麼自己玩。」

沉歡又問：「哥兒似乎不愛說話，男孩子好動，平時可有讓他多活動？」

乳母聽沉歡問這個，臉上有點僵硬，好半天才囁囁嚅嚅。「哥兒矜貴，之前在府裡，夫人怕哥兒受傷，多數時候都在院子裡，若是颳風，更是不准抱出去。」

宋家遭奪爵之後，崔氏搬出侯府，那時候諸事繁忙也沒精力注意孩子成長，待安頓下來宋衍又走了，是故大多數時候，都是小哥兒與乳母在一起。

再加上崔氏遷怒下人的行為由來已久，乳母怕帶著孩子多活動，稍不留神摔傷了，都是一陣責罰，因此為了少擔責任，多數時候都抱著孩子或者在院子裡小範圍活動。

沉歡聽了個大概，沈吟了一下，斟酌著用詞，繼續問乳母。「哥兒可曾問過他的母親？」

這問題不好回答，乳母有些尷尬，好半天才組織好語言。「哥兒生下來母親就沒了，對母親概念不深，每日都是丫鬟、僕婦伺候。」

小哥兒的心裡其實並沒有母親這個概念，從未吃過母親一口奶，也沒享受到母親的愛撫，自然對母親這個概念是模糊的。

這個認知讓沉歡如萬箭穿心般難受。

乳母以為沉歡想打聽小哥兒生母的情況，怕不回答又惹主母不悅，猶豫好一會兒才又繼續補充。「剛學說話那會兒，哥兒看到守園子的婦人攜子摘果子，回來後曾纏著我喚娘親，奴婢不敢以哥兒生母自居，自是拒絕。哥兒當時還哭鬧了一陣子，後來被夫人知道後大發雷霆，說我亂了尊卑，賞了奴婢好幾個巴掌，又罰我兩個板子。那日小哥兒也在場，後來再也沒有胡亂叫過我娘親了。」

沉歡聽到這裡只覺得心裡堵得慌，連喘氣都困難。明明崔氏把最好的物質都給了這孩子，甚至為了他的未來，將孩子記到自己的名下，可是唯獨沒有給他母親以及母愛。

乳母看沉歡悶悶不樂，以為沉歡心裡不喜歡小哥兒，不禁惴惴不安，深悔自己多舌。她應該悄悄地暗示主母，哥兒是個聽話的好孩子，會親近主母的。

與乳母交談完畢，沉歡就吩咐兩人都把孩子抱到自己的房間。

宋衍不在，沉歡讓如心去找客棧掌勺的師傅，替兩個孩子蒸一碗新鮮的蛋羹。待蛋羹蒸好，果然又香又軟，鮮滑爽口。再配上熬了一晚的濃稠米粥，米粥裡再添加一些雞肉末和一些新鮮蔬菜，這才讓兩個孩子都吃飽了。

沉歡倒是注意到一個細節，糧食果然都漲價了，他們返程的時候吃食用度，比來的時候都高了不少。

第四十三章 兄妹打架

近日住店的人少，掌櫃的也無聊，閒著沒事就把自己地裡長出來的小葫蘆，串了一串做了個玩具。小葫蘆疊了五個，下面掛了一個紅色的穗子，就給小哥兒玩。

小哥兒從沒見過這些新鮮玩意兒，伸手就接過去。

乳母喚小哥兒喝水，哥兒就把小葫蘆放到小木凳上過去喝水，回過頭就看到小姊兒正在玩小葫蘆。

小哥兒看了一眼，小小的腦袋垂了一下也沒說話，邁著小小的腿，慢慢地走到沉歡的旁邊，看沉歡收拾東西。

沉歡看小哥兒過來，立刻露出一個溫柔的笑容，一邊吩咐乳母去拿些新鮮的水果進來，一邊摸著小哥兒的頭髮。「哥兒，來看娘親收拾東西呢。」

小姊兒一看小哥兒在沉歡那裡，立刻扔了手裡的小葫蘆，馬上跑過來，抱著沉歡的腿，非要沉歡抱她。「娘親抱，娘親抱！」

此刻兩位乳母都不在，只有如心在旁邊，如心見小姊兒跑過來打斷沉歡和小哥兒說話，趕緊哄著她說：「姊兒乖，姊兒乖，如心姨抱妳好嗎？」

「我不！我要娘親！我要娘親！」小姊兒當時見沉歡與小哥兒說話，急得把小葫蘆一扔就跑了過來。

那小葫蘆原本就是臨時做的，被她一胡亂折騰，線頭就鬆了。原本疊在一起的五個小葫蘆，此刻「啪啪」左一個、右一個地掉在地上。

「小葫蘆！」小哥兒用奶聲的童音發出一聲怒吼。「我的小葫蘆！」他邊喊邊跑回摔葫蘆的地方，左一個、右一個地去揀。

他畢竟人小腿短，那小葫蘆掉在地上又彈起來，現在向四面八方發散，左邊的彈到右邊，右邊的彈到左邊，他揀了好幾下，都沒把五個都揀齊，額頭上急出了汗。

小姊兒並不知道自己幹了什麼事，只是一味纏著沉歡抱她。

沉歡已經敏感地發現到小哥兒的眼圈紅了，她連忙把小姊兒抱著她的小手先掰開，過去幫著小哥兒把小葫蘆揀到一起。

小葫蘆此刻全部散了，其中還有一個磕著了，葫蘆底破了一個洞，再用點力，大人的手都可以把葫蘆捏碎。

小哥兒原本白淨的小臉徹底燃起怒火，滿臉通紅，他將小葫蘆捏在手上，走到小姊兒面前，將小葫蘆扔到小姊兒的身上，大聲喊：「妳賠我小葫蘆！」

小姊兒猝不及防被葫蘆打到左臉，一陣火辣辣的感覺襲來，她立刻就嚎啕大哭起來，哭聲震天，響徹雲霄。

小哥兒的眼圈也紅紅的，見到她哭得厲害，他硬是沒有讓眼淚掉下來，小嘴巴閉得死緊，抬頭又見到沉歡在看他，心底多少有點害怕，低著頭小小聲。「母親……」

小姊兒覺得自己莫名其妙被葫蘆砸了，越哭越委屈，越哭越傷心，不明白為什麼母親忽然會多出一個孩子，還不關注自己。

「你胡說，你亂叫，這是我的娘親，才不是你的娘親呢！嗚嗚嗚嗚！」

「姊兒休得胡說！」沉歡沈下臉，訓斥小姊兒。

小姊兒呆了一下，從未見過母親如此凶她，停頓一下之後，哭得更凶了。

小哥兒先是抬頭看了小姊兒一眼，小臉蒼白，然後低垂著腦袋，垂得越來越低，黑白分明的眼裡，滿是被傷害的委屈和憤怒。

大人的世界裡總有很多彎彎曲曲，小孩子的世界卻總是單刀直入，往往也是最殘酷的。

腦袋垂了一會兒，小哥兒原本紅著的眼眶，再也忍不住，淚水從大大的眼睛裡掉下來，一滴一滴掉落在地上，打濕客棧的地板。

看到此種情形，沉歡又怒又驚，而後是無盡的心痛，連忙過去將小葫蘆全部撿起來，重新塞到小哥兒的手裡，握著他的小手說：「哥兒乖，這小葫蘆娘親重新串一個給你好不好？娘親的手很巧，可以給哥兒串好幾個小葫蘆呢！」

小哥兒用小手擦乾眼淚和鼻涕，童音裡有不甘也有不屑。「我才沒有娘親呢！」說完，用力甩開沉歡的手。

沉歡手臂僵直，瞬間覺得心臟受到暴擊，心裡堵到極致，眼圈瞬間就紅了。

小姊兒見娘親沒有管自己，反而去管小哥兒，一時間委屈到極致，奶聲奶氣地大吼道：「娘親壞，娘親不管我了！嗚嗚嗚嗚，娘親壞！」

她放聲大哭，邊哭邊往門邊跑，畢竟年齡小，一邊哭又一邊步子邁得大，還沒跑到門邊就左腳絆著右腳，撲通一聲摔倒在地上。

「哇！」這次不是哭聲震天了，整個客棧的屋頂都要被掀了。

小姊兒頭上撞了個紅紅的大包，哭得鼻涕眼淚齊下，一雙眼睛腫得睜不開。沉歡被驚了一大跳，飛身過去把臉著地的小姊兒抱起來。

看見孩子摔成這樣，沉歡又心痛又心急，這次忍不住，眼淚「啪嗒啪嗒」直往下掉，兩頭不討好，所有委屈都在此刻迸發。

當宋衍返回客棧的時候，就看到兒子在哭，女兒在哭，連妻子也在哭。

這可真是……雞飛狗跳啊！

當晚，安撫好兩個孩子，沉歡坐在桌子前還在抹眼淚。

「我也知道急不得，道理我都懂，可……可我就是難受。」

宋衍無奈，走到桌前將沉歡摟在懷裡。「畢竟才回來，孩子又小，在一起久了，自然感情就會深厚起來。姊兒與哥兒自幼生長環境不同，兩個孩子熟悉彼此還需要點時間。孩子哭，妳也哭，豈不是更糟？」

宋衍說完，用手指溫柔地拭去沉歡眼角的淚，摟著她的腰，吻了吻她的頭髮。「好歹都是親生的，母子連心，血脈相連，過段日子都會好的。」說完又打趣她。「我的綿綿遭遇多大的委屈都不曾哭，怎麼一見兩個孩子，就跟水做似的？」

沉歡依偎在宋衍的懷裡，聽著他有力的心跳，混亂的心情慢慢平息下來。她蹭了蹭宋衍的脖子，悶悶地問：「小哥兒什麼時候才能如姊兒這般親近我呀？」

宋衍低頭看著她，沉歡此刻雪白的皮膚因哭泣而染上一層薄粉，一雙眼睛矇矇矓矓像一層慵懶的霧，她原本看著就嬌豔明朗，此刻哭過了，倒顯得西子捧心，一副不勝嬌弱的嫵媚之態了。

沉歡嘴裡原本還在叨念，忽然嘴被封住了，一吻完畢，她就被宋衍抱到床榻上。

宋衍欺身壓著她，一手解她的腰帶，一手拉下床幃，溫熱的氣息噴在耳邊。「兒子什麼時候親近我先不管，此刻倒是夫人管管我，讓我親近親近。」

一夜春意無限。

第四十四章　拜訪徐老夫

總之，就這麼一路雞飛狗跳，一家人總算是回到南城。

然而，令兩人沒有想到的是從宿州往並州的方向，路上已經開始有流民出沒。一打聽才知道，並州附近幾個縣，乾旱加劇，田裡的稻子，收成只有往年的一半。

沉歡與宋衍對視一眼，心中都暗含驚訝和考量。

南城這邊，喜柱兒早已經望眼欲穿，帶著南城的僕人在梧桐巷的宅子裡等了又等，終於在暮色時分看到宋衍的馬車。

宋衍如今已有家室，喜柱兒帶了幾個小廝將宋衍在衙門的一些貼身之物都搬到梧桐巷的宅子。這房子原本很空，如今有沉歡、孩子，再加上喜柱兒和如心，一下就住滿了人。

沉歡之前所購的宅子，專門用來給雇傭的佃農住。

兩個乳母和如心三個人負責鋪床、收拾房間，喜柱兒招呼廚房的大娘子，給幾人做了一桌子飯菜。

這次因宋衍成婚的緣故，在京城花了一點時間，用完飯，陶導和其他幕僚早已候著宋衍了。

宋衍走了以後，沉歡才抽出時間來細細盤問喜柱兒南城的情況。

「姑娘有所不知，不對，現在該喚夫人了。」喜柱兒笑起來，真心為沉歡感到高興。

「咱們的收成都算好的，尤其是我們改良的新稻種是最厲害的，產量比徐老天公田裡種的還高一些。」喜柱兒喜孜孜，很是得意。「但是今年確實乾旱，我已經按您早些時候的吩咐儲水了。不過，還是種普通種子的農戶就慘了，這一季雖不至於枯死，但產量卻只有往年的一半。」

沉歡放下心來，點點頭。「這就好，我在京城就一直掛心著新稻子的情況。」

喜柱兒笑道：「還是夫人厲害，那堆肥的法子很好，佃農們也用得順手。」

原來沉歡在離開京城以前，就覺得天象不穩，從稻神祭祀大典開始，她就覺得與《農務天記》裡記載的異象很相似，但是當時天氣看上去還行，於是沉歡也沒聲張，只是讓喜柱兒有意識地去儲存一些水源，以備不時之需。

她用了徐老天的種子育苗，自己又稍加改良，這一批種下的全是新的抗旱稻種，沉歡可以確定徐老天的種子確實有高產空間，下等田地都能種出這個產量。那五塊上等田更不用提了。

兩人又說了一會兒話，喜柱兒把近期地裡、公田發生的事情，還有徐老天的情況都給沉歡細細說來。

「徐老天身體不好，倒是丁楚楚經常過去照顧。」

「丁楚楚？」

沉歡沒說話了，決定等這邊安頓後就去看一看徐老天。

今日宋衍很晚回來，本就舟車勞頓，還有公務在身，沉歡心疼他，見他回來立刻過去替他更衣，又親自端一盆水來幫他淨手。

宋衍握住她的手。「這些事情何勞妳親自動手，只是家裡人多了，到時候讓喜柱兒去採買幾個合適的丫鬟給妳使喚。」

沉歡想一想也對，這勞動力確實要好好調配一下。

等宋衍沐浴更衣完畢，兩人才有時間好好地坐著說一會兒話。

「總之先安頓下來，今日累得慌，等明兒有空，我再去公田那邊看看。」

宋衍看沉歡安排得頭頭是道，腦袋一邊說、一邊搖晃，又覺得好笑。「不用那麼著急，徐老天的事，衙門已經安排醫館的人過去，畢竟年紀到了，只能多將養。」

宋衍說完，又拿了一個盒子出來。「我諸事繁忙，如今朝廷正是用人之際，我升了知州，朝廷又調了新的同知來補缺，近幾日都顧不到妳這裡。」說完又抬眸看了沉歡一眼，聲音溫柔。「妳嫁與我為妻，這後宅的事自然由妳掌管。」說罷就將盒子遞給沉歡。

沉歡不明所以，伸手接過宋衍遞過來的盒子。只見盒子用烏木雕刻而成，外表並無任何華麗的花紋，但是顏色烏黑油亮，一看就不是凡品。

待她打開盒子，再將裡面的內容物仔細拿出來從頭到尾看一遍。

媽呀！

沉歡臉上是一副「這一定是我看錯的」癡呆表情。「宋家竟然在並州擁有這麼多田地。這……」

先不論盒子裡的房契、地契、銀票以及各種鋪面，甚至還涉及私鹽經營，光是田契就已經橫跨整個大律。在並州府四縣，南城、南元、金光、陳石竟然都有數量不少的土地，其中大部分都集中在南城與金光兩個縣。

這是沉歡完全沒有料到的，怪不得宋衍敢與本地豪族開幹，瓦解他們的勢力，原來是早有安排。

銀票就更不用講了，單是盒裡就有五萬兩不止。沉歡一輩子都沒見過這麼多銀子，由此可知她當初向侯夫人崔氏要一千兩白銀根本就是九牛一毛。

宋衍看她的表情就知道她在想什麼，忍不住笑了起來。「妳何故如此表情？我宋家是大族，只是人丁少一點，但是該布局的卻是早已安排妥當。何況，這些僅是我的私產而已，有些目前不宜走漏風聲，都有管事專門跟著。」

「這些還只是私產？」沉歡覺得自己開始結巴了。

昌海侯府到底多有錢？宋衍還這麼年輕啊！潛力無窮！

宋衍點點頭，讓沉歡把盒子收起來。「如今侯府還封著，我們在南城也不適合太過招搖，倒是要委屈妳了。」

不委屈！一點都不委屈！沉歡瘋狂地搖頭，她已經樂開花了。

這麼多銀子，她躺著用也用不完啊！

宋衍卻是摸著她黑亮的頭髮，淡笑不語。

晚間用飯，沉歡又命乳母將兩個孩子都抱過來給宋衍瞧瞧。小哥兒向來孺慕父親，此刻看到父親在家，就睜著大黑眼怯生生地一直往這邊看。

沉歡心中暗暗嘆氣，大律的禮教向來推崇的是嚴父育子，像侯府、伯府等高門，子女自幼都是乳母隨侍，母親尚且接觸得少，更何況是父親。

即便是宋衍小時候，也只有晚上才能見到父親，有時候兩、三天不見亦是正常。至於大多數時候父親過來，則是要查驗功課，檢查學習情況，優則表揚，差則訓斥，有時候還會責罰周圍隨侍僕從。

總之，在沉歡看來，父親自然是山一般巍峨的存在，不過卻甚少親近。

小哥兒更是如此，當初沉歡離府，後來宋衍外放，用現在的話來講，他就是一個高門大戶裡留給奶奶帶的標準留守兒童。這個奶奶是標準的大律貴婦，出身望族，孩子的飲食起居一律由僕婦完成。

其實這也怪不了崔氏，畢竟宋衍都是如此長大，宋衍的弟弟又因病夭折了，崔氏在育兒方面其實並沒有足夠的經驗和耐心，更別說像沉歡這樣，像個民間婦人一樣抱孩子了。

小姊兒自幼與母親一起同吃同住，喝著母親的奶長大，並未覺得有什麼不妥，只是很自然地親近。此刻有乳母伺候著，正在吃東西。

小哥兒則是吃兩口看一看父親，吃兩口又偷偷地看一眼沉歡，都沒怎麼吃，最後默默地垂著小腦袋。他性格比小姊兒安靜多了，也沒那麼多言語。

沉歡知道他肯定是想親近父親，又不好意思開口。見他垂著頭，心裡疼死了，立刻站起來，走到小哥兒旁邊，將小哥兒從椅子上抱起來。

小哥兒嚇了一跳，震驚地望著沉歡，小手緊緊地抓著她。

沉歡溫柔凝視著小哥兒，輕輕拍了拍他的背，問：「哥兒，還吃嗎？」

小哥兒感受著沉歡暖暖的體溫，像小被窩，還有和乳母完全不同的香味，淡淡的像鮮花一樣好聞，他搖了搖頭。「不吃了。」

沉歡笑起來將小哥兒抱著掂了一掂。「讓娘親抱抱，看哥兒長胖了沒有？」

小哥兒被她掂得一驚呼，小手摟住母親的脖子。

然後沉歡忽然轉過身，將孩子放到宋衍的懷裡。「來，讓爹爹也抱抱，讓爹爹看看有沒有長胖。」

宋衍明顯一愣。

沒有人料到沉歡會來這一齣，這就是在南城的好處，想幹麼就幹麼！

這次不僅乳母嚇了一跳，連小哥兒自己也嚇到了，他抬起頭，有些害怕，明亮的眼睛裡又有點渴望，怯怯地望著父親，最終低著頭小聲地喊了一聲。「爹爹。」

宋衍看了沉歡一眼，沉歡一直向他眨眼睛。

他很快恢復往常的表情，低頭看著懷裡小小的男孩，黑黑的頭髮，漆黑的眼睛，眉目極肖似自己，不禁心中一軟，這個孩子是他與沉歡的第一個孩子。

他放柔聲音，輕輕地撫摸一下小哥兒的頭。「讓爹爹抱抱是不是胖了？」

說完，他將小哥兒抱起來，也學著沉歡的語氣和動作掂了一掂，小哥兒歡喜得臉都紅了，抱著父親的脖子不撒手，一邊驚呼，一邊情不自禁地笑出聲來。

宋衍也笑起來，竟覺得此刻是以前從未感受過的放鬆。

沉歡從返回京城第一次看到小哥兒開始，從沒見過兒子如此高興，心中既是嫉妒、又是酸楚，下定決心不管付出多大努力，一定要彌補小哥兒身上的缺失。

小姊兒自然是不服氣，也吵著要爹爹掂一掂。兩個孩子都輪流鬧一番，這頓飯才算是吃完了。

晚上沉歡沐完浴回房，卻看到宋衍盯著桌上的字條愣愣出神。

她極少看到宋衍如此，不禁好奇地走過去，將手放到宋衍的肩上，疑惑地問：「怎麼了？」

紙條上寫著字，沉歡低頭一看，一個寫著承擔的承字，一個寫著芝蘭的芝字，寓意不言而喻。

沉歡瞬間懂了，前者是宋衍為小哥兒取的名字，後者則是小姊兒的名字。

宋衍將其中一張紙條拿起來，帶著一些回憶垂眸。「我幼時甚少與父親親近，自開蒙以後就是功課不斷，記憶中父親很少抱過我。」

哎喲，夫君這模樣真的太慘了。

「孩子都是自己的，要多親近才有感情。」沉歡在宋衍旁邊坐下，一邊自己攏著頭髮，一邊笑盈盈地講述。「再怎麼血緣相連，彼此不夠瞭解，就容易生出誤解，何況哥兒之前不在我身邊，我很心疼。」

宋衍想起孩子孺慕的眼神，也是長嘆一聲。「今日抱著小哥兒，才驚覺孩子都如此大了，當初要不是妳，想必現在我依然是孤家寡人。」

說完，宋衍將紙條推到沉歡面前。「兩個孩子如今都大了，還未正式取名，我原本也是想著，妳回來之後再決定。如今是時候了，這是我為兩個孩子擬的名字，夫人看看。」

沉歡接過那紙條，想著之前小哥兒歡喜的眼神，低頭放柔聲音。「我曾給姊兒隨便起了個小名，原本也是想著等大一點再取正式的名字，如今哥兒也在身邊，一切正好。這兩個名字我都覺得甚好。」

宋衍笑起來，兩人將孩子的名字正式定了下來。

小哥兒叫宋承，小姊兒叫宋芝。前者取自承天之佑的承字，後者取自芝蘭玉樹的芝字，兩個名字都傾注了他的感情。

特別是那個承字，沉歡明白，小哥兒在宋衍心中的地位，既嫡又長，必是要為他謀劃未來。

沉歡絮絮叨叨又講了一些自己的見解，忽想起崔氏只允兩個孩子在南城一年，而宋衍還不知道會在南城待多久，於是噼哩啪啦說了一堆關於未來的安排，包括置辦勞動力、採買丫鬟等。

「這些都隨意，妳看著安排就好。」宋衍的眼神隨著燭火的光忽明忽滅，似乎在思考什麼，隨後他抓起沉歡一縷微濕的頭髮，笑起來。「一年之約已經夠了，我們不會在南城待太久的。」

沉歡還想問個明白，宋衍卻將她抱起來，想問的嘴被堵住，最後直接忘光光了。

等家裡一切安頓妥當，沉歡終於可以騰出時間和宋衍一起去探望徐老天。

這一日，馬車載著沉歡和宋衍在南城郊外一路前行，天氣又是大晴天，沉歡在馬車裡坐一會兒就覺得悶熱難當，後背都快打濕了。

春天那會兒覺得還好，畢竟晴朗，到了夏天就真的熱了。

「今年夏季怎麼如此炎熱？」

真的比去年熱多了。

徐老天的房子在南城最大片的公田附近，一是方便他種植，二是徐老天本人不喜喧鬧，喜歡清靜一點的地方。

徐老天無兒無女，這公田附近的宅子就是宋衍撥給他的。

如今這一大片的公田就是徐老天和宋衍的試驗田，育苗部分自然是由沉歡來完成，如今早已完成第一輪收割，在宋衍與沉歡回京的途中就已經進行第二輪的下苗——當然，全部是新稻種。

這樣做風險很大，畢竟新稻種沒有大規模試種，病苗、死苗的可能性很大，一旦中途出現問題，錯過種植的季節，不用天氣影響，直接顆粒無收，結不出穗子。

徐老天當時也拿不准，將可能發生的後果與宋衍說了。

沒想到，宋衍沒有猶豫，只是簡單地說了兩個字。「種吧。」

沉歡一路走，一路看，暗暗觀察和對比，沿途路過其他家的田地，受天氣影響明顯很大，不少佃農都聚在一起唉聲嘆氣。

沉歡放下車簾，見宋衍在馬車裡閉目養神，她有點著急地問：「容嗣，你是還在路上的時候，就已經安排徐老天將第二批種子下地了嗎？」

宋衍仍舊閉目養神，沒有回答她。

「新品種下地如此之急，你就不怕最後結果達不到你最終的預期嗎？」沉歡接著又問。

宋衍坐得端正。「不怕。」

沉歡被他的淡定弄得毫無成就感，又看宋衍雖然在夏季仍穿著長袍，但是額上卻並無汗滴，坐在馬車裡，彷彿清風自來，反觀自己，臉都熱紅了。

沉歡忍不住酸他。「容嗣，你不熱嗎？」

宋衍終於掀開眼皮看了她一眼，見她動來動去，像條毛蟲一樣在馬車裡蠕動個不停。

「心靜自然涼。」

沉歡無言了。

徐老天的屋子在大片公田的裡邊，馬車行了一段路以後就需要步行走進去，兩人下了馬車，這才一邊說著話，一邊觀察田地情況，一邊往前走。

沉歡一邊走，一邊暗暗心驚，沒有想到她回京城的這幾個月，南城變化如此之大。

「我看沿途有的佃農收成並不好，但是他們似乎並沒有意識到天氣的問題，也沒有太多準備的措施。」這是沉歡想不明白的事。

宋衍將目光放到更遠的地方，那邊是大片的土地，一望無盡頭，洪泰的田地也在那邊。

「大律風調雨順了幾十年，百姓們不以為意，都覺得雖然近期雨水少，畢竟還是下過雨。百姓們對於自然災害的瞭解僅僅停留在口頭上，存水意識及存糧意識都普遍不足。」

兩人又簡單說了兩句話，沒走幾步就到徐老天的屋子前，沉歡招呼了一聲，得到回應，這才輕輕推門進去。

「徐老，您怎麼了？」沉歡嚇了一大跳。

只見徐老天面色發青，一下子瘦了很多，此刻臥於床上，看宋衍與沉歡進來，勉強對他們動了動唇角。

宋衍將門掩好才轉頭對沉歡說：「妳若是之前來，只怕更是嚴重。」

如果不是宋衍及時安排醫館的人過來，只怕他人已經沒了。

徐老天掙扎著從床上坐起來，青黑的臉上皺紋更加明顯，他喘口氣平復一下，儘量打起精神。「已經是老毛病了，不過是今年又發作而已。難得宋大人攜夫人前來，老朽不中用，怕是撐不了多久。」

徐老天歇了一會兒，這才接著對宋衍說：「還要多謝宋大人搭救之恩。」

說話間一位男子推門走進來，手裡還端著為徐老天熬製的藥，那藥一端過來，房間裡就瀰漫一股濃濃的藥味。

男子一見到宋衍和沉歡就連忙過來行禮。「卑職見過大人與夫人。」

沉歡覺得此人眼熟，原來是衙門裡的人，此人想必是宋衍留在此處照料徐老天的公差。

徐老天將那人端上來的藥放到桌上，嘆口氣。「要不是宋大人照拂，只怕上個月就熬不過去了。原也是老毛病，不指望了。」

「徐老何出此言，安心養病即可。」宋衍帶著沉歡在徐老天床前坐下。

沉歡今天來探望徐老天也是有事的，她拿出之前就寫好的紙條。「徐老，我回京城之前，您不是要我給新稻種取名字嗎？我擬了三個名字，您看看？」

徐老天臉上有了笑意。「難為夫人還記得，妳與宋大人新婚燕爾，不該再為這些事情分神。」

沉歡連忙搖頭。「不分神，不分神，有時候我覺得無聊，很快就取好了。」說完，將列有名字的紙條遞給徐老天。

這還要從那次對抗洪家拔苗開始，沉歡只要得空，就時不時往徐老天這裡跑，並將一些自己遇到的種植難題與徐老天交流。其間確實是獲益匪淺，又結合自己的想法做了一些改良，這才有了今年的種植結果。

徐老天看著紙條，在衙門的人伺候下將藥喝了，這才緩緩開口。「夫人聰慧無比，常有驚人之語，有的想法雖奇怪，卻往往取得奇效，我用了夫人那大棚子的方法保護幼苗，今年活下來的都比往年多。」說完，他歇了一會兒，看了一下宋衍，才繼續。「如今大批新種子能下地耕田，都要多謝宋大人鼎力相助。」

他蒼老的臉上，神色憂慮。「大人，聽聞今年朝廷徵糧指標乃歷屆最高，那日在衙門，我看各地知縣頗有微詞，這任務都壓在大人肩上，不知大人如何應對？老朽如今身體這樣，怕是要辜負大人的期待了。若是朝廷怪罪大人……」

徐老天聲音中隱含一絲顫抖，話到此處，最終化為一聲長嘆。

徐老天欣賞宋衍年輕有為，克己奉公，要不是宋衍的暗中支持和幫助，不要說新種子下地了，只怕連種子都會被洪家毀得一乾二淨。這些事，以前也不是沒有縉紳做過。

這一番話讓沉歡心中一動，事實上她很早就想問宋衍，卻始終沒有問出口。

都說今年徵收糧食的指標，是歷屆最高，但到底是多少，宋衍從來沒有提過。

這是宋衍的公務，一般女眷很少過問，但是今年不同往年，高任務指標，卻遭遇惡劣的氣候，宋衍到底打算如何應對？而且徐老天說朝廷怪罪……

沉歡忍不住擔心地問：「今年如此糟糕的天氣，若是徵糧不到位，朝廷會怪罪你？」

她其實期待宋衍能告訴自己「不是的，不用擔心」，畢竟之前朝廷宣宋衍進京，他還升了品級，連自己都跟著混了個五品宜人的誥命夫人身分。

沒想到，這次宋衍沒有逗她，他點了點頭，將目光望向窗外，黝黑的眼珠如同以前見到的那般變得冰涼涼、冷颼颼。

他輕聲回道：「會怪罪。」

「怎麼怪罪？」沉歡的心沈到谷底。

宋衍沒有回答沉歡，倒是像模像樣地回答徐老天。「多謝徐老掛懷，身為地方父母官，當為朝廷效力，徵糧一事勢在必行，謀事在人，成事在天，容嗣定當竭盡全力。只有一事尚須和徐老確認，若是持續缺水，灌溉量按之前與徐老所商議的最低標準，新稻種可否存活？」

徐老天嘆口氣。「宋大人的魄力令老朽佩服，當初蓄水一事，老朽亦抱有疑問，如今看來，當是大人深謀遠慮。若能撐過基準線，稻種存活率問題不大。」
徐老天如此回答，沉歡都替宋衍鬆了口氣。
不過蓄水？難道宋衍也暗中蓄水？什麼時候的事情，她完全不知道。
「還有試驗田一事，如今早已全部換成新稻種，可見宋大人眼光長遠，不會只看這一季的產量。」言畢，徐老天讚賞地看著宋衍。「您既然如此問，想必心中早已有了答案，只不過今年這天氣若是繼續下去，那麼旱災已成定局。」
宋衍沒有馬上接話，眉頭微蹙，曲起手指在桌子上輕輕叩擊。「大律風調雨順了幾十年，百姓對天災普遍準備不足，雖然已經上奏，但是官吏並未放在心上。」
略一停頓，他微蹙的眉頭鬆開，目光慢慢變得澄明而篤定。
「並州……」宋衍敲擊桌面的手指收了回來。「還得靠自己。」
徐老天點點頭。「大人雖然年輕，卻深謀遠慮，老朽不才，必當竭盡全力按大人的部署安排。」
「如今的並州諸縣，家家戶戶都要強制蓄水了。」
只怕還不只是蓄水的問題。
沉歡滿肚子想說的話，礙於徐老天在不好直接說出口，就盼著趕緊回去抓著宋衍問個清楚。
偏偏徐老天這會兒終於想起新稻種的名字還沒定，轉過頭對沉歡說：「這新稻種能順利下地，夫人功不可沒，若不是夫人改良育苗方法，只怕現在也和去年差不了多少，這稻種的名字，我看就夫人來定吧。」

話題忽然回到自己身上，沉歡一愣。

在沉歡取的三個名字裡，徐老天問她。「夫人覺得哪個名字最適合？」

沉歡的目光在那張紙條上掠過，幾乎是毫不猶豫，她用手指著中間那個。「蒼天稻，我覺得這個名字最好，糧食為天下蒼生之本，抗旱與高產稻種的結合若能解決民生問題，並能將這新型稻種推廣到大律諸州，解決無數人吃飽飯的問題，這就是蒼天稻的意義所在。還有這不正是徐老的心願嗎？我還記得徐老以前那句『讓大律永無餓殍』呢！雖說難了點，但是不去做，誰說不可能呢？」

沉歡說完，才發現周圍變得很安靜，宋衍黑黝黝的眼珠定定地望著她，眼神中有著隱秘而克制的熱切，而徐老天的眼睛裡卻早已有了濕意。

沉歡慌了，她無意冒犯徐老天，是不是她有點吹捧過了？

徐老天青黑的臉上似乎重新綻放出活力的光彩，原本形如枯槁的身形也掙扎著坐正，眼中光芒四射，灰青的嘴唇動了幾次，終於哽咽發聲。「老朽……一生宏願，也曾被人恥笑過不自量力，卻難得……難得，夫人還記得。這蒼天稻的名字，甚好！甚好！」

他連說兩個甚好，一次比一次語氣重，說完胸腔劇烈起伏，俯下身子咳了幾聲，咳得臉都紅了起來，好一會兒才平息。

徐老天靠在榻上歇息，臉上和剛進門那會兒比，有了淡淡的笑意。歇了一會兒，他似乎覺得已經累了，眼神變得悠遠而平靜。「老朽一生都為此而奮鬥，若如夫人所言能推廣到大律諸州，老朽，願望足矣！」

只是這個過程，談何容易？

沉歡心中感動，又見他疲弱不堪，安慰道：「徐老放心，我與宋衍必當齊心協力，將新稻種推廣到大律諸州，畢竟老百姓都是要吃飯的，您快些歇息吧。」

宋衍喚來那衙門的人，輕聲在那人耳邊交代幾句，那人連忙點頭，領命去了。

「我已命人請了大律有名的大醫過來，徐老再撐一撐。」宋衍走過來握住徐老天的手，輕聲說了一句。「徐老放心。」

徐老天徹底沒有精神，點點頭，閉上眼睛休息了。

第四十五章　徵糧

晚上，一路殺回南城的宅子，沉歡破天荒沒有安排用飯，甚至連兩個孩子都來不及看，她把更衣後的宋衍堵在屋子裡，不准他出去。

今天休想打太極！

宋衍被沉歡撲在門上挑眉。「夫人這是何意？青天白日的，夫人可是有什麼想法？」

想法？她現在確實有很多想法，每一個都需要宋衍說清楚！

沉歡抓著宋衍的衣襟問：「容嗣，你我可是夫妻？」

宋衍看她急切的模樣頗覺好笑，手環上她的腰，從上到下打量，最後目光停留在她已經生育過、如今依然平坦的小腹上。「是不是難道妳還不知道嗎？」

沉歡臉紅氣結。「不許逗我，說正事！」

「哦，夫人有何正事？」宋衍將她的手輕輕掰開，整了整衣領，轉身就準備開門出去。

「若是採買丫鬟的事情就不必問了，按夫人的意思辦即可。」

沉歡氣得跺腳，他明知道她不是問這個。

「你別走！你別走啊！我告訴你宋衍，我生氣了。」沉歡抓著他不放，不想再和他繞圈子，乾脆直接了當地問。

宋衍這才回過頭來，見沉歡柳眉倒豎，原本漂亮的杏仁眼快要噴出火來，一雙嘴唇因為生氣的緣故咬得上面都是斑斑齒痕，像花瓣被打了露水。

宋衍心中一動，將她攬到懷裡。「說吧，想問什麼。」

沉歡立刻直搗黃龍。「朝廷今年頒下的徵糧指標到底是多少？」

宋衍抬起眼皮，顯然沒想到沉歡會問這個。「頗多。」

沉歡不吃這一套，冷哼道：「頗多，頗多是什麼概念？」

「頗多就是很多的概念。」

沉歡的臉氣得鼓起來，事到如今，他居然還在和她繞圈子。「我要具體數字，這數字不是不能公布的吧？既然要徵收糧食，各縣執行、糧長都應該知道。」

宋衍將她困在懷裡，見她整個人跟點燃的炮竹一般，不達目的不甘休了。

兩人自認識以來，宋衍從未見過沉歡如此生氣，忍不住又有趣、又好笑，他用下巴靠著沉歡的頭頂，感受著懷中清甜的香氣，說了一個嚇死沉歡腦細胞的數字。

沉歡聽完用力推開他，震驚地抬起頭，疑心自己是不是耳朵出了問題。

她不禁顫著嗓子再確認了一次。「你說什麼？」

宋衍就知道她是這個反應，神色未變，重複一次。「一千四百萬石。」

沉歡直接炸了。「你再說一次！一千四百萬石？哪裡徵？全大律嗎？」

宋衍按住她，不讓她亂動，吐出兩個字。「並州。」

沉歡直接呆滯，石化了。

宋衍將她摟近，想要安撫一下，沉歡這塊石頭卻忽然活過來，一邊跳腳，一邊喘氣，一邊奮力掙扎出宋衍的懷抱，累出一身熱汗，用震驚的語氣繼續靈魂拷問。「今年大律整體徵糧多少萬石？」

「二千二百萬石。」

二千二百萬石糧食，一個並州就占了全國徵糧指標的六成多！

還沒問完，還有下文。

「去年並州徵糧多少？」

宋衍停頓一下。「一千萬石吧。」

「瘋了！多四百萬石！」

到底是朝廷瘋了？還是宋衍瘋了？沉歡已經徹底淡定不下來，整整多了四百萬石，這在開什麼玩笑？今年還得抗旱啊！

「你現在已經徵多少了？」沉歡叫號一陣子後，停下來，仰起頭期待地望著宋衍。

宋衍笑起來。「保密。」

沉歡剛剛被刺激得太嚴重，以致最重要的問題還沒問，差點被宋衍繞過去了。「聖上忽然召你返京，那日你回宮謝恩，為何待了那麼長的時間？」

宋衍臉色微變，顯然沒料到沉歡竟然注意到這個細節。那日他進宮謝恩，確實待了比正常謝恩還久的時間。

「這徵糧任務可不簡單，今日在徐老天那裡，我問你徵糧若是失敗，聖上可會怪罪？容嗣。」沉歡的音調變了，隱隱帶著哭腔。「現在我再問你一次，容嗣，若是真的徵糧失敗，聖上可會真的怪罪你？」

會怎麼治你的罪？

房間又出現一陣窒息的沈默。

宋衍這才發現，沉歡的眼中竟然開始有點點淚光，此刻她鼻子已經紅了，仍是極力忍耐，又啞又抖的聲音沒了剛剛的活力。「你說過綿綿是你妻子，你不要騙我。」

說完，一滴淚珠滴落在地上，瞬間留下一個濕潤的痕跡。那淚珠濺起一點點微弱的水花，就像沉歡忐忑的心，充滿擔憂和恐懼，禁不起一點點刺激，一碰就碎掉了。

這滴淚，滴在房間的地板上，也滴在宋衍的心間。

他沈吟了一下，抿唇凝思片刻，終是回答沉歡的問題。

「我與聖上定下一個賭約。」這句話說完，宋衍停了片刻，才接著說了下句。「若是敗了，他定會治我徵糧不力之罪。不過綿綿，妳不用擔心，不會禍及家人。」

果然！

沉歡的心涼涼的，她果然猜中了。

不會禍及家人？宋衍，你呢？你自己會如何？朝廷會如何定你的罪？

沉歡異常害怕，她甚至不敢問下一句，到底會是多嚴重的罪。

宋衍剛想靠近她，沉歡卻退了一步避開。

「若是成了呢？」沉歡沒發現，問著這樣的話題，自己聲音裡都帶著明顯的顫音。

成了？

宋衍的眼神變了，那雙平日裡幽冷深邃的眼眸中，閃過一絲睥睨萬物的恣縱之態，只是微一垂眸，就掩飾得平靜無波。

「若是成了。」宋衍的聲音從容而鎮靜。「聖上自會歸還我昌海侯府的世襲爵位及鐵券。」

這是一場什麼樣的豪賭？

沉歡震驚得半天都恢復不了神智，她張著嘴巴如離水的魚一般，竟然發不出一絲聲音，只是一邊搖頭，一邊無聲地喃喃自語。「瘋了……瘋了……」

宋衍，你可真是……膽大包天啊！

一陣死寂般的沈默過後，沉歡開始第二輪爆發，這爆發卻是看似平靜的地下岩漿，只要再來個口子，就會山崩地裂。

「你可曾考慮過我的感受？你讓我怎麼辦？」沉歡幾乎有氣無力。

你若是出了事，你讓我怎麼辦？孩子怎麼辦？

你……可曾想過我的感受？想過我也會痛哭流淚？

宋衍不想再刺激她，伸手將她攬入懷中，輕聲安撫，還是平日裡鎮定自若的模樣。「妳不用太過擔心，我自有我自己的法子。」

「你有什麼法子？今年這麼糟糕。」沉歡問他。

宋衍摸著她的頭髮，安撫她。「今日已然太累了，綿綿早些休息吧。」

沉歡沒有再問，味同嚼蠟般吃了一點東西，就回房歇息。

夜間她背對宋衍，沒有再和他說過一句話。

宋衍無奈，低頭靠近她，灼熱的氣息吹著她耳朵，輕聲細語。「綿綿怎還在生氣？今日飯都少食了一碗。」

什麼一碗，她一碗都還沒吃到呢！沉歡垮著臉不說話。

宋衍翻身過來，將她摟住，仔細觀察著她的臉色，確認沉歡到底有多生氣。

「綿綿果然生氣了，為夫瞧著，這臉頗像小姊兒和小哥兒打架時的表情。」

沉歡瞪他一眼，從他懷裡翻了個身，繼續背對著他。

小哥兒每次還讓著小姊兒呢！她可沒見宋衍主動跟她說真話，可氣！

宋衍用手指摸著沉歡細膩潔白的脖子，放柔聲音說了好一會兒話，沉歡破天荒一直生著悶氣，不管宋衍如何說，她都沒有轉過身。

如此折騰了一陣子，僵持不下。

黑暗中，宋衍終是長嘆了口氣。「綿綿，我若是要爭的東西，勢必不顧一切代價。妳於病痛中守護我，我必護妳一生榮華富貴。妳信我。」

言罷，他翻身躺下，這一夜，沉歡終是一夜未眠。

早上天還未亮透，宋衍就起身了。如今的並州，不能沒了宋衍，他照例要去辦差。

沉歡未起身伺候他更衣，只裝作還在睡的樣子。宋衍也寵著她，招呼下人過來草草為他更衣，就去知州辦公的府衙。

待宋衍走後，沉歡立刻從床上爬起來。

新來的丫鬟過來伺候她更衣，沉歡急急問她。「爺呢？已經走了嗎？」
丫鬟不知夫人今日為何如此著急，點點頭。「已經走了。」
「外面都有誰候著？」沉歡又問。
丫鬟回憶了一下。「小廝伺候著上了馬車，陶老和小孫爺早就候著了。」
「爺早上吃了什麼？」
「似乎還未用飯就走了。」
沉歡沒說話，坐著發愣了一會兒。
丫鬟不敢多話，見夫人沒有吩咐，悄悄地退下了，留下沉歡獨自一人在房間裡。
兩個孩子每日定時要過來請安，此刻由乳母帶著，都過來找娘親。
沉歡看了看兩個又白嫩、又可愛的孩子，回憶了一下和宋衍在侯府的日子。
她咬了咬牙，下定決心，站起來捋起袖子立刻幹了兩件事。
首先，她招呼喜柱兒過來，將現在所有的人力資源進行重新配置。
喜柱兒連連點頭。「這好說，夫人放心。」說完就領命去通知了。
接著沉歡喚來如心，要她把之前負責施肥改良的幾個佃農頭兒都聚集在一起，等會兒就要見他們。
如心不知道她為何忽然這麼著急，雖然心中疑惑，但是也沒耽擱，按沉歡的囑咐連忙去喚那幾個負責施肥的管事。
最後沉歡換了一身正式一點的衣裳，穿戴整齊，確認沒有丟了官家夫人的體面，這才坐上馬車，徑直往宋衍辦公的地方去了。

此刻的知州府邸剛剛晨議完畢，只留下了陶導與其他幾個幕僚，圍著宋衍你一句我一句說著接下來的重要打算。

衙門大門口的人都認得沉歡，連忙迎上去。「夫人怎地來了，小的即刻去通知大人。」

沉歡揮手阻止了他，只說自己過來送東西，不必驚擾。

那人不疑有他，直接帶著她進來了。

到了大廳，只見宋衍端坐其中正在議事，抬頭見她來了，也是一愣。

眾人連忙起來向她躬身行禮。「夫人。」

沉歡一一回過禮後，抬眼望著宋衍的眼睛。「徵糧一事，我也要來幫忙。」

沉歡說的幫忙可不是嘴巴說說，她是有想法的。

朝廷要徵糧，必得既保證正常收成，又能讓各大縉紳、佃農心甘情願納糧才是妥當。但是怎麼樣才能讓這些人心甘情願，又能保證自己能完成任務呢？

宋衍的幕僚團隊們，就在為此事反覆推演爭論，此刻要商討的正是徵糧指標的劃分。

陶導自到了南城之後就一直負責與各大縉紳打交道，對幾家目前的情況頗瞭解，他徐徐開口。「葛家觀望，洪家跋扈，丁家牆頭草，若是三家能按量納糧，那麼餘下小縉紳不足為懼，此事可成。」

一番深思熟慮之後，陶導定出的徵繳方案為：大縉紳占大頭，餘下的由百姓和政府公田補足。

沉歡心中默默盤算，也就是說只要這三家能夠配合，就能順利達標了。

宋衍的目光在陶導標出的數字上停留片刻，思索一會兒，他提起筆，將洪字重新畫了一個圈，再寫下了一個數字，這個數字一動，其他幾家都跟著動，陶導驚呼。「公子，這……」

幾個幕僚一看這比例調整，亦是同樣的驚呼表情。「大人萬萬不可！這葛家土地最多，當是納繳最多啊。」

「洪家從未上繳過如此多的糧食。」

「洪家不會配合的。」

反正各個不可此起彼伏，宋衍臉色未變，任他們驚呼不停。

沉歡瞄了一眼上面的字，和眾人一樣心中一驚，但是隨後她一思索，又覺得這樣調整有宋衍的用意所在。

宋衍動了三個地方：洪家上調，葛家小調，百姓下調，其餘不變。

不要小看一個小小的數字，這個數字背後就是上萬石的糧食。

宋衍神色微動，隨後用手指在紙張上敲擊。「我查閱近十年以來的交糧紀錄，洪家雖然名義上繳納了約定數字的糧食，但是查驗官倉，卻是對不上號的。」

此話一出，幾個本地負責收糧的人瞬間冷汗涔涔而下，彼此對望一眼，不知宋衍如何從帳目上看出漏洞。

沉歡也是心中一凜，她的目光在神色不自在的幾個人身上打轉，宋衍此時說這些，怕是已經有了證據。

「歷年來……賑災護民，也是啟用不少。」有人囁囁嚅嚅解釋。

宋衍嘴角浮現出一抹細微的譏諷，反問道：「是嗎？」

那兩人對看一眼，沒有作答。

沉歡聽得皺眉，事實上，古代受計算方式制約，糧草管理一直頗麻煩，不少地方都有鑽空子的存在，彷彿這是個約定俗成的地方漏洞，年年朝廷查辦，年年也查不出什麼名堂。

正尷尬之際，此時負責諸縣執行的徵糧官發言了。「交是肯定要交，不交朝廷治罪，但是能不能按標準交，這可是個問題。」

徵糧具體執行是個苦差事，年年都是苦不堪言。

「就算下達了徵糧指標，今年四個月只下了兩次雨，若是天氣真的不好，交不出來亦是無可奈何啊！」

另外一人是負責天象的，早就叨叨個沒完了，奈何百姓根本不聽話。

「不僅交不出來，還要朝廷開倉賑災，交糧的反成要糧的，各位同僚，你們想想，要是朝廷沒那麼多或是不給那麼多糧食賑災，並州怎麼辦？」

他們齊刷刷的眼睛都望向宋衍。

並州旗下四個縣，陳石、南城、金光、南元，人可不少。路途遙遠，很多情況一來一回就是兩、三個月，等到朝廷審核完，撥付到位，半年過去，流民都四竄了。

沉歡心中推斷：若真是如此，並州只能自救了。

「並州只能自救。」宋衍果然一語定下乾坤。「並州四縣有其天然優勢，如能做好部署，提前預防，不是不能做到。」

陶導亦是贊同。

為了到底靠朝廷還是靠自己之事，又是一輪爭執。

沉歡聽得耳朵都炸了，只覺得宋衍公務繁忙不是沒有理由，水利、灌溉、糧食、朝廷指令，這事情一輪接一輪，還得調動地方官員。

此刻南城縣的新知縣還沒走，他是新上任接替宋衍工作的人，原本以為是個香餑餑，結果才來就遇見天氣問題還要徵糧，此刻只能抱緊宋衍大腿，硬著頭皮把工作執行下去。

「若是幾家都交不夠糧食，我們能完成任務嗎？」

這可真是哪壺不開提哪壺。

宋衍沒開口，沉歡管不住自己的嘴。「我覺得能。」

這一個能字可不簡單，所有人都齊刷刷地看著她這個知州夫人，明顯覺得她是婦人之言。

「夫人慎言，這政務之事不比夫人尋常家事，不可兒戲。」

沉歡咳嗽一聲，清了清嗓子，用眼神問宋衍：我能開口嗎？

只見宋衍眼底浮現出一個隱秘的笑意，眨了一下眼睛。

沉歡得到許可，深吸一口氣，緩緩地開口道：「當然，是有條件的。」

沉歡也用筆在那幾家上面分別重新標了一個數字，心中暗想：這數字一出，只怕你們更驚呼！

眾人一看這個數字可不得了，這個數字不是將所有人拉高，而是將所有人的交糧比例拉低。果然驚呼聲此起彼伏，比剛剛更厲害。

「無稽之談。」有人直接出口嘲諷了。

這個數字可不是隨便標的，這是沉歡估算過的。每年徵糧，各縣都會貼告示，沉歡今日出門之前已經問過家裡的佃農，去年以及前年的數量。如果推算一個保底數字，幾家收成再差，也差不多可以完成任務。畢竟都有存糧，只不過是願不願意的問題。

「其實真正麻煩的是增量多出來的糧食，不能將希望全部押在大戶身上。」沉歡指著那數字，侃侃而談。「若是把所有的希望都寄託於這幾個大戶身上，一旦他們不配合，那麼整個並州將陷於被動，還會受到制約。」

「那是自然。」陶導也覺得有理。

如果對方不願意配合，找各種理由搪塞拒絕，以天氣、勞動力、蟲害等等，那麼政府怎麼辦？把人全部抓起來殺了嗎？

「所以，這是除掉徵糧基準外，要靠並州自己完成的部分。」沉歡指著紙上另外一些人的名字，重新列下一個數字。她話鋒一轉，持續冷靜分析。「而且，到時候要是幾家聯合以條件要脅，必會提出更過分的要求，這種事想必以前曾經發生過。」

確實發生過，在場幾位都是並州的老人，可以說諸縣都有這樣的情況，歷來都是和政府博奕的一個必經過程。就看哪任地方官手腕了得，制得住這些霸王了。

宋衍點點頭，示意沉歡接著說。

沉歡受到鼓勵，心下稍定，清了清嗓子繼續道：「這多出來的增量問題如何解決，自是要有備無患。」

「不能全部指望到幾個大縉紳身上，如何有備無患？莫非夫人還有什麼想法？」一人問道。

沉歡琢磨一下，斟字酌句地說：「換種。」

「換種？」此言一出，幾人疑惑。

「沒錯，整個並州諸縣，由官府帶頭，全部啟用全新的稻種。而且就在近期，要是錯過下地時間，就功虧一簣。如若新稻種能順利結穗，那麼就算縉紳不配合，缺口也將由我們自種完成。」

可以說，自己有糧才是最牛的，不受任何人要脅，反而有充分的時間與他們慢慢周旋。

周圍一陣沈默，隨後爭論四起，實在是換種風險太大，萬一新稻種出現問題，不是顆粒無收？

陶導略有思索，負責陳元縣執行的一中年文士也緊皺眉頭，顯然正在考慮可行性。

「如若真能按夫人所言，那麼受縉紳挾制的地方將大大減少，反之，今年最大的損失無非就是難以完成任務。」

南城新知縣覺得反正都這樣了，倒是可以一試。「天氣不好，其餘人也交不出來，試與不試都是無法完成，最壞也就這樣了。」

另外一人此刻依然覺得沉歡有誇大嫌疑，反問道：「夫人，您怎能保證在今年的天氣下，能穩住產量？」

「我能。但是需要條件。」沉歡斬釘截鐵，說完她看向宋衍。「你相信我，只要我們能具備足夠的條件做好充分準備，公田的產量一定能彌補空缺。而且災害重在防治，所謂『治未動，防先行』，若真等到並州病入膏肓了，只怕換誰都無力回天。」

一句「治未動，防先行」，讓幾個幕僚都陷入沈思。

沉歡原以為宋衍也會說她胡鬧，沒想到宋衍卻笑了起來。

「夫人與我意見一致，我自是信的。」

沉歡說這些可不是信口開河，徐老天的種子面臨的最大難題是出苗率低，說白了就是存活率的關係。

沉歡按著《農務天記》的方法，又查閱了其他農經，按自己的思路重新優化了徐老天的種子。沒想到試種的情況非常穩定，在雨水不夠充沛的情況下，竟然結出穗子，而且產量比徐老天的試驗田還要高。

沉歡遠在京城，就一直掛心此事，立刻讓喜柱兒安排有經驗的佃農將種子精心收割保存，留待下輪播種時用。是故，沉歡家裡的一切米糧開銷，早就從未動過自己的種子，都是去米鋪購買的。

在徐老天生病臥床，很多事情無暇顧及之時，沉歡主動請願接替他留下來的部分工作，她往徐老天家裡跑的次數也明顯增加。自此宋衍的徵糧戰隊，在徐老天生病缺席之後，再度形成穩定的陣形。

宋衍和沉歡這邊熱火朝天，並州南城的土霸王大縉紳們，也沒閒著。

此刻幾家由洪家帶頭，齊聚在葛家老爺的正廳，吵的吵，鬧的鬧，都嚷著要葛家老爺拿個主意。

有罵宋衍可氣的，有賭咒發誓絕不讓宋衍搓圓捏扁的，也有想聯合朝廷上書降低指標的，更有的吵著要百姓承擔更多。

「葛老爺，你倒是說說話，拿個主意呀！」一人義憤填膺，本來天氣就熱，他爭得面紅耳赤，放下茶碗就不斷催著葛家老爺發言。

葛老爺抿了口茶，老神在在地將那茶碗放到桌上，他的幕僚站在身邊悄聲附耳低語。

「老爺，敵不動、我不動，還望三思。」

葛老爺也不是傻子，他已經接到政府的徵糧令，今年他的徵糧指標竟然不是最高的，他一時半刻還沒摸清宋衍的打法，畢竟在這之前，他以為朝廷又會拿他開刀，他一定會是任務最多的那個。

於是葛老爺懸著的心緩緩落地，打算再觀望一下再想對策，反正離正式交糧，還有段時間。

他又想到神女選拔的時候，幾家背後搞的小動作，不禁嘴上譏諷。「今年神女選拔倒是丁家老爺的女兒拔得頭籌，我看咱們都該聽聽丁家老爺的意見。」

丁家今年的指標與去年基本持平，但丁帆心思深，還有其他想法，此刻聽葛家刺他，立刻笑得像個活菩薩，就是不說話，一聲不吭，媲美鋸嘴葫蘆。

洪泰是最憤怒的，他冷笑連連。「敢情今年就我的指標上漲了？你們也別裝模作樣不說話，今年是我，趕明兒就是你們，朝廷年年漲，唇亡齒寒啊！」

一名縉紳連忙賠笑道：「洪老爺何出此言？如今咱們一榮俱榮，一損俱損，此刻不就在一起想辦法嗎？」

另外一人站起來。「依我看，反正天氣少雨，就說收成不好，拖到明年春耕朝廷最後的截止時間，到時候宋衍沒辦法，也只能我們交多少，他收多少，總比什麼都沒有好。」

什麼都沒有，宋衍更交不了差。

「他若是催促、責罰，我們就聯合起來，帶著大批佃農到縣衙前去下跪請願，說朝廷不顧百姓死活逼著咱們交糧，到時候鬧出人命來，再到布政司那邊去。若是驚動到京城，朝廷派官員下來查，這任務也確實完成不了，他能把咱們殺光不成？」

其餘幾人頻頻點頭。「言之有理，之前的好幾屆不都沒有湊齊嗎？剛好把他弄走。」

其餘人你一言、我一語，正說得起勁，葛老爺咳嗽一聲發言了。「我與這宋衍打過幾次交道，他不是可以隨便拿捏的人，此子心思深沈，不可小覷。」

洪泰將茶碗「砰」的一聲放到桌上，冷著聲音。「我也不是單單只看著我自己，若是南城被宋衍開了這個頭，只怕諸位以後都沒有好日子過。」

此話一出，葛老爺沈默了，縉紳與地方政府互相制衡，也互相依靠，他們世代獨霸南城，擁有極大的話語權。所謂強龍不壓地頭蛇，流水的地方官，鐵打的大世家，宋衍這徵糧令，就該上書朝廷，要求減量才妥當。

「他若讓我們過不上好日子，這並州知州也不要想好做！」洪泰嘴裡發狠，茶碗都想摔了。

第四十六章　新的種子

到了晚間，宋衍回到南城宋宅。兩個孩子都蹦出來，既要找爹爹，又要找娘親。

小哥兒在南城待了一段時間，比在侯府開朗很多。

「爹爹。」小哥兒見到父親回來，立刻跑出來，跑到門口又想起如此太沒規矩，小短腿臨時剎車，他拉著宋衍的衣角，臉上滿是欣喜。

宋衍摸了下孩子的頭，問：「小哥兒怎麼沒和娘親一起？」

小哥兒扁嘴巴。「娘親可忙呢！」

宋衍挑眉，抬眸往正廳看去，只見沉歡下身穿著一件秋香色裙子，上面著一件藕色大袖衫，衣袂翩翩，正掀開簾子出來迎接他。佳人膚白如雪，唇似丹朱，可惜面上心不在焉，不知道在想什麼。

宋衍不動聲色，牽著小哥兒進屋。

在縉紳們捧茶碗叫苦連天、大罵宋衍的時候，沉歡卻在心中不斷思量另外一個問題：到底該怎麼樣才能讓宋衍明白，榮華富貴之於她不是最重要的，她只想和宋衍在一起，開開心心就足夠了，她並不是一個要求很多的人。

到了晚間，沉歡瞧過兩個孩子後，坐在銅鏡前一邊梳頭，一邊心中百轉千迴，以至於宋衍進屋的時候，她始終一副欲言又止的表情。

宋衍洞察人心的能力數一數二，他並沒有多說，只是拿了一件披風替沉歡罩上，說要帶她去一個地方。

馬車一路前行，顛顛簸簸，像是往西邊駛去，沉歡不明所以。「我們這是要到哪裡去？」

「西庫預備倉。」宋衍簡單回答。

這不是朝廷官倉所在嗎？這大晚上的，糧倉有什麼好看的？

沉歡更納悶了，加上此刻她也有點睏了，打了一個哈欠，在心裡醞釀一下詞語，主動拉著宋衍的袖子，準備曉之以理，動之以情。

「我在衙門這幾日瞧著並州局勢，頗是擔心。容嗣，我……」沉歡話還沒說完，宋衍就對她比了一個「噓」的動作。

只聽見孫期在前面回話。「主子，咱們今天悄悄進去吧，以免打草驚蛇。」

宋衍點點頭，用披風把沉歡從頭到腳整個罩起來，攬著她的腰。「待會兒抱著我，抓緊一點。」

沉歡還沒來得及回答，只覺得耳邊風聲呼呼作響，自己雙腳就離開地面，往更高的地方躍去。她把頭埋在宋衍胸前，緊緊抱著他。待到停下來時，沉歡才發現，人已經到了西庫預備倉的裡面。

預備倉是朝廷用來專門積攢糧食的地方，由每年徵糧納捐共同組成。糧食用途很多，大部分用於賑災以及軍糧儲備。預備倉裡面分區編號，全是用麻袋儲存好的各年納糧。

「好多糧食。」沉歡鬆了一口氣，以為宋衍帶她來看之前的存糧。

宋衍卻搖了下頭，指揮孫期。「把那邊的打開給夫人看看。」

孫期麻利地在九號倉的位置隨意選了兩袋打開，沉歡湊過去看那糧食，只見裡面都是正常的穀子，沒什麼特別，不禁好奇地問：「有何不妥？」

話說了兩句，就隱隱覺得味道不對，沉歡三步併作兩步走到袋子前，用手往穀子深處挖去，抓了一把，拿出來放到鼻尖一嗅。

果然是霉味。

沉歡震驚地轉頭看著宋衍。「這些徵糧怎麼會這樣？」

宋衍盯著沉歡的眼睛，慢慢走到糧食前。「綿綿以為，容嗣做事僅是為了手中權勢？」

「我……」沉歡說不出話。

宋衍示意孫期繼續，孫期便從十一號倉的角落裡又隨便選了幾袋，那幾個袋子藏得比較深，他把袋子打開倒出來給沉歡看，只見一開始出來的是正常穀子，但倒到後面就不對了。

沉歡定睛一看，袋子裡下面全是穀殼打底。沉歡難以置信，自己又挑了好幾袋打開來看，居然全是這種穀殼當穀米的把戲。

「無法無天、無法無天，簡直無法無天了！」沉歡喃喃自語，顯然已經被驚呆了。「這交納的糧食有如此多的問題，難道前幾任知縣都沒發現嗎？」

孫期冷笑一聲。「夫人有所不知，主子自到這南城，就接手南城的爛攤子。那帳目都做得粉飾太平，歷年也報到朝廷批示了，時間這麼長，就看哪任地方官倒楣扛不住，被抓出來做代罪羔羊。」

沉歡深吸一口氣，一股寒意從脊背慢慢爬到頭頂，忽然想到宋衍曾跟她提過，某任知縣途中遇害的事情。

宋衍負手立於窗前，此刻是晚上，月亮被厚厚的雲層所遮蔽，時隱時現，他的眼睛卻慢慢染上一層晦色。

「富戶食不盡，百姓多餓殍，雖說風調雨順，卻也年年小災不斷，年年賑災，年年虧空。妳以為他們真的因為天災沒糧食納糧嗎？不，只是藏了起來而已。這些藏起來的糧食用途多了，可以囤糧待價而沽，可以偷賣到鄰國，可以用來和朝廷變相談條件，以獲取更多的特權。」

宋衍走到沉歡身邊，將她拉到懷裡，用體溫讓她冰涼的身體有了陣陣暖意。

「綿綿，我不想妳涉險。我乃朝廷命官，使命所在，亦是我的目標所在，不僅僅只是為了宋家的爵位。」

螳螂捕蟬，黃雀在後，朝廷讓他來南城，就注定風雲再起。

沉歡深深明白，這次徵糧不是一次簡單的較量，極有可能是一場你死我活的鬥爭，徵糧這件事本身就已經觸犯縉紳的利益，注定會彼此交鋒。

她現在的首要任務，是要搶在播種季之前，完成新稻種的大面積推廣，就像她之前所說的那樣，不能把所有的徵糧任務都押寶在縉紳身上，那只會讓自己更被動。

從預備倉回到宅子裡，沉歡輾轉反側，一夜未眠。

宋衍將她按在懷裡，阻止她胡亂扭動。「怎麼還不睡，莫不是今天被嚇著了？」

沉歡從宋衍的懷裡探出腦袋不承認。「沒有，我不怕。」說完又覺得自己之前對宋衍有誤會，她環住宋衍的腰，用臉頰輕輕地摩挲著他的胸膛，眼睛裡有著揉碎的光。「我不怕，我陪著你，你做什麼我都陪著你。」

宋衍但笑不語，修長的手指從沉歡黑亮的頭髮上慢慢撫摸，一直撫摸到沉歡纖細的腰身以及渾圓的臀部上，聲音沙啞。「妳以前也說過會永遠陪著我。但是妳走了。」

「嗯……」沉歡臉色一僵，囁囁嚅嚅。「那時候，不是沒辦法嗎？」

居然還記得，媽呀，太小氣了吧！而且當時宋衍昏睡於榻上，還不知道何時能醒呢！

宋衍用左手撐著腦袋，側臥於床榻上，看她表情，了然一笑。「所以現在綿綿要陪我與縉紳周旋，這是在彌補我嗎？」

他用手指輕輕地摩挲著沉歡的下嘴唇，唇角含著笑意，接著眼睛裡慢慢浮現出一絲傲然。「不要把妳的夫君想得那麼弱，鹿死誰手還未知。」

說完就俯身下去，將沉歡壓在身下，盡情品嚐著那具讓他身心放鬆的美麗嬌軀，不讓她喋喋不休的小嘴巴再問出什麼話來。

宋衍做事向來謀定而後動，雖然他並不希望沉歡捲進徵糧事件，但是這不妨礙他感受到沉歡的心意。

兩人纏綿一夜，很快就到早上。

夏天，天亮得早，沉歡渾身痠痛地從床榻上爬起來，就看見宋衍已經在更衣了，便揉了揉眼睛。「今兒怎這麼早？」

宋衍見她一副睡眼惺忪的慵懶模樣，忍不住低聲調笑。「再睡下去，怕是妳要起不了床了。」

沉歡臉一紅，意識到宋衍在說什麼，情不自禁嬌嗔了一句。「還是南城好啊，想做什麼做什麼。」

可以晚起，也不用去請安，沒有世家貴族的規矩，沒有複雜交錯的人際關係。

宋衍繫著腰帶的手一頓，臉上剛剛還有的笑容變淡了一些。「綿綿是宗婦，終歸還是要回京城的。」說完，破天荒的沒有逗她就出門了。

沉歡望天，他怎麼說變臉就變臉了，她就感嘆兩聲嘛！

今天本來還要跟宋衍講京城宋宅中饋漏洞的事情，不能再讓平嬤嬤掌家了，結果話還沒出口，宋衍就已經走出大門了。

因為今天還有正事要幹，沉歡也沒時間再想了，宋衍走後，她就起來更衣梳頭，伺候她的丫鬟一邊替她插上珠釵，一邊讚嘆。「夫人真是越來越美了。」

沉歡對自己的容貌一向興趣不大，整理妥當馬上就要出門了，出門前照例要看一看兩個孩子。

如今變化最大的是小哥兒，剛來南城的時候喊她母親還很生硬，如今已經會親暱地抱著她了。

親完兩個寶貝，沉歡帶著如心還有喜柱兒，懷裡揣著自己的育種筆記，還有一些做了批注的書，去探望徐老天了。

在正式推廣新稻種之前，沉歡有一件事想和徐老天確認。

徐老天一見沉歡就頷首笑道：「夫人，我已知曉徵糧的事，如今妳要推廣新種子確實需要確定種子的穩定性。」

只見徐老天今日的精神比那天稍好，喝水歇了一下又說：「夫人信中說要帶樣東西給我看，不知何物？」

沉歡將之前讓喜柱兒準備的稻穗拿出來遞給徐老天。「徐老請看，這是今年我種出來的。」

徐老天接過來，將稻穗拿在手裡反覆確認，隨後眉頭微皺，聲音裡帶著一絲疑惑。「是蒼天稻，但莖葉更大，穗子更多，更強壯。」

徐老天反覆察看，將種子從稻穗上取下來，細細觀察。「確實是蒼天稻的原型，莫非是在以前我給的種子基礎上做了改良？」

「沒錯。」沉歡將自己做的育種筆記拿出來。「您可還記得第一次拜訪您時沒見著，您給我出了道難題，讓我去育苗？」

徐老天恍然大悟想了起來，笑道：「蒼天稻的原型是從野生稻種上馴化而來，沒想到妳能做到這個地步。」

沉歡不好意思，自己當時按書上的方法反覆嘗試，這才有了現在的品種。

「妳已經試種過了？」徐老天問沉歡。

沉歡點頭。「不瞞徐老，從您第一次給我種子讓我育苗開始，我就一直在折騰，不只我的田裡成功試種，為了測試穩定性，我還雇傭很多佃農又租了田地種植，反覆測試。」

不僅沉歡雇佃農大量種植，宋家在南城的私田裡也種了不少，不過這些都是後手了。

徐老天拍手而笑。「想不到啊！想不到啊！那日聽衙門的人講，夫人誇下海口要增加公田產量，我還在想，夫人到底有什麼法子呢！快把妳那畫符似的文卷給我看看。」

所謂畫符似的文卷，自然就是指沉歡自己的筆記了。

徐老天邊看邊驚嘆，忍不住問：「這思路清奇，育種的法子也大膽，妳是如何知道這些？」

「自然是學習加試驗所得。」沉歡將自己帶過來厚厚的一疊書籍抱過來展示給徐老天看，書籍上面做滿批注，以及她和佃農們的交流心得。

沉歡原本以為徐老天會表揚她學習認真，卻見徐老天突然定住眼睛，直直地看著她手中的書，忽然伸手一把抓住那本《農務天記》，驚聲問道：「夫人，此書何處所得？」

沉歡從未見過他如此失態，連忙回他。「友人所贈，怎麼了？」

徐老天看著那本書的署名，失魂落魄，喃喃自語。「南城怒怒生……」

這世上除了她，還有誰會自嘲自己為怒怒生呢？

「徐老，這書乃我友人所贈，有何不妥嗎？」沉歡不解。

徐老天抬頭望著沉歡，雖目光炯炯，聲音卻有點發顫。「此書可是第一卷講大律品種，

第二卷講增產方法，第三卷則是關於地質災害的天象預測、示警，以及旱災、水災等常見災害的處理？我可有言錯？」

「分毫不錯，徐老怎麼會知道？」這回換沉歡吃驚了。

徐老天也驚覺自己失態，這才平復下激動的心情，壓抑著哽咽的嗓音。「這南城怒怒生乃老朽一友人，她天資聰穎，想法奇妙，在水稻種植上可謂奇才，與老朽惺惺相惜，共同發下宏願。大律永無餓殍不是說說，是老朽與友人一生心願。」

徐老天長長地嘆了口氣，眼神變得幽遠，喃喃地繼續道：「可惜她早逝，死的時候尚未嫁人，亦無子嗣，這書是她心血所在，被一下僕偷走。」

南城怒怒生，即是她給自己取的名字。

「後來我多方查找，那下僕又遠走他鄉杳無音信，此書就此失去蹤影，沒想到輾轉到了夫人這裡。」

沉歡瞬間覺得拿這本書有種鳩占鵲巢之感覺。「既然是徐老友人所著，留在我這裡甚不妥當，還是物歸原主得好。」說完就把那本書遞給徐老天。

當時沈芸只是說友人遊歷所得，並沒細說具體的。

沒想到，徐老天愣愣地看著那本書良久，又把那本書重新還到她的手裡。「此書輾轉到了夫人手裡，一切都是天意，夫人帶著它回到南城又完成育種，都是天意，都是天意。」

徐老天怎麼樣也不肯收，執意要沉歡繼續保存。最後，沉歡拿著《農務天記》出了徐老天的屋子，直到上了馬車，心中還在驚嘆於事情的離奇。

沈芸對這些種植之事毫無興趣，就將書贈與她，她在府中無聊，只好看書多學學，出府後想著做點什麼，就來了南城。

莫非冥冥中真的一切自有天意？

待沉歡走後良久，徐老天才重新躺在床上歇息，屋子裡的訪客此時都散了，剛剛一口氣說那麼多話，他又精神忽而亢奮，忽而激動，心緒動盪得厲害，此刻頓感疲憊不堪。

他的目光，放到自己所著的蒼天稻馴化文卷上，上面有他幾十年以來的研究成果，也就是抗旱稻種的馴化過程，包含一代稻種、二代稻種，直到穩定成形，還有後續如何保持才能不使品種優勢衰弱。

丁家所求，無非也是這個東西，現在他忽然另外有了想法。

南城縣衙外。

百姓們聚集在一起議論紛紛，不理解的人占大多數，都覺得這政令是沒事找事。

沒錯，宋衍頒發了強制儲水令。這是今年整個並州頒布最強勢的一條政令，要求所有百姓都要嚴格執行。

「太過了，太過了。」一位老農搖頭。「前幾年也是好幾個月不下雨，後來雨來了又接連下好幾天，當時的知縣還帶著人修堤壩，有夠折騰的！」

按照沉歡的要求，目前最重要的事就是儲存水資源。

大律之前風調雨順，歷屆地方官從未做過水資源管控，亦不需要。如今宋衍在並州發布了第一條嚴格的用水令，反對之聲大過支持之聲，百姓們都嫌麻煩。

用水令將並州境內所有河道、溪水等大水源都進行管控，禁止胡亂灌溉，接著又要民眾按標準儲水。百姓們鬧情緒，認為小題大做，宋衍卻不為所動，依然調撥人手強制執行。

沉歡知道，時間不多了，一邊做儲水動員，一邊帶著人以南城為核心推廣新種子。時間不等人，錯過下種的時間，再更換種子幾乎不可能，如今這情況，容不得她耽擱。

這些縉紳們像連體嬰一樣，出奇地保持一致的說法，都以不相信新種子成果為由拒絕。不過這些沉歡早就想好應對之策，那就是新種子由並州官府免費發放，等你收穫了再還回來。

這不是異想天開，所有種子都出自沉歡的試驗田和徐老天的田地，還有宋衍的私田，首先就控制了成本。若是種子初次下地，以朝廷支持的形式推進，那麼等於風險由官府來承擔。

一畝地就要好幾斤種子，若是朝廷願意出這筆錢，沉歡相信百姓們會心動的。如此一來，大縉紳們尚且抱團堅持，小的農戶們就心動不已、躍躍欲試了。

沉歡打鐵趁熱，選了一個名喚大坪村的大村落進行推種示範，親自到大坪村進行宣講，中途遇到洪泰的爪牙挑撥農戶鬧事，欲煽動百姓，誣衊官府騙老百姓糧食，都被沉歡給毫不留情地整治了。

知州夫人雷厲風行之名瞬間在並州傳開來，成為百姓們的談資。

令沉歡沒想到的是王家媳婦也是大坪村的人，此次懲戒鬧事的潑婦們，王家媳婦要記頭功，能罵能打，倒是給沉歡幫了大忙。

唯一掛心的就是近期徐老天病情反覆，身體狀況越來越差。

第四十七章　共眠

沉歡如火如荼推廣新種子的當口，宋衍這邊卻等來一個意外的消息。

一名農戶裝扮的男子於僻靜處與宋衍見面。

此人正是宋衍初到南城時過來拜訪的門子，那門子五年前就領命被安插到南城縣衙，對南城縉紳非常熟悉，宋衍上任以後，又安排他追查指定事宜，如今有了眉目，今日特到宋衍指定的位置來彙報。

宋衍手裡拿著幾個銘牌，此刻他將銘牌放下。「不必多禮，說吧，情況如何？」

門子立刻將最新消息一口氣說了出來。「我奉主子的命令一直在南城多方打探，中間頗是周折。那洪泰非常狡猾，我帶著人守了他好幾個月，始終沒有發現他藏糧的蹤跡。我弟弟跟著宿州知州如今升了知府，說曾經有人見過運糧的商隊從南城經金光到了宿城。奴才覺得可疑，立刻去了金光縣，沒想到真看出點端倪。」

宋衍聞言眉頭一皺。「金光？宿城？」

門子繼續道：「狡兔三窟，正如主子當初所料，這藏糧的位置不只一處，這麼多年以來，洪泰苦心經營，手段還是有一些的。如今那藏糧的位置，我已有了推斷。」說罷，將一份自己繪製的地圖交到宋衍手裡。

宋衍掃了一眼地圖，抿唇凝思，將地圖遞給陶導。

陶導一看，面色就變了。「這……」

這牽扯的可不僅僅是南城啊。

門子也知道事情複雜。「洪家人手頗多，方圓幾里都是眼線，洪泰近日又去了京城，此刻還未回來。」

宋衍心中有了思量，問那門子。「此事須得謹慎，他可有察覺你？」

門子連忙說：「主子放心。我的人混在佃農中多年，如今還是妥當的。我那弟弟暗中在宿城走訪，確認他們確實是把糧食偷偷運到宿州去。」

宋衍沈吟。「這些年，不會一點蛛絲馬跡也不露，你繼續盯著，要有動作了。」

門子應了以後，卻有些猶豫。

陶導看出端倪。「莫非還有什麼事情？」

門子確實還有事，想了一下乾脆一起說：「確實還有一事須給主子彙報。那日我去金光縣追查藏糧之地，無意中竟牽扯出另外一件事來。」

宋衍握著銘牌的手一頓，示意他繼續講。

門子組織一下語言，斟酌著說：「我在南城一無所獲，輾轉去到金光，途中遇匪，救下一人，原本只是隨手的動作，沒想到此人感激不盡，和我一來二往也就熟了。」

「此人有何特別之處？」陶導問他。

「我本想著從他身上打聽一些消息，沒想到他那日喝醉之後，竟牽扯出另外一起命案來。」

「命案」這一詞讓陶導警惕，若說是金光的命案，莫非……

他忽然想到什麼，臉色微變看向宋衍。

宋衍心中也有所觸動，待門子走後，才緩緩開口。「好多年以前，當時的南城知縣在赴任途中遇流匪襲擊，全家死於路上，就是經過金光縣的時候。」

陶導點頭，回憶了一陣子，冷冷出聲。「當時此案草草了結，可憐那知縣一家四口無一人倖免。」

當時的知州抓了劫匪，那劫匪也認罪，說是見財起意，此案草草了結。後來朝廷又換了一個知縣過來，如今那人已經是太子的得力幹將。

宋衍將剛剛拿在手裡的銘牌一個一個翻出來，只見上面分別列出的是葛家、洪家以及丁家。他用手指摸著「葛」字，聲音緩慢。「這幾個縉紳不能讓他們再度結盟，我要瓦解他們的陣營，破壞信任，這葛家，心懷提升門第的念想，是要拉攏的。」

陶導亦覺有理。「葛家世代經營南城，雖想擴張，無奈沒有兒子，這幾年，葛老爺老當益壯，納了幾房小妾，就想再生個兒子。」

宋衍將「丁」字翻過來。「丁家倒是會看風向，利字當頭，引誘威懾為上。」

最後他目光冰冷地落在「洪」字上面。「洪泰膽大妄為，有恃無恐，不會就此甘休。」他用手指在那銘牌上劃了一下。

陶導懂他的意思，想了一下，最終亦是點點頭，定下了打擊的策略。

並州四縣推廣任務繁重，如今總算是告一段落，沉歡坐在返宅的馬車上搖搖晃晃，連日疲憊加上事務繁雜，她今日亦是累到極致，在馬車裡意識就模模糊糊起來。

馬車一路前行，終於回到梧桐巷的宋宅。

如心一掀開車簾，就看到沉歡已經歪著腦袋，靠在馬車的窗戶旁睡著了，她剛想回頭去叫人，就看到宋衍已經來到馬車旁。

「我來吧。」他淡聲吩咐。

如心連忙退下，還沒回過神，宋衍就已經躍上馬車，將沉歡從馬車裡抱出來。

「夫人睡著了。去吩咐下面的人，準備洗澡的熱水。」

一聽洗澡的熱水，如心的臉有點紅，連忙應下過去安排。

小姊兒和小哥兒此刻聽說母親回來了，兩個孩子都跑到外面來等著。如今他們說話越來越順暢，已經能自由表達很多意思了。

「爹爹，娘親怎麼了？你為什麼抱著娘親？」小姊兒率先發問。

宋衍低頭看了她一眼，見她一臉好奇，沈吟了一下才回答。「娘親今日累了，爹爹抱娘親回去。」

小哥兒又問：「爹爹，我想叫醒娘親呢。」

自從到了南城以後，可能是遠離京城的緣故，小哥兒變得活潑許多，話也變得多一些。他還不知道沉歡就是他的親生母親，但是和以前不一樣的是，他慢慢地對母親這個詞語有了概念。

宋衍見兒子可憐兮兮的表情，嘴角忍不住染上一抹溫柔的笑意。「娘親累了，待明日吧。」

宋衍說完，抬起頭淡淡瞥了兩個乳母一眼，兩個乳母心下一驚，覺察到他的意思，連忙過來哄著孩子。

「哥兒乖，乳母帶你去吃果子，讓娘親休息一下。」

這才把兩個孩子都哄了過去。

沉歡睡得很熟，她實在是太累了，這些日子以來，她生怕新種子一事給宋衍添麻煩，也怕自己做不好，更怕宋衍對她說別做了。如今她做到以後，整個人就放鬆了，睡得很沈。

她覺得自己到了一片溫暖的海洋，整個身體像在海洋裡自由的遨遊，溫暖的海浪拍打著她的皮膚，溫柔，自然，舒服。

她覺得太放鬆了，忍不住發出了愜意的嚶嚀之聲。只是那片海浪忽然變得激烈起來，她無力掙扎，被海浪所包圍，想要反抗卻無能為力，只覺得手和腳都不再屬於自己，似乎是痛苦，又似乎是歡愉。

隨波逐流，被徹底吞噬。

掙扎的手被握住，一根根手指被熱情的唇舌所碾壓，她如同瀕死的魚一樣張開嘴，卻只換來一個更激烈深沈的親吻，險些喘不過氣來。

被需求著，纏綿至死。

待沉歡睜開眼睛的時候，已經是第二天早上了。

渾身痠痛，手腳發軟，沉歡強撐著從床上坐起來，結果才起來一半，就體力不支倒在宋衍懷裡。

「不要動。」

這是獨屬於宋衍的聲音，也是只有沉歡在床笫之事後才能聽到的聲音。不同於平日如清泉般的冷冽，這聲音慵懶、沙啞，帶著饜足後的微許疲憊和細不可聞的占有慾。

沉歡臉紅紅的，滿屋散落的衣服已經昭示著昨天發生的一切，而渾身痠軟的身體此刻被宋衍摟住，手臂把她的腰收緊，讓她不能輕易起來。

雖然兩人已成婚，但是近段時間以來，由於沉歡又累又忙，宋衍多有克制。

「我昨天是不是睡著了？」沉歡問他。

她的記憶還停留在昨天的馬車上，只覺得自己完成一件重要的事情，很是歡喜。後面的事情，沉歡就不記得了。

宋衍的聲音啞啞的。「妳在馬車上睡著了，我把妳抱了進來。」

在馬車上就睡著了？等等！

「你把我抱進來的？」沉歡驚訝地轉過身子，頭頂剛好頂著宋衍的下巴。

「嗯。」宋衍似乎也有點疲憊，聲音像沙子一樣。

沉歡的臉紅得更厲害了。「你把我抱到哪裡？」

「臥房。」宋衍也沒掩飾。

天啊！那下人不是都看見了。

閉上眼，沉歡羞得厲害，都不知道今天該怎麼走出臥房，忍不住哭喪著臉說：「你該叫醒我啊，平白讓下人看笑話。」

宋衍不以為然。「無人敢議論。」說完將她攬得更緊一些，打趣她。「夫人近段時間好生威風，大坪村方圓數里皆知夫人威名。」

沉歡聽得臉上發燙。「你就別打趣我了。大坪村一事，我捆了洪家的管事，還抓了那些挑釁的人，沒有壞了你的布局吧？」

她很是擔心自己的隨意動作，破壞了宋衍的安排。

宋衍懶懶地笑起來。「夫人自是抓得好。」

沉歡鬆了一口氣，表情更認真。「那些鼠輩用心歹毒，他們誣衊我，我不怕，可是他們竟然敢誣衊你是貪官，企圖騙糧，士可忍孰不可忍，必須嚴懲！你為並州殫精竭慮，這反咬一口的毒辣手段，一開始就要遏制！」

宋衍嘴角懶懶的笑容消失了，他似乎愣了一下，不過稍縱即逝，隨後他的臉上如雨後初晴的西湖，帶著風光霽月後的明朗，似乎眉骨都染上一絲溫柔。「為夫要多謝綿綿承愛了。」

沉歡不好意思，動了一下又發現手腳實在痠痛得厲害，忍不住瞪著宋衍。「你昨日死命折騰我，我還沒和你算帳呢！」

聲音倒是凶，就是表情很可愛，反而像是撒嬌。

宋衍的手指滑過沉歡的臉頰，眸色深深，笑意浮現。「一直沒問過妳，顧家給妳取名沉歡，究竟是何意？」

「我的名字？」沉歡回憶了一下。「大約是母親的期許吧，希望我以後子孫滿堂，孩子們都能承歡膝下，所以取諧音沉歡。」

宋衍挑起她一縷頭髮在指尖繞圈，最後用手指輕輕地撫過她花瓣般的嘴唇，摟緊她。

「容嗣倒覺得，這沉歡二字，倒是沈溺歡愉的意思。」

沉歡瞬間臉紅到背上。

可惜，此刻南城的洪家並不如宋宅如此和諧安寧，洪家的議事廳裡，一片風雨欲來的陰沈。

洪泰的幾個幕僚都在大廳等著他，卻無一人敢大聲說話。他的手裡拿著京城送來的密信，臉上烏雲密布，狠戾的表情不加掩飾，顯然信中消息並不是一件好事。

「老爺。」下面其中一個幕僚訕訕開口了。

大坪村一事算是搞砸了，被宋衍搶了先手，不僅族長與保長臨陣倒戈，連手下的人也被宋衍以誣衊朝廷命官為由抓了進去。

之前拔苗事件，他們與宋衍幾度交涉以後，想那宋衍怕了，才很快就放人了。但是這次他過去談了幾次卻無果，如今人還被關在地牢裡。

「這次大意了，小看那顧沉歡，原以為她能嫁入宋家，靠的是美色惑主，如今看來卻是不僅如此。」

那小婦人一身嬌柔氣質，說話都是撒嬌般嬌滴滴的，沒想到動起手來卻完全不輸男子，她早就見不得下面搗亂的人，卻硬是忍到這幾人誣衊朝廷命官的話出口才動手抓人，讓自己落了個名正言順。

「一群廢物，不成事的廢物，被個小婦人玩弄於鼓掌之間。」洪泰啐了一口，顯然心情不好。

失了大坪村，就失了先機。他不是沒有想過讓女兒洪成雅勾引宋衍，奈何宋衍穩如泰山，完全不為所動。

那幕僚不敢回嘴，只得轉移話題。「宋家被奪了爵位，不可與往日相比，這宋衍軟硬不吃，油鹽不進，必須得拔去。」

洪泰冷笑。「我如何不知要拔去？這夫婦二人自從來南城，就一直在斷我後路，如今京城那邊已經對我失去耐心，大家以後的日子都不用好過了。」

下面的人從未見過洪泰臉色如此不好，再聯想到最近發生的事情，其中洪泰最親近的一個幕僚，試探性地問了一句。「據聞老爺前幾日將小姐送到京城，不知老爺作何打算？」

洪成雅是洪泰最疼愛的女兒，一直盼著她高嫁，如今卻忽然將她秘密送去京城。加上這次從京城回來，洪泰一直臉色不豫，今天看了密信之後，更是臉色難看得厲害。

提到這個話題，洪泰神色一僵，咬了下牙。「成雅貌美擅奉承，我已將她送到太子殿下的東宮做侍妾。」

「什麼！」那幕僚驚呼。「太子東宮，這……」

另一位跟著洪泰很久的幕僚亦是同樣吃驚。「一入東宮那就不能回頭，老爺您可要三思啊！」

洪泰沈默一陣子，終是下定決心。「成大事者不拘小節，成雅必能體會我一片苦心，待她為太子生下一男半女，必是我洪家飛黃騰達之時。」

幾人面面相覷，一時間竟不知這是好是壞。

說到這裡，洪泰又皺起眉頭。「我的時間不多了，殿下的耐心也所剩無幾，今年該交的稅銀還是得交。」言畢，又將京城發生的事情與幾位幕僚交代。

幾人正在說話間，洪泰的一個貼身護衛走了進來，接著他下面管著糧食運輸的管事也進來了，附在他耳邊悄聲說了幾句。

洪泰臉色大驚。「所言當真？人在哪裡？」

管事陰沈著臉點點頭。「費了好大的力氣才招供了一些，如今關在東邊的私牢裡，就剩一口氣了，沒敢折騰死。」

洪泰一甩袖子，眼中陰雲密布。「好啊！好啊！好啊！」

他連說三個好字，顯然怒極，聲音冷得能淬出冰渣子。「竟能查到這個地步！走吧，我倒要瞧瞧！」

當洪泰去東邊私牢的這幾天，宋衍又幹了一件讓各大縉紳拿不準的事情。

他以並州政府約談徵糧時間為由，一個個約談了各大鄉紳，從大到小依次見面，只要排得上號的，都要去並州府邸覲見知州大人。

這是以前南城從未發生過的事情，之前朝廷徵收糧食，最多與幾個大縉紳談一談，但是從來沒有小縉紳的分。小縉紳除了依附之外，那是靠不上邊的。

縉紳們摸不著頭腦，亦不知道要談什麼，彼此揣測卻想不出個所以然。

因為他們每一個都是單獨見宋衍，約談的時候沒有第二人在場，甚至貼身的侍衛、丫鬟都不在，可能說的話一樣，也可能說的話不一樣。

只要宋衍不說出他們談了什麼，就沒人知道到底雙方交流什麼。

還沒等大小縉紳約談完一半，有的縉紳們就忍不住聚在一起交流起來。

「大人約你談了什麼？」

「這怎麼可能？你能享受這個政策？」

「你莫不是誆我吧？」

「咦，你怎麼支支吾吾，莫不是背著我們談了什麼有利的條件？」

起初還能好好說，偶爾互相諷刺兩句，漸漸地這群縉紳開始有其他心思。

因為他們都懷疑對方沒有對自己說實話，或是宋衍給了對方更好的徵糧政策甚至減糧政策，於是彼此交流的時候，這味就不是最開始的那個味了，一股猜忌開始瀰漫。

葛家幕僚一看這情況，連忙給葛老爺出主意。「老爺，這宋大人看樣子是鐵了心要動手了。」

「此事成不成要看眾人心齊不齊。」

「他的目的就是瓦解陣營，不能著了他的道。」

「大坪村已經失了先機，老爺究竟作何打算？」

葛老爺不語，他在掂量著宋衍開給他的條件，想了一會兒，他站起來。「傳我的帖子，就說我要見丁老爺。」

當晚葛家與丁家密會，卻沒有通知洪泰。

洪泰得到消息，將密信撕了個粉碎。「老匹夫，我們看誰能撐到最後！」

接著宋衍又頒布第二條政令，將沉歡推行到大坪村的新種子優惠政策，以政令的形式頒布，再加了一條拒絕納糧嚴懲。

漸漸地，沒靠山的小縉紳開始有點動搖，部分猶豫著是不是開始按宋衍的標準交糧食。

洪泰憤怒於小縉紳的背叛，暗中派人對好幾家動手，不是砸了人家鋪子，就是高價買走人家的勞動力。

一切都在進行，宋衍靜靜地望著自己的棋盤。

快到時候了。

第四十八章　徐老天之死

宋衍與沉歡齊心協力地推廣，小村子早已知道要換種子，農戶們聽說了新政令，也都很配合。

縉紳們急得跳腳卻沒辦法約束所有人，沉歡終於搶在今年的晚稻耕種季將新種子全部下地了。

旁邊的州府都覺得並州的措施是小題大做，包括並州府旁邊的宿城亦是如此，沉歡與宋衍一起參加宿城知府家的幼子滿月宴飲，地方官吏嘲笑之聲四起，都覺連用水都採取分配制，難免過分緊張了。有人甚至當面譏諷宋衍到底是年輕，沒見過大陣仗。

宋衍神色平靜，步履從容，並未與其他地方官吏多說什麼。

沉歡卻心裡一直在打鼓，因為她知道這個月下雨的願望又落空了。

在新種子下地以後，沉歡最大的心願就是可以下一場雨，然而沒有盼到雨水，天氣反而越來越熱。

並州的用水更加嚴格管制，衙門的人幾乎被調空了。因為宋衍加派了更多人手對水源進行管理，以防人們為水源產生爭鬥。

百姓們漸漸也覺得不對勁，那些原本埋怨並州政府的人，此刻也有些擔憂與害怕。不下雨已經夠糟糕了，最糟糕的是氣溫還在逐漸升高，今年的平均氣溫早已超過去年，河道水位持續下降，農作物的生存環境面臨著嚴峻考驗。
就這樣又過了兩個月，依然滴水未下。
原本只是並州少雨的局面，迅速向周邊州縣蔓延，因為又是夏季，氣溫高熱，長時間不下雨，導致那些準備不夠充分的州縣裡大量農作物枯死。
當沉歡與縉紳們的拉鋸戰況越發嚴峻的同時，整個大律的乾旱大面積爆發了。就算是提前做足措施的並州，強制管控過水源也撐不了多久。
六月底播下的種子，要撐到十月才能走完整個成長季，如果撐不過這幾個月，連抗旱稻種的最低水位都無法保障的話，那麼這批稻苗就可能全部死亡。
並州還有這麼多百姓，屆時流民四竄，局面更是無法控制。
沉歡焦慮得無法入睡，半夜時分，她忽然坐起來對宋衍說話。「如果我們能撐到十月，盼來老天爺下雨，那麼並州就可以不依靠朝廷挺過這次難關。」
宋衍比沉歡淡定，一把拉過她，按住她因焦慮而皺到一起的眉頭。「妳若是日日以此狀態，只怕撐不十月，妳的身體就先不行了。現在妳需要的是休息。」
宋衍召集四縣的官吏，每日匯總安排進度，手段異常強勢，州縣裡凡質疑不配合的一律嚴懲。因距離交糧還有一段時間，縉紳們忽然都齊齊消停了。
這種安靜，反而讓沉歡有種山雨欲來風滿樓的擔憂。
就在這個時候，新種子可以增產的消息忽然不脛而走，以往一直被各大縉紳暗暗抵制打壓的新種子，忽然變得炙手可熱，伴隨升溫的，還有它被過分誇大的產量。

從最開始下地可以存活，到存活可以多產一成，到沉歡預估的二、三成，到百姓們自己認定的五成，到各路心術不正的人口中，牛皮吹破天的七成甚至一倍，最後變成你以前畝產多少，現在就是翻倍。

這股增產、增量的騷動之風吹到京城，引起南北糧商以及朝廷各方的注意。

身處騷動中心的宋衍，負責改良稻種的沉歡，以及擁有育種技術的徐老天，三個人一起被吹到風口浪尖上。

徐老天家的門檻都要被人踏破了，沉歡也日日不堪其擾。前來拜訪的人絡繹不絕，捧著銀子的有，帶著美人來的也有，也有打著交流技術的幌子，通通都被徐老天拒之門外。

徐老天一個都不見，唯一能正常過來的人，只有沉歡與病中照顧過他的丁楚楚。

這日沉歡過來，剛好撞見滿面怒容的丁帆，旁邊站著一臉羞愧的丁楚楚。

沉歡暗自琢磨一下，莫非丁家聞風而動，找到徐老天，打算來談種子之事，但是被徐老天一口回絕？

「原來是知州夫人，幸會、幸會。」丁帆到底是見過風浪的人，在見到沉歡以後，惱怒的表情瞬間掩飾得很好，帶著丁楚楚過來行禮問安。

沉歡自然是以禮相回，雙方各懷心思，打了一個照面就匆匆離去。

待進到屋子，只見徐老天滿臉通紅，顯然氣得不輕，見沉歡來了，他臉上還怒容未消。

沉歡本想問徐老天，為了何事如此生氣，但見徐老天似乎不想多提，只得作罷，打起精神找徐老天討教一下佃農們最近的問題。

因水源被管控，並州所有的農地灌溉水量都得按計劃進行，佃農們一開始怨聲載道，既嫌麻煩又嫌辛苦，衙役們也苦不堪言，但隨著旱災爆發，佃農們心裡害怕，倒是漸漸地都開始消停配合了，特別是知道其他州縣農田大面積枯死之後，更是小心翼翼。

對於家裡沒有存糧的普通百姓而言，這一季的苗子就是希望，要小心呵護。

「若是我們能夠保障最低的灌溉量，這批苗基本都能存活，因本來就是抗旱品種，面臨的不僅是水源問題，還有蟲害。」沉歡拿著近期交上來的種植冊子，心中越發憂慮，她是來找徐老天討教的。

沉歡對徐老天很是尊敬，徐老天年齡大了，各種舊疾反覆發作，特別是他的關節炎，近段時間復發凶猛，近兩日甚至連翻身都要別人幫忙。

沉歡待在他身邊久了，摸清徐老天的脾氣。特別知道徐老天當年在關節炎高發期，為了穩妥地把「蒼天稻」初代的品種妥當地收回來，非要親自下地。僕人拗不過他，只得命人用驢車把他馱到地裡。

就是這個倔強又發過宏願的老頭，硬是強忍劇痛，趴在稻捆上，一面指揮割稻，一面認真篩選品種，最後登記在冊後，把一株株的稻穗裝進袋子裡，才有了蒼天稻的穩定原型。

沉歡原本以為徐老天會和往常一樣與她討論，沒想到徐老天在丁帆走後，在榻上呆坐了一陣子，一言不發，蠟黃蒼老的臉上滿是疲憊。

沉歡有點心疼，想著還是讓他多休息吧，這些事情自己能解決的就盡力解決。

沒想到徐老天忽然問沉歡。「夫人可曾害怕過？」

沉歡愣了一下，不明白什麼意思。「害怕什麼？老師何出此言？」

沒錯，她現在已經叫徐老天為老師了，當然這是沉歡單方面叫的，徐老天並未應答，他似乎不收徒弟，就算沉歡如此稱呼，仍是恭恭敬敬地叫沉歡夫人。

沉歡也沒強迫他，在這段交流的過程中，徐老天給予她很多指導與知識，何況徐老天年齡大她許多，稱呼一聲老師也不為過。

「蒼天稻的消息不脛而走，越演越烈，老朽耕耘半生，卻屢遭打壓，本以為這蒼天稻在我有生之年都無法推廣開來，沒想到遇見夫人。然而，人言可畏，不實的消息帶來的是各方覬覦與捧殺，老朽年歲已高，死不足惜，卻不想夫人捲入其中。」

沒想到徐老天是擔心這個，要說捲入其中，她早就捲入其中了，也不是今天才發生的。

沉歡站起來，從桌上倒了一杯水遞給他，寬慰道：「老師多慮了，如今您將養好身體才是正理，不必操心這些事情。您做這些都是為了天下百姓，走的是正道，沉歡亦走的正道，既是正道，何懼之有？」

徐老天慢慢地接過沉歡遞過來的水，喝了一口，掀開眼皮，看了她一眼。「夫人光明磊落，在推廣新種子的時候，老朽就已經看出來了。」

說完，徐老天不再說話，房間裡又是一陣沈默。

沉歡覺得今日的徐老天有些奇怪，想是被丁家給氣著了。

反正天天打這新稻種主意的縉紳也不少，以前是打壓，現在想通了，多半是想要徐老天向自己倒戈，有穩定的種子，以後增量好控制米糧交易的價格。

沉歡不想再讓徐老天說話，連忙過來扶著他躺下，嘴裡還叨念著。「老師，您就不要操心這些事了，如今乾旱蔓延，像您這樣的人，要將養好身體才是百姓的福祉。」

百姓的福祉？虧她想得出來。

徐老天蒼老的臉上終於扯出一個笑容。

沉歡見他閉目養神，正打算離開，沒想到徐老天又開口了。「夫人可記得老朽畢生所願？」

「願望？」沉歡回頭想了一下。「願天下永無餓殍？想來想去老師的願望也只有這個了。」

徐老天笑起來，臉上有光芒綻放。「難為夫人還記得。」

沉歡怕打攪他休息，悄悄掩上門退了出去，到了外面才叮囑負責照料徐老天的衙役。「徐老身體不好，近些日子他不想見的人就不要放進來了。」

那衙役也滿臉愁苦。「夫人有所不知，拜訪徐老天的人太多了，因徐老天以前也會見那丁楚楚，今日丁楚楚與她父親前來，徐老不好拒絕，還是見了。」

沉歡嘆口氣，又叮囑一些日常照料需要注意的細節，這才回家。

晚上，她將今天的情況與宋衍商議。

「我看讓郎中再過去看看，老師身體不好，我怕他撐不過今年。」

宋衍見她愁眉不展，不禁安撫妻子。「妳若是擔心，明兒就讓人再去瞧過。」

見沉歡還是皺著眉，宋衍拉著她的手，為她分析。「丁家聞風而動找到徐老天，看上的豈是區區一點種子？他想要的想必是蒼天稻的整體技術。但是徐老天知道這些人就算有了技術，也必不會讓百姓獲利，都是以自己的利益為先，所以一定會嚴詞拒絕。綿綿，妳想想以徐老天的脾氣，會惹怒了幾家？」

實際上，想發國難財的人不少，囤糧漲價的人也不在少數。先不說洪泰自拿到徵糧令之後，就一直與宋衍和沉歡過不去，阻撓新種子問世、壟斷糧價手段也用了不少。

丁家自然也想獨占種子技術，丁帆沒想到徐老天如此不給面子，才提一個苗頭，就被嚴詞拒絕，他提出再好的條件讓利，徐老天仍是一口回絕，毫無轉圜餘地。

「沒用！沒用！真是沒用！」丁帆那日回到丁家，就劈頭蓋臉對丁楚楚一陣罵。

丁楚楚委屈，一邊抹眼淚，一邊為自己辯解。「我想拜徐老天為師，可他就是不答應，我還能強迫他不成？女兒我為了爹爹的稻種冊子，去老頭那裡端茶送水伺候這麼久，還要被爹爹罵。女兒也知道爹爹心急，畢竟穩定的種子還需要培育，不然種出來的稻子一季不如一季，後面也就廢了。可徐老天將稻種技術冊子捂得死緊，女兒有什麼辦法？」

丁楚楚越說越委屈，想著自己這段時間以來伺候湯藥，博取信任，沒少做事，如今還要被罵，直接哭著跑開了。

事實上，丁家一早就敏銳地覺得新稻種有利可圖，可是礙於幾個大家都聯手打壓，所以他也不好太過明顯，只得附和著。如今，新種子推廣到各大村落露了面，丁家早就想把這種子技術據為己有，並且想自己培育，以後把增產的糧食銷到鄰國以獲取高額利潤，奈何徐老天根本不買帳。

丁帆心中盤算，還得再想法子，在並州為徵糧之事與縉紳們對峙的混亂時候，摸魚上岸。

如此又彼此安生幾日，這日沉歡照例在知州府邸旁聽幕僚們議事。

陶導將京城的消息拿出來議論。「據聞前幾日大殿之上，成王與太子殿下均提及高產稻種一事，高產之事越傳越神，這背後怕行的是捧殺的險惡居心。」

金光縣的知縣覺得沒什麼。「如今四縣都有新種，還是第一季，就算再怎麼胡亂傳，聖上還是得看最終的收成吧？」

「原本天氣所迫，強制推行，沒想到竟然能傳到京城。」南城縣的新知縣如今已經摸清南城的基本情況，公務上手得倒是很快。

「現在就怕有心之人不斷上調朝廷預期，本來天災之下就該減產，要是吹得聖上都信了，只怕……」中年文士想到的是另一層面。

宋衍一邊聽著，一邊用手指輕輕地叩擊著桌面，沈吟一會兒開口道：「朝廷用穀物作為文武百官和軍隊的軍餉，如今各州縣都為旱災事宜請求朝廷撥糧抗災，只有並州暫時還未有動作，聖上下了這指標，不會輕易動作。」

沉歡心裡也明白，朝廷亦在觀望並州動向。

幾人還未說完，就見衙役急急忙忙來報，神色慌張。

南城縣的知縣率先呵斥出聲。「大人議事，何故擅自闖入？」

沉歡見那衙役是往常看護徐老天的人，又見他臉色蒼白，顯然嚇得不輕，不禁問：「怎麼了？」

那衙役忽然跪在地上，眼圈發紅，聲音哽咽。「徐、徐老……徐老他死了！」

什麼！徐老天怎會這麼快就走了？

沉歡實在沒想到，心中一陣酸楚，忍著淚，站起來問那衙役。「怎麼回事？怎會突然就去了？」

那衙役跪在地上，嗓子眼發顫。「卑職奉命看護徐老天，自夫人走後，凡有來訪者卑職一律拒絕，徐老倒也清靜了幾天。昨兒夜裡有點響動，卑職問徐老可有什麼需要？徐老說沒有，今天早晨卑職照例去添水，可徐老他、他……就已經沒氣了。」

沉歡流出眼淚，只覺心中悲痛，正要開口，宋衍卻問了一句。「你確認自夫人之後，就無人再拜訪過嗎？」

衙役立刻點頭。「的確無人拜訪，那丁家、洪家都沒來了，安生了好幾日，卑職正說清靜幾天，忽然就、忽然就……」

宋衍的眉眼有一絲懷疑，只是轉瞬即逝，他轉過頭見沉歡一臉不願相信的樣子，嘆了口氣對她說：「妳近幾日也鬧著不舒服，若是再見恐徒惹傷感，我帶人過去看看，妳先回去，等我消息。」

沉歡不同意。「我要去送徐老最後一程！」

宋衍也沒強迫她，轉頭對那衙役說：「你隨我一起，我有話要問。」

一陣安排之後，就帶著人去徐老天那邊。

仵作檢驗一番後退了出來，神色有些不對，又反覆查驗一番，似在猶豫。

沉歡見這情況一時想到什麼，忙不迭問道：「可有不妥？」

仵作讓沉歡少安勿躁，又走到宋衍面前，躬身行禮後回稟。「卑職上任以來，只碰到過一次這種情況，還請大人借一步說話。」

宋衍知道仵作因沉歡是女子，怕嚇著她，遂與仵作單獨到一旁，讓仵作把事情講清楚。

「卑職查驗徐老天的屍體，因徐老天病痛頗多，又服藥時間很長，表面上看倒像是舊疾急發，導致心臟衰竭而死。然而死者指甲縫有輕微黑紫色，舌根發暗，雙腿有掙扎過的痕跡，倒像是中毒的症狀。」

宋衍眼中眸光一閃。「中毒？」

仵作點點頭。「但是卑職剛剛也察看過死者生前服用的湯藥以及吃食，包含藥渣、服用過的魚湯，都沒查出問題，卑職不敢擅斷，這才請大人借一步說話。」

沉歡從仵作出來又進去複檢就隱隱覺得不對勁，此刻見他跟宋衍說話，心中更是覺得有問題，就等著宋衍回來。

宋衍聽完仵作的分析，沈吟一下，把南城知縣叫過來交代幾句。「此事還須得細查，只怕其中不簡單，將平常看護徐老的衙役，及醫館中負責配置湯藥的人，都叫過來細細查問。」

沉歡在旁邊看宋衍叫南城知縣過來，更是落實心中的揣測。

果然如此，徐老的死怕是不簡單，是誰這麼想置他於死地？

還來不及等沉歡問清楚狀況，就見孫期臉色不好前來彙報，沉歡知道宋衍恐有事情要忙，不好再打擾他，只得自己先回去了。

臨走之時，宋衍見她悶悶不樂，握了一下她的手安撫道：「我已命人暗中調查徐老死亡一事，若真是有人下手，勢必找出凶手。妳且先回去，好好休息一下。」

沉歡看著宋衍的眼睛，得到安慰，點點頭上了馬車。

第四十九章　小哥兒失蹤

在馬車上，沉歡梳理所有訊息，徐老天走得這麼突然，宋衍卻說暗中調查，那麼證明至少從表面上來看，凶手將一切掩飾得很好。

近段時間能接觸到徐老天的人，有看護的衙役、藥館的人、自己以及之前拜訪過的丁帆和丁楚楚。

這裡每一個人，看上去似乎都有嫌疑，所以這是仵作避開她借一步說話的原因？

如今新種子已經下地，眾人的注意力都被旱災所吸引，倒是沒有之前那麼關注徵糧一事。但是沉歡知道，已經有一些人悄悄倒戈，與宋衍密談過了。

這一日，沉歡等到戌時，都沒等到宋衍回府。

再晚一點，卻是孫曉過來了，孫曉是過來代宋衍傳話的，只說今日有要事，不能回府與沉歡用飯，要沉歡早些歇息。

沉歡等不到宋衍，只得自己吃過飯歇息了。結果這一日，宋衍很晚才回來，半夜，沉歡矇矓間，見他進來更衣淨手，顯然才回來不久。

沉歡揉了揉眼睛，打著呵欠。「回來了啊，徐老的事有眉目了嗎？今日怎如此之晚？」

天氣熱，沉歡是個怕熱的人，上身只穿了一件肚兜，下身穿了一條短褲就在床上納涼。雪白的皮膚在月色下倒是晃眼，她身材姣好，即使是生育之後也不見一絲贅肉，反而更添風韻。此刻迷迷糊糊，一雙眼睛矇矇矓矓，還不安生，一雙腿亂動。

宋衍看得眼熱，拍了拍她的後背，撫摸著她細膩白嫩的肌膚。「好好睡吧，徐老的事明日再說。」

沉歡很睏，聽完就翻了個身，又繼續睡了。

等她醒來的時候已經天色大亮。

沉歡嚇了一跳，趕緊爬起來，回過神來再往旁邊一摸，榻上哪還有宋衍的身影，早沒人了。

沉歡不禁埋怨，昨日半夜回來，今天又這麼早走，到底是發生了什麼事啊，都沒能好好說一句話。

早上照例，小哥兒和小姊兒要一起過來請安，乳母一人牽著一個，過來問候。

「哥兒長高了。」沉歡很欣慰。

「娘親我呢？」小姊兒這性子，也不知道像誰，此刻忙不迭地過來給母親展示自己也長高了。

小哥兒看了她一眼，也沒說話，自己默默地又走了一步，走到母親面前。他模樣神似宋衍，性格沈靜，眼睛如黑曜石般好看。

兩個孩子都是沉歡的心頭肉，沉歡讓人將熬好的粥端上來，親自看著兩個寶貝都吃完了，這才展顏露出一個笑容。

「吃飽飽，長高高，跑得快！」

兩個孩子都被她哄笑了，沉歡自己也笑了起來。待把兩個孩子都抱了一下，各自親了一番，這才放下來讓乳母帶著去玩。

中途見小哥兒玩了一會兒，坐在院子裡發愣，發一下愣又看她一眼，然後自己玩一會兒。

沉歡瞧著奇怪，露出一個疑惑的表情，剛想問他怎麼了，那孩子卻紅著臉，又扭頭跑開了。

這段時間以來，沉歡不管再忙，都會定時和小哥兒親近，效果也很顯著，從一開始的不熟悉，小哥兒慢慢地叫母親也不那麼生硬了。

其間乳母幫小哥兒溫水，沉歡來到小哥兒身邊，見他正往水盆裡抓樹葉玩，過來笑著逗他。「哥兒，開心嗎？」

小哥兒黑黝黝的大眼睛彎成一彎月亮，笑起來。「開心呢。」

兒子，娘親的心要化掉了，多笑一笑才對，太可愛了。

小哥兒抓了一會兒樹葉，又要去玩紙鳶，大眼睛期待地望著她，沉歡自然又陪著孩子玩紙鳶，兩人玩得不亦樂乎。這紙鳶是宋衍做給兩個孩子的，翅膀精巧，在天上飛得很穩。

丫鬟進來稟告，說爺給夫人帶話，要夫人出去，孫爺正在外面候著。

因為孫曉來得突然，沉歡只能先將孩子交給乳母，出去前門見孫曉。

「夫人，大人讓我來通傳，明兒四州知府宿城議事，讓夫人為大人整理一些簡單衣衫，大人今兒不回來了，明兒一早就去宿城。」

「什麼？」沉歡很是驚訝。「大人可還說了什麼？」

孫曉搖頭。「大人只說朝廷忽然下的安排，明兒一早就出發，要夫人莫等他，照顧好家裡。」

「大人要去幾天？」

「快則四、五日，慢則十來天也有可能。」

沉歡招呼丫鬟隨著她為宋衍收拾行李，因出行時間不短，沉歡打開櫃子為宋衍收拾貼身衣物，看到櫃子裡以前自己做的那對小老虎。她心中一暖，知道宋衍將這對小老虎，作為他們的定情之物妥帖收著。她想了一下，將小老虎放到宋衍的行李裡。

孫曉等不及了，卻不敢催促，沉歡看他表情知道事情著急，不敢耽擱，連忙準備。

晚上，宋衍果然沒回來，只是叫人傳話，說有要事提前走了，半夜就出發了，又特別強調了一句，東西收到了，夫人有心了。

沉歡臉上一紅，一聽這話就知道宋衍看到小老虎，這是特意讓人給她回話，於是，沉歡又過了一個夫君不在的夜晚。

第二日早上，小姊兒都來了，卻半天沒看到小哥兒。沉歡以為乳母帶著小哥兒在玩耍，等了一刻鐘，還是沒見人來。

沉歡心下一緊，命人把整個宅子、後面的花園、假山山洞都找了一遍。

下僕們汗流浹背回來稟報。「夫人，那池子前後都找了，洞裡也找了，都沒見到人。」

沉歡站起來，克制著自己緊張的情緒，儘量穩住聲音。「早上可有見著那乳母？」廚房的大娘子想了一下。「早上照例來給哥兒拿吃食，按習慣，是要在池子邊看魚的。」

天氣炎熱，小哥兒早上喜歡看魚，也喜歡玩水，是故早起之後乳母都會帶著孩子在池子邊看魚。

「看魚之後，就沒注意了，還以為和往常一樣帶著哥兒玩耍呢。」下僕也覺得大事不妙，猶疑地開口。「要不趕緊通知爺，讓爺回來？」

沉歡看時間，冷汗一滴一滴打濕後背，這時間宋衍早走遠了。就算此刻宋衍返回，至少需要大半天的時間，若是途中遇事，還得將近一天的路程。

沉歡壓住內心的驚懼，強迫腦子安靜下來，她拚命告訴自己：沒事的，沒事的，小哥兒不會有事的！此刻宋衍不在，她不能慌。

「姊姊，怎麼辦？」如心已經嚇得沒了主意，萬一小哥兒有個三長兩短……

沉歡一直沈著臉，那張平時總是帶著笑意的眼睛，此刻蒙上一層灰，好看的眉頭輕蹙著，嘴唇緊抿，迅速將宅子裡所有的僕人全部召集到一起，一個個複查。

如心抬頭看著沉歡，只見她神色雖然焦慮，但是行動有序，這才第一次真正意識到，沉歡這些年已經歷練許多。

沉歡先召集人過來，然後又派人去衙門找陶導，讓陶導從衙門裡派出人手，先把南城幾個進出城的入口加以把關。

家裡的這一批僕人，全部都是到南城以後才買來的，此刻全都圍在一起，以為發生什麼大事，瑟瑟發抖，都言自己沒有擄走小哥兒。

因為事關重大，在一切還未有定論之前，沉歡不想到處聲張。

她聲音冰寒，聲色俱厲，下僕們平日都覺主母溫和可親，從沒見過她這個樣子。

「今日把大家召集到一起，是要問一問大家，昨日夜裡以及今日早晨，可有誰見過小哥兒？若是有誰看到小哥兒，提供了線索，我大大有賞。若是誰敢隱瞞或者是夥同……」沉歡臉色瞬間冷下來，壓低聲音。「不要怪我心狠手辣！」

僕人們面面相覷，戰戰兢兢，你一言我一句，都說沒有看到。

沉歡臉色不顯，心中卻越發不安，她的目光在下面跪著的人身上一一掃過，兩個大活人忽然就不見了，只有兩種可能：要不是那乳母將小哥兒擄出去，要麼就是宅子裡已經不安全了。

喜柱兒按照沉歡的吩咐，讓身強力壯的衙役，先將幾個有嫌疑的下僕分別關在不同的屋子裡單獨審問。

那些下僕此時已經知道是小哥兒不見了，宅子裡才如此大動干戈，也知道自己有嫌疑，幾個人都放開嗓子罵乳母是個黑心的臭婆娘，自己幹壞事，還要牽扯這麼多人。

沉歡聽得更心煩，命人將幾個罵得厲害的人嘴堵住。「先全部關起來！」

她坐在椅子上，手心全是黏膩的冷汗，這種時候一定要冷靜。

夜裡值夜以及各處看門的人，都說沒有幹壞事，能神不知、鬼不覺地將一個孩子從宋宅裡帶出去，絕非等閒之輩。

正在此時，喜柱兒抓著一個年約三十多歲，瘦得乾巴巴的男人進門，將他扔了進來，大聲喝斥道：「快給夫人說清楚！」

沉歡定睛一看，只覺此人很是眼生，平常沒怎麼見過。

下僕心裡害怕，哆哆嗦嗦，話都說不清楚。

喜柱兒剛想喝斥他為何支支吾吾，沉歡就開口了。「你慢慢講，把話講清楚，昨日可是看到什麼？」

沉歡回憶起來，這下僕是負責清掃後門的人，不常到她跟前來回稟事情，所以沒什麼印象。

下僕哆哆嗦嗦地將事情的來龍去脈講了一遍，原來是半夜他起夜，見到小哥兒那邊的院子有黑影閃過，他一開始疑心自己看錯了，覺得好奇就往那院子方向走去看看。

「誰知接下來我就昏了過去，再醒過來的時候，就是早上了。因我昨日吃了酒，還以為自己是醉倒在那邊呢！我怕被主母發現隨意飲酒責罰，因此剛剛就不敢說。」要不是剛剛喜柱兒從他身上聞出酒氣，只怕他也不會站出來。

沉歡站起來。「你仔細回想一下，那黑影是男是女？」

下僕見主母並未如想像中那樣，因為他工作中醉酒而發怒，膽子稍微大一點，努力回憶。

「你再想想，那黑影若是人的話，是一個人還是幾個人？」沉歡循循善誘，幫助下僕回憶。

下僕結巴地說：「男、男的。奴才瞧著像是男的。」

沉歡倒抽一口氣，這就意味著在昨日晚上，宅子裡就已經有外人了。「一人還是數人？」

「夫人問話，趕緊回答！」喜柱兒威喝一聲。

那下僕被嚇得連忙大聲應道：「幾個人！」

如果這個下僕沒有撒謊的話，小哥兒是被人擄走的，就不知道乳母是受害者還是幫凶。會是誰呢？這麼做的目的是什麼？他們想得到什麼？

沉歡的腦子飛速運轉著，在腦海中一一過濾出近期可能發生過衝突的人。

正在此時，門外看守的衙役忽然一邊跑進來，一邊嘴裡喊著。「夫人！夫人！剛剛在院子裡有人發現了這個東西。」

沉歡定睛一看，只見箭矢上綁著一張紙條，那紙條摺得好好的，呈一個豎條，要看的話就得解開。

沉歡連忙將上面的紙條取下來，接著快速打開，一小撮軟軟的毛髮就順著打開的紙條飄了下去。

沉歡俯身撿起來一看，渾身猶如被電擊一般，從腳趾麻到頭頂。

她如何不認得，那是小哥兒的頭髮！

喜柱兒一看沉歡那樣子，就知道一定不是好事，他也被嚇到了，顫著嗓子喊了一聲。

「夫人……」

跟隨沉歡這麼久，他還是第一次看到沉歡如此失態。

如心連忙將那紙條打開，一邊看，一邊發出驚呼。「蒼天稻的育種卷宗？我們如何會有這東西？」

這是談條件了，只要肯談條件，那就至少證明小哥兒暫時是安全的。

沉歡將紙條從頭到尾又看了一遍，最後捏成一團。「這夥人是為了蒼天稻的技術卷宗而來，想必早有預謀，要我今日亥時單獨帶著卷宗去指定地點交涉。」

「可是我們哪有蒼天稻的技術卷宗啊？」喜柱兒都替沉歡急，徐老天死得突然，現在對方又要這技術卷宗做交換，問題是他們哪來這樣東西。

沉歡明白了，徐老天死得突然，之前一直糾纏的人想必沒有得到自己想要的東西。她是徐老天死前最後一個見到的人，所以有人懷疑徐老天將技術卷宗給了她。

如心卻有另外一個疑惑。「可是為何是擄走小哥兒，不是小姊兒呢？按理說，不是小姊兒更好嗎？哥兒可是後面才帶到南城。」

沉歡也沈吟，畢竟在外面看來，她雖是宋家主母，但是庶長子卻並非她所出，若真是出了三長兩短，豈不是對她更好？她還年輕，生下嫡子，沒有礙眼的庶長子……

「還是說因為哥兒是男丁？」如心還在猜測。

沉歡卻聽得心中一凜，確實要說在外人面前感情好，小姊兒是自小就跟著她在南城，擄走小姊兒做交換，不是更妥當對她更有殺傷力嗎？為何選了小哥兒？除非……

「除非，那人知道哥兒是夫人所出？」喜柱兒一語驚醒夢中人。

「這……」如心臉色都變了，哥兒乃沉歡所出之事，連乳母都不知道，當時知道內情的人不是死了，就是拿捏在侯夫人崔氏手裡。

沉歡將紙條捏在手裡，神色堅定地對如心和喜柱兒說：「不管怎麼樣，我都要把哥兒救出來，時間緊急，對方沒給我更多的時間，現在馬上去找陶老過來，就說我有要事相商。待會兒你們分別按我的吩咐去準備東西，切忌不可讓其他人知曉。」

如心和喜柱兒心中緊張，知道此事非同小可，對視一眼，點點頭，各自準備去了。

沉歡手裡捏著那一小撮頭髮，又細又軟，還有著小孩子特有的奶味。

小哥兒出生之後，母子被迫分離，沒有吃過她一口奶，剛剛和她關係緩和一點的小男孩，如今不知道在什麼地方，禁受著什麼可怕的事情。

沉歡心頭絞痛，幾乎站不穩。

龍潭虎穴，哪怕是阿鼻地獄，她都要闖一闖。

宿城涵谷口。

宋衍帶著孫期、孫曉和幾個貼身的護衛，一路快馬加鞭直奔宿城而去。

「爺，前面就是涵谷口了，那地方極易設伏，我們不能大意。」

宋衍目光如炬，掃過複雜的地勢。「下馬，我們從谷口背後繞過去。」

孫曉、孫期點點頭，都飛身下馬，改成步行，選了一條更難走的路。

宋衍拔出劍，冷白的臉上沒有一絲表情，緩緩擦拭著劍身上隱隱的血跡，問道：「陶老的信鴿還沒到嗎？」

孫期也納悶。「按理這個時候該到了，莫非是中途遇見捕食的蒼鷹了？」

宋衍抬頭望向天空，果然天上蒼鷹盤旋，叫聲不止。

他自接到宿城密報，就日夜不停地趕過去，這段路地勢複雜，極易被伏擊，宿城又和鄰國相近，他們這一路上，已經遇見兩撥不同勢力的人。

負責打探洪泰藏糧之地的門子失蹤了，洪泰極有可能已經發現他們的動向，只是不知道埋下的暗樁被拔出多少。

京城那邊也並不太平，聖上年紀大了，而太子並不是一個耐心足夠好的人。

宋衍鏘的一聲將劍插入劍鞘。

一切都快了。

南城的另一邊，沉歡已經安排好一切，打算獨自坐上馬車。

喜柱兒擔憂道：「夫人，我已派人給爺傳話，我們要不等爺回來再商議？」

沉歡搖頭。「不等了，若是等宋衍回來，只怕小哥兒就要沒了。」

對方割下那一撮頭髮，就是最好的暗示，他們會對孩子下手。

而且對方之所以在宋衍走後才出手，就是選這個時間差，若是惱羞成怒撕票……

沉歡心中不敢細想，她只怕會後悔一輩子。

「我要的東西都埋好了嗎？」沉歡問喜柱兒。
「埋好了。」喜柱兒點頭。
沉歡將匕首藏在胸間，又回頭看了一眼陶導，聲音懇切。「事發突然，恐久拖生變，一切拜託陶老了！」
陶導眉目緊皺。「夫人放心，老夫必帶人全力配合。」
沉歡深吸一口氣，一腳上了馬車。
她一定要救回小哥兒！一定！
馬車一路搖搖晃晃往指定地方駛去。
沉歡坐在馬車上，時不時地摸一下胸口的匕首，堅硬的刀鞘貼著胸口，即使是大夏天，她依然感覺到陣陣寒意。
再走一段路，就到南城一處偏僻的郊外，選這個地點，證明對方果然沒能出南城，小哥兒很可能被藏在南城的某一處。
沉歡在腦子裡把事情的前因後果捋了一捋，現在唯一可以確定的是，想要徐老天育種技術卷宗的人，都認為徐老天把這本冊子傳給了她，所以才會有擄走小哥兒這一事件。
處理徐老天後事時，她也在現場，除了徐老天一些常見的衣物、書籍、各種雜亂的筆記，她確實沒見到育種相關的卷宗。
用她沒有的東西，如何去交換小哥兒？
但是如今這情況，沉歡騎虎難下，她甚至不能讓對方知道她實際沒有卷宗，如果一旦被對方得知，只怕小哥兒被殺人滅口都有可能。所以她將計就計，用自己的育種筆記偽造一份蒼天稻的卷宗，並讓喜柱兒將其藏到指定地方。

因為最近徵糧和推廣種子不太平，各方角力，非要說的話，太多人有嫌疑了，除了大小縉紳、四個縣打過交道的人，嫌疑最大的肯定是拜訪徐老天無果的丁家。

沉歡忽然想到那天，丁帆惱羞成怒離開的場景。

丁楚楚從一開始就對徐老天示好，還幾度要拜師學藝，奈何徐老天沒答應，丁家也是盯了好久。

平日裡可能忌憚宋衍不敢下手，幾經埋伏後，選在這個時候擄走小哥兒，證明這個人非常瞭解宋衍的行蹤。

腦子飛速運轉，沉歡很快就到了約定地點，駕車的車伕不能再待下去，忍不住回頭擔憂道：「夫人……」

沉歡攏了攏衣袖，遮住掌心的細針，又理好頭髮，這才深吸一口氣，讓自己鎮定下來。

「不用擔心，按我的吩咐去做吧。」

車伕只好按沉歡的吩咐，先行離開。

沉歡拿出早已準備好的黑布，按對方的要求將自己眼睛蒙上，站在空曠處大聲說話。

「不管閣下是何方人物，我已按要求來到這裡，若想要技術卷宗，就要保證我的孩子安然無恙。」頓了一下，沉歡又開口。「如今我的下僕已經撤離，我已是孤身一人，足見我的誠意，閣下可以出來了吧？」

剛剛說完不久，沉歡只聽到耳邊一陣冷風拂過，腳步聲窸窸窣窣，果然有人來了。

一個低沈的中年男音在她的耳邊響起來。「夫人，得罪了。」

瞬間口鼻被捂，一股異香襲來，沉歡立刻沒了知覺。

那人與同伴對視一眼，點點頭，將她擄上另外一輛馬車，飛速地離開指定地點。

周圍草叢中的衙役伏在地上，見沉歡被擄上馬車，立刻就要站起來，卻被陶導一把按住。「等一下！」

那衙役急了。「陶老，夫人被擄走了，要是有個三長兩短，我們怎麼和大人交代？」

陶導此刻神色沈靜，密切注視著前方。「你以為對方不知道我們跟在四周？就算你此刻衝出去救回夫人，換來的怕就是小哥兒一具屍體。對方必然知道我們不老實，蟄伏在四周，所以小哥兒壓根兒就沒有在這裡，夫人早已料到這點，所以要我們埋伏在此地，一定要引出小哥兒之後才能動手。而且抓到這些嘍囉有何用處，都是買來的死士，自盡之後，小哥兒更是行蹤不明。」

衙役盯著那馬車，心裡著急。「那我們怎麼辦？」

「跟上！」陶導指著馬車，一行人如蛇般悄悄跟了上去。

馬車行得飛快，顯然非常熟悉此處地形。

「大哥，咱們抓的可是朝廷命官的家眷，這一回做了，咱們趕緊走吧，這營生刀口舔血，太危險了。」其中一人開口。

駕車的男子開始沒說話，隔了好久才回道：「你以為我不知道，這也是沒辦法。」

「噤口吧！貴人怕那個地方有埋伏，讓我們先把這婦人帶過去再說。」

那人回頭瞧了一眼馬車裡，只見幾個黑衣人中間禁錮著一個年輕小婦人，那小婦人此刻昏過去，不省人事。

「這婦人好生美貌，不知為何得罪了那貴人。」

駕車的人敲了一下他的腦袋。「事關重大，不要肖想。」

兩人沒有說話了。

沉歡側趴在馬車裡面，屏住呼吸，靜靜地聽著前面兩個人說話，或許是她看上去太嬌弱了，這幾個人並沒有綁住她，掌心傳來陣陣刺痛，她的腦子越發清醒起來。

早就料到敵方有詐，為了防止暈過去，沉歡不僅一開始就屏住呼吸，而且掌心還暗暗藏了細針，在有人過來的那一瞬間，她就趕緊用針尖扎自己，用疼痛刺激，以防昏迷，保持清醒。

那群人果然捂住她的口鼻，她假意昏倒過去，將計就計。不出意外，陶導的人應該悄悄地跟在後面，現在需要確定的是這群人將她帶到何處。

駕車的人也擔心被人跟蹤，馬車沿著南城的郊外繞了好幾圈，變著法子擺脫追蹤，最後朝著一座廢棄老宅子奔去。

沉歡身體沒動，耳邊盡是車輪轆轆的聲音，她靜靜地在心裡數著拍子，估算大約行了多長時間，盡可能暗暗地在心底記住路線。

不久之後，馬車停了下來，沉歡立刻收斂呼吸，假裝自己還是昏迷狀態。

領頭的男人是個彪形大漢，渾身肌肉夯實，他從懷裡掏出一個白瓷瓶，放在沉歡鼻下讓她嗅了一嗅，悠悠片刻，沉歡裝作自己剛醒過來的樣子，張開了眼睛。

她的眼睛上還蒙著那條黑布，看不到四周景象，本能地她覺得自己身邊此時大約有五、六個人。

沉歡拉下臉，語帶憤怒。「無恥宵小，言而無信，將我帶至此處，是何用意？」

為首那人卻並未被激怒，只是不吭聲，很快將她帶到屋子裡。

沉歡心中警鈴大作，越是封閉的空間，對她越不利，她走得很慢，直到那人不耐煩地推她。「夫人莫要想著要什麼花樣。」

沉歡正想回答，一介纖弱女子，能要什麼花樣。

這時候，一個從未聽過的男人聲音響起來。「夫人可把那東西帶來了？」

從聲音上聽不出來是誰，沉歡眼珠微轉，回道：「不就是想要蒼天稻的技術卷宗嗎？這東西於我價值不大，當然可以交出來，但是你先得讓我知道小哥兒安然無恙。」

那人聽完竟然笑起來，不屑道：「夫人可知妳在說什麼？此刻可不是妳可以談條件的時候。」

沉歡知道此時不能露怯，聲音絲毫不懼。「你擄走我的兒子作為交換條件，我總得確認他安然無恙，這場交易才能進行下去吧？我想這要求也不過分。」

那人冷聲回應。「夫人可知妳身在何處？此處叫天天不應，叫地地不靈，妳除了束手就擒，別無他法。」

果然，沉歡心中一凜，如她之前所料，這夥人一開始就沒打算好好做交易，而且心急膽大，並不畏懼她知州夫人的身分，隱隱有股殺意。

沉歡沈吟一下，換了一種語氣試探道：「蒼天稻若是沒有育種卷宗，拿了現在的種子也沒用，穩不穩定另說，指不定下一批種子就打回原樣。」

那人的呼吸變粗了，沉歡敏感地覺察到。

「你們以幼童威脅我，也知我慈母心腸，我原本就不看重這卷宗，只要你能保證小哥兒活命，這卷宗我自然可以給你們。」

「夫人倒是大方，想哄我交出孩子，再來個甕中捉鱉，還不知道這甕中誰是鱉呢？」

沉歡雖然蒙著眼，但是站得筆直，原本嬌軟的聲音，此刻聽上次倒是有股霸氣。「我乃朝廷命官家眷，你們加害於我就會驚動大理寺，要卷宗就要卷宗，既然蒙我眼，就是不想讓人知道身分，你如今不讓孩子出來，莫非就是誆騙我？」

黑暗中忽然有人「啪啪」拍了兩下手。「知州夫人果然伶牙俐齒，無妨，把人帶過來讓她瞧瞧吧！只是見了人，到時候可要把東西交出來。」

沉歡隱隱覺得這聲音有些熟悉，卻又記不起到底是誰，趁著來人取她黑布的時候，她佯裝憤怒試探道：「你們要這卷宗做什麼，產這麼多糧食，也不知道吃不吃得完。」

那人冷冷一笑。「這就不勞夫人費心了，產出來的東西，有的是去處。」

沉歡心中警惕，取下黑布雖然恢復光明，但是眼前所有人都黑衣、黑面罩，看不出是誰。

第五十章　祭壇設計

沒多久，就有另一個黑衣人押著一個婦人和一個小孩過來，那孩子被婦人牽著，此刻一見到沉歡，立刻就掙開手要往沉歡這裡跑。

「娘親！」小哥兒眼中充滿希冀，聲音很大，看樣子沒事。

沉歡懸著的心終於落地了，這一放心，才覺得兩腿有些痠軟，剛剛全憑著一口氣支撐著。但是此刻還不能放鬆，一切還沒結束。

小哥兒黑黝黝的眼珠子牢牢地盯著沉歡，顯然也知道自己的處境，在沉歡對他點點頭之後，就沒有再隨意喊叫。

「哼，看也看了！將人帶下去！」那人發話。

「慢著！」沉歡立刻大喊。「若想要卷宗，就讓他們和我一起！」

「什麼意思？」那人突然拔刀橫在沉歡頸間，顯然已經動怒。

沉歡深吸一口氣，強行穩住顫抖的雙腿。「交出卷宗，指不定你們殺人滅口。我把卷宗藏在一個你們想不到的位置，你若是信守承諾，我也不過問你是誰，你讓那乳母和孩子跟著我，我帶你們去取，絕對不耍花樣！你們若是此刻殺了我，什麼都得不到，還落得行刺朝廷命官家眷的罪名，兩處都討不了好！」

刀鋒寒冷地抵在沉歡頸間，一絲被斬斷的頭髮飄落下來，顯然剛剛此人是真的動怒，有了殺意。

沉歡吞了下口水，穩住聲音。「我也是為了自保，那地方除了我，沒人知道，只要你們放了我，我保證你們拿到的東西是真的。」

那人盯了沉歡半晌，慢慢收起刀。「若是再耍花樣，別以為搬出朝廷我就怕了，照樣殺了妳。」

那人招來身邊一個黑衣人，簡單交代兩句，用刀指著沉歡。「帶路！」

沉歡再次深吸一口氣。「你們得換身衣服。」

「為何？」那人問她。

沉歡答道：「那地方身處鬧市，你們這身裝扮太招搖了！」

這個婆娘……

黑衣人顯然憋著氣，對沉歡毫不客氣，命人將沉歡雙手縛住，這才轉身去房子的裡間稟報。

沉歡估計裡間裡面的人才是真正的幕後指使者，但，會是誰呢？

「當家的，這婦人花樣頗多，她說那冊子藏在鬧市，您想必也聽到了，我們如今如何是好？」

洪泰自前些日子從京城回來以後，眼中的血絲越發密布，此刻他混濁的眼球動了一下，轉頭望向旁邊用面紗遮住臉的女子。

「妳說那小哥兒是她親生之子，用此子必能換得卷宗，如今可有詐？」

幻洛發出一聲冷笑。「洪老爺放心吧，什麼知州夫人，不過是一介卑賤的奴婢，她的過往沒有人比我更清楚，你只要拿捏住那個孩子，她必什麼都答應你。」

洪泰沒說話了，微微打量著這個女子，心中在掂量。「妳背著葛老頭找我合作，不怕他知道以後遷怒於妳？」

幻洛面紗下姣好的面容，露出一個篤定的笑容。「那個老東西日日在我身上快活，他可捨不得。」

等拿到冊子，沉歡就沒有什麼利用價值了，她要毀了她，讓她千人騎，萬人嚐，嚐嚐自己所受過的屈辱。

幻洛華麗衣衫下的手指捏得死緊，修長的指甲將掌心都劃出斑斑血痕，她渾然不覺，心中恨意迸發。

幻洛算是侯府陰女事件的少數知情人，當初因定魂香失竊，陷害沉歡未果，被侯夫人發賣出去，又送去官府治罪，一個美貌女子在監獄裡會遭遇什麼不用想也知道。

她從地獄裡爬出來，以美貌為利器，以肉體為工具，像個玩物一樣，被送給一個又一個男人，輾轉被送到葛老頭手裡。如果不是因為沉歡，她不會去伺候老頭子。那令人作嘔的日日夜夜，惡臭男人的喘息，折磨得她夜不能寐。

自從在南城再見到沉歡，幻洛就發現沉歡與宋衍之間糾葛不清，更沒想到沉歡日後還成為正妻。她曾派人到京城打聽，從孩子的出生年紀，也不難推敲出當年所發生的事情，小哥兒根本是沉歡所出。

對照自己殘花敗柳，甚至不敢出現在宋衍面前，她不甘心又痛心，命運為何如此不公平，要這樣對她？

同樣是丫鬟的沉歡，卻討得宋衍的歡心，甚至最後成為正妻，憑什麼？

正妻啊，這是她以前作夢都不敢肖想的位置，當年她只盼著能夠成為宋衍的通房，能夠伴在世子身邊。

她煽動葛貞兒毀沉歡清白，卻見宋衍抱著沉歡從山洞出來，那一日，她神魂俱滅，癡癡呆呆地在葛家後院從早坐到晚上。

恨意一瞬間到達極致，幻洛盯著洪泰的眼睛。「洪老爺可要記得我們的約定，我瞞著葛老頭將自己所知的信息傳遞給你，到時候人我可是要綁走的。」

說起沉歡，洪泰也是心中憤恨至極，要不是她逞能非要去推廣新種子，搞什麼蒼天稻，這大律的糧價不會如此波動，縉紳之間也不會波濤洶湧。徐老天「讓天下永無餓殍」這類鬼話竟然也有人信。

越想越覺得就是此女壞事，又想到關在私牢裡那人供出的情況，洪泰面色陰寒地點點頭，語氣越發狠毒。「此婦人與宋衍步步緊逼，壞我好事，如今到這地步，不是你死就是我活，我亦是不能退了！」

既然確認了，洪泰也不再猶豫，憑她再多花花心腸，也別想逃出他的手掌心，這南城可不是宋衍的地盤！

「答應她，然後我們的人就跟隨著她，沿路埋伏，我倒要看看路都堵死了，她還怎麼跑？」

黑衣人也覺得沉歡不過是一個伶牙俐齒的小婦人而已，隨即領命而去。

沉歡被綁了手，心中正在算計怎麼擺脫困境，就見黑衣人出來了。

沉歡假裝鎮定，試探道：「怎麼，去請示主子了？」

她見黑衣人沒反應，怕他計上心來，虐待小哥兒以逼迫自己改變主意，隨即立刻表明態度。

「我向你保證，只要你能夠放了我們，我一定把蒼天稻的技術卷宗給你。」沉歡言詞懇切，表情真誠。「我一婦道人家，成日裡相夫教子，拿著這些東西也沒用，還不如保命重要。」

沉歡本來還想再添一把火，極力說服他，那人冷冷看她一眼，卻先開口了。「別耍花樣，現在就帶我們過去。」

這是答應了？沉歡心中一喜。

黑衣人說完，又對另外一個人下指令，指著小哥兒和他的乳母。「讓他們一起！」

乳母如蒙大赦，聲音帶著哭腔。「夫人……」

她與小哥兒一起被擄走，知道這夥人要以孩子逼迫沉歡就範。她原本心如死灰，知道一旦沉歡用卷宗換得小哥兒，自己一定就是棄子，會命喪此地。沒想到沉歡居然深入虎穴，親自與這夥歹人周旋，此刻顯然是要帶上她。

她以前在下人嘴裡聽了些風言風語，總覺得夫人出身不高，因救了貴人，運氣好被收為陸家養女，這才有了官家女的身分，心中有些暗暗不齒。如今見沉歡為了他們臨危不懼，極力周旋，這一線生機擺在面前，她簡直佩服得五體投地。

聽了那人的話，乳母立刻抱著小哥兒，飛一般站到沉歡這邊。又見沉歡手被綁住，不好去抱小哥兒，她就悄悄將孩子放到自己與沉歡中間護著，讓小哥兒能夠緊緊貼在沉歡的腿邊。

小哥兒此時已逐漸曉事，知道自己是被擄了，此刻見到母親，心中又是歡喜，又是激動，一邊仰頭，一邊看著她，小聲不停地說：「娘親來救我了，我知道娘親不會不管我的，娘親……」

沉歡聽得心碎，只覺虧欠他良多，放柔聲音說：「別害怕，娘親護著你，聽娘親的話。」

小哥兒和乳母立刻點點頭。

黑衣人心中暗忖：蒙面女子所言果然是真的，若真是宋家的庶子，沉歡這個當家主母，何苦為了他隻身涉險？如今這愛護備至的模樣，必是親生的無疑。果然拿捏住這個孩子，就能拿捏住這婦人。

馬車一路顛簸，一行人都換上一身普通的衣衫，朝著沉歡所謂藏卷宗的地方駕車奔去。

沉歡看了下他們的臉，都覺得面容模糊，甚不自然，想必都做了易容處理。

這群人異常謹慎，沉歡在模模糊糊之間，聽到他們悄聲私語。

「這卷宗還得小姐看了作數，你我是不懂的。」

「這老頭甚是心狠，小姐照顧他這麼久，也沒見他留下什麼東西。」

沉歡還要再聽，兩人似乎驚覺有人，瞬間就不說話了。

難道是丁家派來的人？若說能看懂育種手冊，對這方面知識還算不錯的，就只有丁楚楚了。丁家之前索要技術卷宗被徐老天嚴詞拒絕，各種法子用盡，也沒能打動徐老天，極有可能惱羞成怒後動手。

沉歡面上不顯，心中薄怒，忍了一下，心思轉得飛快。

竊竊私語的兩人對視一眼，再給黑衣人一個眼神。

黑衣人是領頭的，從接收到的眼神中會意目的達到，嘴角露出個了然的淡笑。

這就對了，丁家這鍋是揹定了。

憑她知州夫人怎麼想，丁家嫌疑都是最大的，誰叫丁帆老頭心思不純，一開始就打那卷宗的主意，如今洪家借刀殺人，不過順水推舟而已。

沉歡所要求的地方，確實是在南城的鬧區，因為之前沉歡就讓喜柱兒把技術卷宗藏到指定地方——南城祭祀臺的青磚之下。

沉歡手裡當然沒真正的技術卷宗，這一份不過是她用自己的育種筆記所偽造而成，但是拿來忽悠一下不懂的人完全沒問題。

就這樣，一群人各懷鬼胎，很快就到達南城祭祀大典的廣場。

祭祀廣場是南城舉行重要活動的地方，這地方平時就有很多小商販，販售各種特色小玩意兒。此刻廣場上有很多人，來來往往，吆喝叫賣聲不斷。

黑衣人早就換過衣服，如今亦是平常百姓的裝束，只是袖中藏刀，還是有著練家子的肅殺之氣。

他帶著一開始接應沉歡的彪形大漢，掀開車簾問道：「到地方了，說吧，東西在什麼地方？」

沉歡此刻卻舉起被綁住的雙手提出條件。「先給我解開。」

「妳！」那人沒想到沉歡還會提出要求，惱羞成怒地指著小哥兒。「妳信不信，我當場殺了這孩子？」

「都這個時候了，你殺了這孩子有何用處？你解開我，我幫你去取，那地方甚是隱蔽，在祭壇青磚的下面。為了防止你們耍詐，我把卷宗淋了火油，你們若是想動我，我就直接讓那邊燃起來。」沉歡虛指祭祀臺的方向，那邊人頗多，勢必引起騷亂，顯然是自己早有安排了。「你別怪我，我也是為了自保，我怎麼知道你們拿到卷宗以後，會不會把我殺掉？」

黑衣人咬牙切齒，沒想到這個婦人看似嬌弱，實則充滿算計，都到這個地方了，居然還有後手，他眉頭跳得厲害，從牙縫裡蹦出話來。「我的忍耐是有限的，妳若再敢耍花招，別怪我下手無情。」

隨後，他對手下高聲道：「給她解開，讓她過去！」

沉歡又開口了。「我要帶著孩子和乳母一起過去！萬一我在取卷宗時，你揮刀殺了他們，我怎麼辦？」

黑衣人額頭青筋直跳，幾次想動手都強忍下來，技術卷宗近在眼前了，不能功虧一簣。

「好！我答應妳，但是我們的人得跟妳一起！」

言畢，他回頭一把抓住那乳母，嗜血聲起。「妳若是再敢提條件，我先不殺妳，我一刀先殺了這乳母，接著再砍斷孩子的手指，讓妳知道爺的刀口也是舔過血的！」

乳母嚇得瑟瑟發抖，想求救呼喊又不敢，只能求助地望著沉歡。她臉上還有瘀青，想必是之前為了保護小哥兒的時候留下的。

這回沉歡沒開口，照做了。

沉歡帶著小哥兒還有乳母，黑衣人則帶著十來個喬裝過的手下，圍著沉歡形成一個弧形，將她網在中間，慢慢朝那祭臺下走去。

這十來個只是圍著沉歡的人，其實周邊還有更多人。

「現在動手嗎？」埋伏在此地的衙役早已經等不及了。「他們人數眾多，我們南城的人手，要不被調去管控水源，要不隨著大人去宿城，眼下人手不多啊。」

另外一個人也著急。「要是再不動手，他們後面的人越來越多，我們就沒機會了。」

陶導按住他們。「少安勿躁，急則壞事，所謂等待時機，就是要在最有用的一刻，看夫人手勢，誰敢壞事，一律嚴處！」

沉歡慢慢地朝祭臺走去，一邊用手牽著小哥兒，一邊安撫他。「哥兒是不是走不動了？娘親抱著你。」

小哥兒剛想逞強說自己不累，就見沉歡突然將他抱起來，摟在胸口。

母親的懷裡很溫暖，小哥兒愣愣的，今天所受的驚恐瞬間消散，眼淚像珠子一樣流下來。他緊貼著母親的胸口，像受傷的小動物一樣縮成一團。
沉歡問他。「你害怕嗎？」
小哥兒搖搖頭，奶聲奶氣地回答。「不怕。」
沉歡用臉貼著他的頭髮，感受著他的體溫，然後藉著低頭親孩子的瞬間，迅速掃視一圈周圍，果然看到祭壇前面有個賣糖人的老頭子。
這個老頭子是喜柱兒所假扮，也是她和陶導的信號。
若是看到這個老頭子，代表一切埋伏已經設置妥當，沉歡只須拔下頭上的髮簪，就代表動手。
沉歡輕輕貼在小哥兒耳邊，用只有兩個人才能聽到的語氣，飛速地對孩子說：「待會兒娘親抱著你跑，你千萬摟緊了！」
「磨磨蹭蹭什麼！趕緊的！」黑衣人已經不耐煩了，不停地催促。
沉歡只得放下小哥兒走到祭臺下面，接著在對方的監視下，蹲下來用手慢慢地摩挲，尋找那塊作為標記的青磚。
她一邊摩挲，一邊悄悄地打量四周，眼尖地發現，周圍除了黑衣人帶過來的人之外，今天來來往往的人也似乎太多了吧！
是陶老的人過來了嗎？
沉歡穩住精神，深吸了一口氣，拆著青磚，一塊、兩塊、三塊，拆到第七塊的時候，果然見到青磚下有一個木製的長盒子。

黑衣人呼吸都變粗了，心臟跳動加快，眼睛張大。「給我！」

他伸手就想撥開沉歡自己去拿，電光石火之間，沉歡一把抽出那個木盒子，周圍立刻冒出大量的嗆人煙霧，一時間嗆得人口鼻流水，視力模糊。

「咳！咳！咳咳咳咳咳……」

「殺過去！」陶導一聲令下，埋伏在周圍的衙役立刻揮刀殺過去。

機不可失，失不再來，要救人就得拚這一刻了！

煙霧中，短兵相接，廝殺聲四起！

沉歡也知道衙役不多，撐不了多久，掌心全是冷汗，胸腔劇烈起伏，一顆心雷鳴般鼓動，幾乎馬上就要破胸而出。

「賤人！我要將妳殺了！」黑衣人雙目嗆得猶如被辣油噴過，淚流不止，他怒極高喝，拔出刀一把砍過去。

「跑！」沉歡對著在混亂中咳嗽的乳母大喊一聲，然後抱起腳邊的小哥兒，不顧一切地逃了出去。

沉歡此刻無比慶幸自己之前獨下南城的經歷，那時候揹著小姊兒與如心上路，受過一定程度的體能訓練，不然以小哥兒的體重，自己抱著一個孩子還要跑得飛快，實在是夠累人！

生死攸關，不容猶豫，沉歡抱著孩子，覺得自己手腳從沒這麼俐落過。

小哥兒用小手將母親的脖子摟得緊緊的，大氣都不敢喘，一雙黑亮的眼睛，警惕地盯著後面。

混亂中，沉歡四處搜索喜柱兒的蹤影，由於黑衣人被幾個衙役纏住了，暫時脫不開身，其餘爪牙正在搜索她的蹤影。

她早已料到自己帶著孩子跑不了多快，現在爭取時間，就是要上喜柱兒提前備好的馬車。

「夫人上車！速速上車！」人群中，陶導高聲提示，此地不可久留，趁著人多混亂，趕緊脫身。

周圍都是瀰漫的煙霧，沉歡只聽到刀劍相交產生的金屬聲，以及周邊混亂的百姓發出的驚呼聲。

百姓們都被突如其來的情況嚇到了，此刻賣東西的人收拾了東西趕緊跑，出來逛街的人抱著孩子也趕緊跑，總之到處都在跑，一時間場面混亂，聲音嘈雜，陶導的聲音也被迅速淹沒。

喜柱兒在哪裡？莫不是混亂中被擒了？沉歡茫然四顧，心中焦急。

「夫人！夫人！」一聲大喊穿透人群，喜柱兒急得上竄下跳，此刻正站在車上捏著轠繩高聲喚她。

「沉歡姊姊！這裡、這裡！」如心也在車上。

就在前面，很近了！

沉歡覺得自己的身手從沒這麼敏捷過，她飛速跑到馬車前，將小哥兒塞給馬車上的如心，然後自己連跌帶爬、手腳並用速速爬上馬車。

兩個護衛她的衙役，持刀靠攏過來，飛身上馬，護著她走。

喜柱兒一甩韁繩，調轉馬頭，立刻朝計劃中逃跑的路線奔去。

沉歡趴在馬車上，大口地喘著氣，一隻手還緊緊地捏著小哥兒後背的衣裳。

終於逃出來了！

「那夥人不敢久留，也不敢明面上與官府衝突，再纏鬥一會兒，必然撤退，夫人您歇口氣！」喜柱兒邊駕車邊密切注視著後方，見後面還很混亂，趕緊加速。「還是夫人料得準！此刻幾輛馬車都在跑，他們要追也暫時分不清！」

喜柱兒駕駛著馬車，暗暗鬆了一口氣。剛剛在現場，他看到夫人與小哥兒，幾次想動作都按捺住了，按沉歡與陶導的計劃進行，果然成功了。

如心將小哥兒抱在懷裡，檢查著他的手腳。「謝天謝地！小哥兒安然無恙，姊姊妳終於可以喘口氣了！」

沉歡就著趴著的姿勢沒動，只覺得渾身的力氣已經用盡，此刻連坐都坐不起來。從知道小哥兒被擄走到獨自赴約，再到祭臺短兵相接，此時此刻她才算是真正地鬆了一口氣。

喜柱兒見沉歡累得厲害，不禁出口安慰她。「夫人，您歇歇吧。我早已按您的吩咐，讓人駕駛著空馬車走另外一條路作幌子，他們必料想不到，我們放棄了最適合逃跑的路線，選了這條山路。」

將人引誘到祭臺再動手，是沉歡計劃好的，她早就看出對方並未將她放在眼裡，以為她只是一個柔弱婦人，所以掉以輕心，正是利用這一點，沉歡才能屢次得手。

只要這次能逃出去，他們下次休想再從她身上下手！

被調派出去的大量衙役，都集中在郊外臨河處管理水源，只要能和他們會合，沉歡就無懼這些宵小。而且沉歡為了防止途中被攔截，放棄了可以逃跑的城中路線，又找了三輛一模一樣的空馬車作掩護，聲東擊西，這才繞了一圈往郊外跑。

「他們好像追其他的車去了，我們繼續跑吧！」喜柱兒遠遠望去，彙報情況。

如心將小哥兒扶起來坐好，也寬慰沉歡。「姊姊放心，我看過他們帶來的人手，如果所有馬車他們都追，那他們人手便沒剩下多少了。」

沉歡放下心來，掙扎著坐起來，見小哥兒盯著她，自己回想起來也後怕不已。她扯出一個笑容，算是安撫大家，然後將小哥兒接過來，摟在自己腿上坐著，摸著他的頭髮，決定要告訴他一件重要的事情。

這次被擄走，是她大意了。後宅的凶險並不比宋衍的前院少，是她一門心思都在種子事情上，才讓後院鬆懈，導致對方有機可乘。對方忌憚宋衍，卻並未將她放在眼裡。

如今徵糧的矛盾加劇，這夥人指不定還會做出什麼事情來。

她的兒子差點就折在那群人手裡。

世事無常，沉歡覺得不能再等了，很多事情說不準的。她不想留下遺憾，也不想認輸，她要保護好家人。

小哥兒似乎經歷過這次事件以後，變得更懂事，黑黝黝的眼珠，一眨也不眨地看著沉歡。

「哥兒剛剛害怕嗎？」沉歡摸著他黑亮的頭髮溫聲問他。

小哥兒搖頭，過了一會兒又點點頭，小小聲地說：「還是怕的。」乳母說他是宋家唯一的兒子，很是尊貴，可惜只是庶子，要是此次母親沒有來救他，也只能怨自己命不好。她還說，嫡母以後會生自己的兒子。他很害怕……

沉歡見他似乎不願意說話，將他拉近一點繼續問他。「可曾想過自己的親生母親是誰？」

小哥兒聞言低下頭，良久又搖搖頭。「不記得了，祖母說我的娘親死了。」

如心見到這一幕，也是心中酸楚，當初若不是迫於無奈，沉歡又怎麼會離開自己的孩子。如心作為見證人，一路陪著沉歡走來，可謂見證了她人生的悲喜交加。

「祖母說的，不是實話，她怕你難過。」沉歡吸口氣。「哥兒，你的親生母親沒有死，她只是……」

接下來要說的話沉歡覺得很艱難，她緊緊地抱著小哥兒，心中五味雜陳。孩子畢竟太小，怎麼能理解到其中複雜的糾葛，宋衍一直讓她等孩子再大一點再說，也是因為如此，怕孩子理解有歧義。

話還沒說完，小哥兒就猛地抬起頭，一雙眼睛充滿震驚與不可置信，立刻追問道：「我的親生母親在哪裡呢？她為什麼不要我？」

沉歡的眼眶有點濕潤，往事一幕幕飛過腦海，最後定格在她懷著身孕向世子告別的那個夜晚，孩子就突然早產了。

那時候產婆為了邀功，孩子只給她看了一眼後，就抱到侯夫人那裡了。

沉歡聲音哽咽，盡力組織著語言。「你的母親沒有不要你，她只是那時候太弱小了，沒有辦法帶你走。」

小哥兒忽然掙脫沉歡的懷抱，大聲哭叫起來。「那我的親生母親在哪裡？」

沉歡自見到小哥兒以來，都只覺得兒子性格沈靜，頗似宋衍，從沒見過他如此大哭大叫，情緒失控。她手忙腳亂一邊幫他擦眼淚，一邊輕輕拍著他的背。

小哥兒像瘋了似地大聲抽泣著，很快地一張小臉就沾滿了淚水。

如心哭得比沉歡還厲害，當年的事沒有誰比她更清楚，她咬一咬牙，乾脆一把將小哥兒推到沉歡懷裡，擦乾眼淚。

「傻哥兒，夫人就是你的親生母親啊！能豁出性命去救你的人，除了你的親生母親還能有誰？當年要不是……情況所迫，你也跟著小姊兒一起到南城了。」

如心本來想說侯夫人，但是轉念又想到侯夫人畢竟是哥兒祖母，當時雖然對沉歡手段強勢，但是待小哥兒卻不薄，因此馬上調轉話頭。

「你那時候被抱走了，你娘親迫於無奈才和你分開的！」

「娘……親？」小哥兒愣愣地看著沉歡。

被縉紳為難她沒哭過，挺著虛弱的身子出府她沒哭過，就連剛剛那群人用刀架在她脖子上她都沒哭過，可是此時此刻，此情此景，沉歡控制不住自己的淚水，只覺虧欠她的哥兒良多。

沉歡聲音哽咽，摸著他的小手。「我就是……你的親生母親啊！你是我生下的孩子，我當時多想摸摸你、看看你，可是產婆當場就將你抱走了。」

當時她躺在產床上茫然想著，若是過不了生育這一關，自己或許就折在這裡了，只能祈禱侯夫人憐愛這個孩子，護著他周全。

或許這一生她都無法再看這個孩子一眼。

她和宋衍的第一個孩子。

沉歡緊緊地摟著他，比任何一次的擁抱都用力，一邊流著眼淚、一邊說：「等你大一點，你自會明白，你如今還小，我和你爹爹原本想以後再告訴你。你只需要記著，我就是你的親娘，你的母親沒死，娘親一直記掛著你。小姊兒是你的親妹妹，你倆是一起出生的。你的生辰八字，娘親都記得清清楚楚。」

小哥兒聽得傻傻的，衝擊太大了。他此時哭得鼻子紅紅的，不停地打著嗝，眼淚持續不停地流著，像開閘的洪水。

沉歡沒有再說話，只是死死地把他抱著。

正在此時，突然馬車一個急剎車，沉歡與如心都一個踉蹌，差點倒仰在馬車裡。

沉歡還沒來得及問發生何事，就見喜柱兒倉皇出聲。「不好！我們被攔截了！」

「護住夫人！」兩個護衛的衙役也立刻拔刀，擋在前面。

沉歡立刻彈坐起來，將小哥兒藏在身後，掀開車簾。

果然看到前方的路已經被堵死，眼前有兩輛馬車還有一群黑衣人，裝束和上次擄走小哥兒的人一樣。

沉歡剛剛放鬆的心此刻又提到嗓子眼，連臉上的淚痕都來不及擦乾。

第五十一章　真假黃雀

沉歡穩住心神，從馬車上下來，衙役一左一右護著她。

沉歡高聲對前方說：「一路遮遮掩掩，敢問閣下究竟是何方神聖？」

這話不是對黑衣人說的，而是對黑衣人旁邊另外一輛馬車裡的人說。

馬車裡此刻坐了兩個人，洪泰見順利攔到人，神色稍緩，這才賠笑著對旁邊的人說：「公公無須擔憂，這卷宗我必親自呈給鄭大人，還望鄭大人回去多美言幾句，望那宮裡的貴人善待小女。」

一個華服太監此刻戴著帷帽，坐在洪泰旁邊，陰陽怪氣地回他。「善待不善待那是主子們的事，咱家可管不著。只是今年的銀子和糧食可都是少不了，洪老爺好自為之。」

洪泰額爆青筋，咬牙切齒。「若不是宋衍從中作梗，一切都相安無事，我必除掉他！」

太監翹起小指，輕輕掀開馬車的車簾，見沉歡站在前面馬車前，轉頭瞥了眼洪泰。「做事乾淨點，以前那事若是捅到大理寺……」

洪泰心跳加速。「公公放心！」說完，給黑衣人一個眼色。

這之前與沉歡交涉的黑衣人會意，立刻從馬車上跳下來，身後八個勁裝手下立刻跟上，這次沒給沉歡任何談判的空間，持刀飛身上去，沉歡只覺身影一閃。

「護著夫人——」兩個衙役剛剛說完就瞬間沒了聲音，血濺當場。

鮮血染紅沉歡的裙邊，沉歡瞬間臉色煞白，又見他們轉頭揮刀向喜柱兒。

「住手！」沉歡高喝出聲。

黑衣人獰笑著拿刀指向她。「妳這狡詐的賤婦，以為爺的刀是沒見過血的嗎？還是妳以為就妳會聲東擊西，我就料不到妳有埋伏？妳在祭祀廣場上人手不夠，必會尋求支援，我們在妳所有逃跑路線上都設下埋伏，讓妳插翅難飛！」

刀鋒貼著沉歡的臉頰，滾熱的鮮血帶著濃濃的腥氣撲鼻而來。

「妳趁著混亂帶走了技術卷宗，妳以為我們會輕易放過妳？馬上把東西交出來！不然立刻把這輛馬車插成窟窿！」

當初，爽快答應她的要求，就是已經留後手伏擊她。

沉歡緊抿嘴唇，剛想編個理由再拖延一下時間，另外一輛馬車裡傳出冷哼聲，周邊的人立刻湧上來，將馬車團團圍住。

這次，黑衣人不再猶豫，人皮面具上怪異的五官扯出一抹冷笑，更顯得陰森恐怖，他用刀尖敲擊著馬車的側面，威脅道：「妳說我在此處一刀下去，那孩子是不是立刻當場斃命？」

他沒有在開玩笑，沒有任何條件可講，沉歡從對方的身上感受到森冷殺意。

他的語氣，他的動作，他的行為都在告訴她，他們毫無忌憚，且不是第一次。這股殺意氣勢洶湧，撲面而來，讓沉歡身上的每一根汗毛都豎起來。

這次沉歡沒有任何猶豫。「我給你！我馬上給你！你放了我們！」

那人冷哼。「妳可想得真美！」

沉歡退步。「我任你們處置！你放孩子走！」

「娘親！」馬車裡立刻傳來幼童的叫聲。

黑衣人一把將刀插進馬車的車身，刀尖入門，如心抱著小哥兒嚇得驚聲尖叫，立刻滾到另外一邊，把馬車撞得搖晃起來。

「哈哈哈哈！」那人放肆地笑起來，看著沉歡瞬間發白的臉色，終於一解心頭之恨。

「我給你！我給你！」沉歡驚聲大叫，從胸口裡摸出那本手冊高舉過頭頂。「卷宗在此，要殺就殺我一人，放了那個孩子！」

「娘親——」小哥兒在馬車裡拚命掙扎，放聲大喊。

那人嘿嘿冷笑。「放了？讓他回去告訴宋衍，好來找我們報仇嗎？你們今日誰都別想活著走出去了，原本給妳機會交換，是妳這個賤婦耍心機！」

沉歡抖著嘴唇，心如死灰，臉上一片慘白，難道今天真要折在這裡了嗎？

她將冊子高舉過頭頂，那人的心神被冊子吸引，立刻就伸手去奪。

就是這個時機！

沉歡豁出去，立刻貓腰飛身滾了兩、三公尺遠，快速爬起來，一手舉著冊子，一手舉著火絨。「別動！一動我就燒了它！我早就說了，這冊子被我淋過火油！」

「狡詐的賤婦！我殺了妳！」黑衣人被擺了一道，氣得手背上青筋鼓起來。

「殺了我？可以！冤有頭、債有主，你們究竟是誰，膽敢殺害官宦家眷，今天我就算死，你也讓我死個明白！」

那人遞了個眼色，背後一人手持弓箭，悄悄地準備好。

與此同時，馬車裡傳來男人的嗤笑聲。

黑衣人聞言，仰天長笑起來。「殺幾個朝廷命官的家眷算什麼？反正也不是第一次了。賤婦記清楚了，咱們丁家得不到的東西，也落不到別人手裡！」說完就準備給後面負責射箭的人打手勢。

竟然是丁家！

沉歡的瞳孔劇烈收縮。

當對方說出「丁家」的一瞬間，草叢裡早已埋伏許久的男人，狠狠地啐了一口。

「他奶奶的，洪泰這個老匹夫，果然將殺害官宦家眷一事，栽贓到我頭上！」啐這一口的人正是丁老爺，丁帆。

他幾次想從徐老天手裡拿到技術卷宗未果，也曾想過硬搶，沒想到還來不及動手，徐老天就死了，他女兒丁楚楚照顧徐老天有一些日子，回頭一合計都覺得徐老天死得蹊蹺，但是苦無證據。

他一直懷疑徐老天把卷宗傳給知州夫人，所以一直派眼線時不時盯著。

昨日，他的眼線急報，說知州夫人匆匆忙忙上馬車往郊外去。從那時他就一直跟著，一直伺機而動。

原本在祭臺的時候也想出手，奈何煙霧太大，又見沉歡上了馬車逃走，所以他立刻帶人繼續跟著。

「馬車上的人以為不出聲，我就認不出來？」丁帆冷笑一聲。「咱幾家在南城鬥這麼久，還能瞞得過我的眼睛？洪泰這賊匹夫假裝不甚在意卷宗，誘得我出面，原來還有這一手，還好我沒上當！」

幾次議事，洪泰都裝作要毀了此物，沒想到暗地裡是想據為己有。

丁帆越想越後怕，如今這罪名一栽贓，再故意放個小嘍囉、侍女活命回去報給宋衍，到時候宋衍殺紅了眼，還能放過他？必是千刀萬剮都解不了恨！

他在南城經營這麼久，可不是為了給洪家當代罪羔羊的！

丁家人在旁邊埋伏許久，一直在觀察前面的動靜，此刻也一把怒火直接燒起來。「咱們一路從祭臺跟到現在，就見洪家一路誘導知州夫人誤會，如今果然揭底了！」

丁帆嘿嘿一聲冷笑。「還愣著幹麼？今天也讓這賊匹夫見識一下，什麼叫螳螂捕蟬，黃雀在後。」

那射箭的人忽然慘叫一聲，手腕流血，沒想到準備射箭的人反被別人射中。

一時間喊打喊殺聲四起，周邊的草叢裡，忽然衝出一群人個個手持利器，與他們纏鬥起來。

「又怎麼回事？」馬車裡的太監已經不耐煩了。

先是祭臺失利，現在又攔截遇阻，他心中不悅，自己還等著回去覆命呢！

「公公見諒。」洪泰一邊賠笑，一邊對黑衣人出聲。「怎麼回事？快點解決！」

黑衣人覺得真他媽邪門了，每次一要殺這女人總會出點狀況，這撥人又是誰？難道她還有後手？

丁帆此刻已經萬分確認馬車裡的人就是洪泰，他心中又惱又怒，直罵道：這老賊一計借刀殺人，好生狠毒！

要不是他一路緊跟，只怕知州夫人一死，他這嫌疑跳進黃河也洗不清。

此時，丁帆也蒙著面，招呼手下的人直接衝進去，先把對方的陣腳搞亂，給個下馬威！

沉歡眼睛瞪圓，心中暗喜：難道陶老帶了人又折返過來救她？

說時遲，那時快，沉歡飛速從地上爬起來，揣著手冊就往喜柱兒車邊跑。

「賤婦！休想再跑！」黑衣人一刀就殺掉一個丁家纏鬥的人，轉身向她這邊追過來。

「別管那些雜碎，先把卷宗拿過來！」他邊跑邊大聲下指令，一時間原本與丁家纏鬥的人，都向沉歡這邊湧過去。

沉歡見情況不妙，掏出火絨，大聲威脅道：「誰敢過來，就真的燒毀這卷宗。」

她這火絨是特製的，比火摺子還好用，火絨藏在一個圓筒裡，只要拔掉筒蓋就能立刻出火。

就是此時，一聲大喊穿透沉歡的耳膜。

「知州夫人，知州夫人！夫人莫怕，我是來救妳的！」

這聲音有點耳熟？

大喊之人揭掉臉上的蒙面，沉歡定睛一看，此人好生眼熟，不正是丁楚楚的父親丁老爺嗎？

等等怎麼回事？難道追她的人其實不是丁家，而是另有其人？

丁帆指著洪泰的馬車。「車子裡的賊人想陷害我，夫人明鑑！」

丁帆一邊說話，丁家的人也快速向沉歡靠攏，不過為首那人雖然看似配合，然而動機不純，打著救沉歡的幌子，直奔她手中的卷宗而來。

沉歡心中警惕，一連退了好幾步。

馬車裡的人並沒有說話，倒是黑衣人嗤笑出聲，雖然蒙著面，但是與丁家的人顯然是老相識了。「丁帆老兒，要是再惺惺作態在此作亂，就別怪我刀下無情了！」

什麼救人不救人，無非也是為了卷宗而來。

丁帆的臉上一哂，斜眼看了一眼馬車。「殘害官宦家眷可是重罪，洪老爺怕是要置我丁家於死地了。」

丁帆此刻也怒了，直接點名道姓。

沉歡瞳孔一縮望向馬車，印證心中所想：丁家一出現，她就馬上懷疑是洪泰，果不其然就是他！

洪泰從馬車裡掀開車簾一條縫，果然見到丁帆在前面假情假意地向沉歡表忠心。

「夫人妳莫怕，有我丁家在，不容這些宵小隨意陷害。」丁帆臉上露出一個笑容，狀似恭敬，一邊向沉歡逼近，一邊給手下打了一個眼色。「妳一個婦道人家，拿著這卷宗一日，就危險過一日。還是交給我妥當，我保妳與妳的家人全身而退。」

「哼！」洪泰放下車簾子怒罵。「狗猢猻，惺惺作態，壞我好事！」

沉歡心裡冷冷一笑，好一齣狗咬狗，都是為了卷宗而來，今天這群人看來是不拿到卷宗，誓不罷休了。

兩方的人此時都向沉歡直衝過來，黑衣人打頭，丁家的人在他旁邊，雙方隊伍裡都有一些功夫好手，此刻互不相讓，你一劍我一刀。

沉歡的腦袋飛速運轉，現在情況對她有利，因為大部分人都向她而來，喜柱兒和小哥兒的馬車旁少了很多人。

有丁家來攪局，至少都為了卷宗而來，不一定會要她和小哥兒的性命。

此時混亂，喜柱兒和如心已經趁著眾人被沉歡吸引的當下，悄悄地帶著小哥兒從馬車裡出來，顯然想伺機而動，混水摸魚，騎上衙役的馬逃走。

兩人四目交接，沉歡細不可察地點點頭，顯然已經覺察到喜柱兒的動機。

她必須要助喜柱兒一臂之力，為他們爭取時間。

下定決心後，沉歡立刻高舉卷宗，大聲呼喊。「卷宗在此！兩家都別爭了，誰保我性命，我就交給誰！只要能護著我回去，我現在就交出來！」

果然所有人都被這句話吸引了注意力，全部看向沉歡手上。

「賤婦又在耍挑撥離間的手段！」黑衣人咬牙切齒。

丁帆嘴角帶著笑，徐徐逼近。「夫人還是給我吧！」

冷不防，黑衣人一刀向丁帆砍過去，想獲得先機，丁帆旁邊一個瘦高的老頭出手如電，用一柄鋼刀架住，震得對方虎口發麻，兩方僵持，各不相讓。

此刻，馬車裡的洪泰終於出聲了。「丁老爺，此婦狡詐，都這時候了還能巧言令色，壞你我盟約。罷了，你我先言和，奪下這卷宗再好好說話如何？」

丁帆眼珠子在眼眶裡轉了好幾圈，看向沉歡的眼神中果然出現打量，他想了一下，嘴唇微動，正準備回一個「好」字。

萬萬沒想到，就是這個時候，變故陡生！

沉歡一咬牙，瞬間撥開筒蓋，只見火舌瞬間竄出——

「不！」

「不！」

兩聲驚呼同時響起，車裡的洪泰，車外的丁帆，顯然都沒想到會發生這一幕——沉歡居然把技術卷宗給點燃了！

眾人一時間都驚呆了。

機不可失，喜柱兒此刻必須乘亂帶著哥兒走，但是這一走就沒人護著沉歡了。然而，他明白沉歡的心意，必是要他先護著孩子。

不容再猶豫！

喜柱兒心中掙扎，最終一咬牙，趁著眾人驚呼的一瞬間，提著小哥兒飛身上馬，雙腿夾緊馬腹，頭也不回地絕塵而去。

「姊姊！快！」如心不會騎馬，此刻好不容易爬上馬胡亂衝撞過來。

沉歡將技術卷宗點燃的一瞬間，她用盡全力，將其遠遠地向草叢邊扔去。

「卷宗！」丁帆首當其衝，立刻衝過去滅火。

此時忽然一隻四處覓食的蒼鷹俯衝而下，利爪向前，閃電般抓著冊子就直奔天際。冊子本來點燃的部分不多，被天上冷風一吹，火苗就熄滅了。

「趕緊追！那畜生定以為是什麼好東西，指不定發現不能吃就扔了！」丁帆急得大叫。

隊伍本就被如心的亂馬衝散，沉歡趁眾人猝不及防的時刻，抓過旁邊早已盯了好久的馬匹，用盡全身力氣飛身上馬。

「如心！快走！」沉歡夾緊馬腹，衝出人群。

又超越極限了，她以前從來不知道自己還能這麼輕盈！

耳邊是呼嘯而過的風聲，震得耳膜發顫，頭髮被風吹亂，打在臉上陣陣疼痛。

她之前騎馬的經驗，不過是源於宋衍的偶爾指導，還有返回京城時，不能坐馬車的地方，偶爾趕路所用，沒想到此刻卻成了救命的技能。

她騎術不精，只能伏在馬背上，拚命抓住馬匹的鬃毛，手心上全是汗，後背冰涼。如心騎術比她還差，此刻馭馬不當，無法控制馬匹，只能隨著那馬往林子深處衝了過去。

「如心！」沉歡心中焦急，大喊出聲。

然而很快，黑衣人就騎馬飛奔而上直追著她而來，沉歡咬緊牙關，回憶著宋衍教她的方式，拉緊韁繩，讓馬朝道路更複雜的山林跑去，那裡更有利於躲避。

但是沒想到的是，對方窮追不捨，竟然一路跟著她也衝進山林。

背後傳來一聲暴喝。「賤婦！交出真正的卷宗！」

沉歡心中一凜，這黑衣人果然被她擺了幾道以後，對她防備甚嚴，顯然已經不相信她的話。

沒錯，沉歡燒的確實是假卷宗，準確地說是她身上帶了好幾本，為了保命，她隨時可以拿出一本來。剛剛燒的自然也是假的，目的就是吸引人過去撲火。

賤婦！從未有人如此愚弄過他！

黑衣人目眥盡裂，狀甚癲狂，夾緊馬腹瘋狂前行，直奔沉歡而來，眼看很快就要追上她了。

完了，真的完了，沉歡連呼吸都有點發顫。

「納命來！」很快，黑衣人的馬匹就與沉歡的馬匹齊頭並進了。

他殺人如麻，卻第一次被一個無知婦人一再耍弄，在手下及主子面前顏面盡失。此刻他怒髮衝冠，毛髮直豎，就是一個地獄裡的奪命閻王，要向沉歡索命。

只見這黑衣人出手如電，倏地伸出手，五指如鋼爪，打算將沉歡拽下馬來！

在他的背後，還有好幾個手下，也發現再度中計，都追趕著沉歡而來。

快被抓到的那一瞬間，沉歡心臟狂跳，滿腹絕望，忍不住尖叫出聲。「啊——」

忽然，黑衣人的表情定格了，還是那張目眥盡裂的閻王臉，可眼珠不會動了，嘴唇抽搐幾下，垂了下去，唇角有鮮血緩緩滲出。他的腿不動了，再也沒有動作。

一柄長劍破胸而出，三分之二穿透身體，直插心臟位置。

他像軟掉的木偶一般，保持著目眥盡裂的表情，然後一瞬間從馬上滾落下去。

屍體跌落在地上的重量，激揚起層層塵土，沉歡一陣乾嘔，第一次這麼近距離看到人死。

「一個不留！」宋衍熟悉的聲音自背後響起來。

沉歡轉過頭。

是宋衍！是宋衍來了！

原來刀劍入肉那一瞬間的聲音，像絲綢裂開，原來人也可以如同碎裂的綢布，發出「嗤」的聲音。

這是沉歡第一次看到宋衍殺人，冰冷的劍尖肅殺地游移在眾多黑衣人之間，幽深的黑眸像冰冷礦石，沒有多餘的情緒。

他們都在馬上跑得飛快，宋衍的馬很快，然而他手裡嗜血的劍卻更快。穿梭之處，只有屍體墜馬的聲音，和絲綢裂開的聲音。

「爺手下留情！」孫期急急出聲。「若是都死了，就沒有口供了。」後面原本追上的人，見勢不妙，紛紛調轉馬頭，四散逃跑。

「放箭。」宋衍冷冰冰的聲音不帶一絲情感。

箭雨紛紛而下，不過片刻，追過來的人全部斃命，死絕了。

沉歡這才發現頭髮全部汗濕，貼在臉上，她想動一下卻動不了，想張嘴卻說不出，被馬腹磨過的小腿一片火辣辣的痛。她眼前一黑，再也沒有力氣掙扎，從馬匹上墜落下來，跌進宋衍的懷抱裡。

熟悉的味道混雜著血腥味，好聞也不好聞。

沉歡想抓著他的衣襟問小哥兒，卻抖著嘴唇沒有力氣開口。

「孩子在我這裡。」宋衍穩穩地抱著她。「睡吧，妳累了。」

平日清冷的聲音裡摻雜著壓抑的情緒，似悔恨又似憤怒，還有著磅礴的凶狠殺意！

沉歡掙扎著用最後的力氣回望他幽深的眼，最終徹底昏了過去。

天邊那隻蒼鷹越飛越遠，遨遊天際，最終停留在南城一處大宅的鷹架上。

那人嘿嘿一笑，撫摸一下鷹頭，餵給蒼鷹一塊生肉。

「好奴奴。」這是讚賞了。

蒼鷹食著肉，爪子裡的卷宗一鬆，就落到撫鷹人的手裡。

螳螂捕蟬，黃雀在後，真黃雀與假黃雀亦未可知。

他臉上皺紋斑駁，眼簾半垂，隨意翻動著眾人搶奪的卷宗，最後命人將卷宗包好。

「老爺，奴才已經按您的吩咐，把吃裡扒外的賤人綁了過來。」

幻洛嘴裡被塞了布條，心中恐懼，想叫又叫不出聲，一雙美眸驚恐地盯著眼前的老頭。

「老爺可是想好了，這一步一走，可就不能回頭了。」謀士出聲提醒。

葛老爺半垂眼簾下露出的半邊眼珠有一股陰狠溢出，他盯著地上五花大綁的女人，唇角掀起一絲冰冷的笑意。

「把這賤人與卷宗一起綁了，送到宋衍那裡。我要送知州大人一份大禮。」

幽深的通道沒有一絲光亮，混濁的空氣裡瀰漫著濃厚的血腥味，暗灰色石板鋪陳的通道盡頭，是洪家的私牢刑房。

刑架上的人渾身皮開肉綻，幾乎沒有完好之處，嘴唇青白，一頭頭髮亂如雜草，混著已經乾涸的血污，凝固在臉頰上。

此刻他昏迷在架子上，臉上有薄薄的冷汗，彷彿已經死了。

「他說了沒？」洪泰急步走進來，臉上有些許的蒼白與疲憊。在私牢昏黃的燭光下，他混濁的眼球染上一層陰霾，毫不掩飾的焦慮，讓他此時顯得有些陰森可怖。

他的左肩受了傷，此刻急步而來，牽動傷口，鮮血馬上就滲了出來。

「老爺停步，這傷口已經滲血了！」他的謀士跟著他亦是小跑而來，低聲提醒。

私牢裡負責用刑的大漢粗聲粗氣地回稟道：「回老爺，在我手裡，這南城就沒有敢不開口的，憑他是衙役還是誰。」

洪泰急急問道：「可有透露那供詞與密信的下落？」

大漢看了一下周圍，見均是洪泰親信，這才低聲回道：「當年證人的下落，他寧死不說，但是最後熬不過，說了密信的位置。」

他又看了看洪泰身邊，這才附在洪泰耳邊，將他知道的信息小聲告知洪泰。

「什麼？」洪泰大吃一驚，臉色變了數回，終是有點冷靜不住。「此話當真？」

「不敢作假。」

私牢畢竟陰暗，洪泰肩上有傷，也不想久待，叮囑了一句。「把人看好了。」說完就匆匆而去。

謀士見洪泰心急，心中疑竇叢生，只得趕緊跟著過去，臨走時又打量了架子上的人一眼，最後還是走了。

大漢完成任務，猜想老爺不會中途折返，這才掏出藏好的酒，大口地喝起來。

架子上的人此刻幽幽轉醒，充滿血污的臉上有細微生機，微微掀開的眼簾下，眸中精光四溢。

再撐一撐，他告訴自己，按世子的要求再撐下去。

洪夫人見洪泰一回來就血染肩膀，嚇得心臟差點驟停。

她不敢多問，只得趕緊找郎中過來診治。

郎中是他們私底下養的人，此時見到這種情況也不敢多語，默默包紮，一時間書房裡異常安靜。

「老爺，這傷動不得，須得將養幾日。」洪夫人忍不住囁囁嚅嚅地開口。

洪泰額間有薄汗，語氣卻不耐煩。「婦道人家懂什麼，趕緊出去！」

洪夫人猝不及防地被洪泰嫌棄，眼圈瞬間就紅了。她忍了一下，終是忍不住，壯著膽子問道：「雅兒去了京城，不知殿下待她可好？何故一直沒有消息？」

說及此事，她不得不埋怨她的夫君。送成雅進東宮之事，洪泰並未與她商議，悄無聲息地就把女兒送到京城，如今天高地遠，宮門深深，還不知道女兒情況如何。

洪泰從私牢出來之後本就心煩意亂，又見夫人纏問不休，原本端在手裡正要入口的熱茶，瞬間就喝不下去了。

他放下茶盅，疾言厲色。「又要說妳那些婦人之言！還不速速出去！」

等到洪夫人哭哭啼啼退出去，他的謀士才關切地說：「老爺何故與夫人置氣？倒是這肩傷須得好好休養，還不能讓人發現。」

只見洪泰氣得臉色脹紅，怒睜的雙眼血絲密布，他雙手打顫，一把操起桌上的茶盅狠狠地摔在地上。

「豎子傷我！」他髮指眥裂，氣沖牛斗，連額角的青筋都隨著變粗的呼吸一脹一鼓，一鼓一脹。

這肩膀上的傷是拜宋衍所賜。

中途遇宋衍折返，殺了他大批手下不說，還折了一員大將。又因王公公在他馬車上，這陡然變故更惹對方不快，洪泰只得丟下死士，帶著幾個親信護著王公公撤退。

丁家見勢不對跑得飛快，雖也折了一些人在宋衍手上，倒也不多。

他沒料到宋衍功夫如此了得，隔著如此距離竟能一箭射傷他，他在南城橫行慣了，除了老奸巨猾的幾個大縉紳，以及京城裡幾位上面的貴人，從沒受過如此屈辱。

謀士不敢在此時說話，原本想提的事只得暫時作罷。

又冷靜一會兒，謀士觀察洪泰的臉色，見他緩和一些，這才試探性地問道：「那門子可是招了？」

洪泰好一會兒才平靜下來，咬牙切齒。「勉強算是招了。那供詞被藏到第十一號公倉的一個糧袋子裡，原本是要送到宋衍手上，還沒來得及交接就被我們抓了。」

謀士也是一驚。「這可真是萬萬沒料到。」

洪泰緊皺眉頭。「宋衍懷疑我把之前的糧食藏到宿城，還查到當年那樁命案與我有關，不能讓他再查下去。」

若是再查下去，怕是要出大事。

謀士聞言也是心中一凜，沒想到宋衍能查得這麼深。

洪泰用力一拍桌子，破釜沈舟般下了決定。「此事機密，即刻派人去偷，若是出不來，只有一把大火燒了那糧倉！事到如今，不是他死就是我亡，也沒有什麼事不敢做的。」

那糧倉其實是南城種子儲存的倉庫，若是起火，宋衍損失慘重，不僅可能治罪，而且失去供詞，就沒了證據，就算宋衍知道當年事情真相，也奈何不了他。

謀士瞬間不說話了。

第五十二章 有孕

波濤洶湧的時局正如南城此時的天氣，變化多端，異常炎熱。

回來後的沉歡情況並不樂觀。

「啊啊啊啊啊——」沉歡尖叫著、掙扎著，手腳亂蹬，渾身顫抖，發出幼獸一般的嗚咽聲，像是怕極了，然後又歸於平靜，接著周而復始。

從宋衍抱著她回來已經一天一夜了，她始終如此，渾身冷汗淋漓，時不時尖叫掙扎，就是沒辦法從惡夢中醒來。

「大夫，沉歡姊姊為何始終不醒？」如心急得跳腳，這是邪門了，怎麼回事？

兩個孩子更是趴在床邊，小哥兒眼睛一眨不眨地盯著娘親，小姊兒隔一會兒去摸娘親的手，隔一會兒又去貼娘親的臉。

終是孩子太鬧騰，宋衍招手讓兩個乳母將孩子帶出去。

大夫掀開沉歡的眼皮，只見眼眶裡的眼球劇烈顫動，顯然意識混沌，深陷夢境。

「此番凶險，夫人這是受到驚嚇，遭夢魘了。」

宋衍見沉歡顫得厲害，一把握緊她的手，雙眉緊皺，問那大夫。「若只是夢魘，何故還不醒？」

大夫算是南城聖手，此刻也一籌莫展，這病人毫無外傷，身體健全，此番受了大驚嚇，作些惡夢也是正常的，卻從未遇到一睡不醒的人。

他斟酌一下用詞，試探著勸慰。「大人也不需要太過憂慮，再觀察兩天看看情況。」說完他有點猶豫，返回沉歡身邊，又察看一下。

「可有不妥？」宋衍眸色一沈，急聲問他。

「還請大人借一步說話。」大夫沈吟一下，組織一下語言。「老夫亦是不解，夫人毫無外傷何故不醒，只是老夫驗了下夫人的脈，這脈象倒像是喜脈。」

「喜脈？」宋衍臉色一震，轉頭回望沉歡。

「脈象虛浮，有受驚之兆，老夫開點滋補的湯藥，再觀察一、兩天吧！」

大夫又向宋衍交代兩句，隨後開了藥方子，如心連忙奉上診金，跟著去拿藥。

待大夫走後，宋衍才從震驚中回過神來，按下失律的心臟，他抬手慢慢撫摸著沉歡美麗的眉眼，那平日裡嬌豔的臉頰此刻顯得蒼白羸弱，彷彿風一吹，就會散掉。

宋衍低垂的眼簾，掩飾他情緒上的激動。他從未像此刻一般心中狂喜又焦慮，幾乎寢食難安，深悔讓她捲入徵糧一事。以他的手段，拔掉這幾個毒瘤只是時間長短而已，卻是萬萬不想妻兒受此波及。

「綿綿吾妻。」宋衍低低開口，聲音溫柔繾綣。「妳可是說過要永遠陪著我的，何故不醒呢？」

他微涼的嘴唇，輕輕吻著沉歡的指尖。「昌海侯府的大門，只有妳才有資格推開。快快醒來吧，我們又有孩子了。」

來。

惡夢中的沉歡似乎被安撫了，呼吸慢慢變得平順，睡夢中緊皺的眉頭逐漸鬆開。

宋衍凝視著她的樣子，看了好一會兒，才話鋒一轉，聲音逐漸冰寒，殺意似海，洶湧而來，「那人嚇著妳了，妳別害怕，他昨日失去一邊肩膀，往後還將失去一切。妳快點醒過來，好生看著。」

就這樣宋衍守著她又過了一天，沉歡仍是掙扎未醒，宋宅上下都開始焦慮起來，連宋衍都有點按捺不住了。

「爺，外面有個邋裡邋遢的道士，說是您京城的故人，說了些奇奇怪怪的話。」下人來稟報。

「道士？」孫期無語，不想這些顛三倒四的神棍此時打擾宋衍，連忙應聲。「我去打發他。」

宋衍點點頭，並未放到心上，哪知孫期剛跑出去，就急急忙忙地跑回來，臉色大變。孫期四下一看，見屋子裡除了喜柱兒，就只有如心在伺候沉歡淨手，猶豫一下還是說了出來。「爺！是余道士！」

此言一出，如心直接嚇得手一滑，打翻裝水的臉盆。

宋衍知她為何如此失態，淡聲吩咐。「先下去吧，我去會一會這位京城紅人。」說罷就出了沉歡的房間。

「嘻嘻，妙啊妙，又見面了。」昔日余道士身邊玉雪可愛的男童子，年齡又長了幾歲，依稀有點少年模樣，只是雙目發黑，不知道究竟是看得見還是看不見。

女童依然面部無神，直率地說：「師父，咱們雲遊到南城，又沒銀子了嗎？」

冷臉手辣的女童，就是當年割肉做藥引子的人，她年歲也長了一些，只是面容變化不大。

片刻之後，宋衍又帶著如心走了進來。

余道士披散的頭髮遮了半張臉，仍是蓬頭垢面，不修邊幅，他一甩拂塵，臉上扯出一個怪異的笑。「一別數年，世子別來無恙。」

來人果然是余道士，他素來行蹤成謎，不知何故，今日竟會現身在南城如此偏遠的地方。

宋衍不動聲色地在廳中坐下，唇邊帶著一抹淺淡的笑意。「道長倒是一點沒變，只是如今我已非侯府世子，道長還是喚我大人的好。」

余道士一笑，不說話了。

當初定魂香以及送陰女一事，宋衍醒來之後自是知道，如今沉歡還在惡夢中掙扎，他無心應付這道士，語氣就更淡了一些。「不知道長今日到訪，到底有何貴幹？」

如心對余道士有嚴重心理陰影，站在宋衍背後仍覺道士森冷的目光在打量著她。

余道士眼珠轉動，打量宋衍一番，緩緩開口道：「貧道自是來解大人心頭之憂。」

他語氣篤定，宋衍卻並不買帳，他對神鬼之事並不熱衷，這道士在他母親手裡得了不少好處。

「哦？」宋衍抬眉。「敢問道長我何憂之有？」

當年一睡不醒的原因，宋衍內心很清楚，只是時機不到，不能宣之於口。在他看來，自己能醒來，和余道士的關係不大，倒是因緣巧合，將沉歡送到他身邊。

「嘻嘻，師父，大人不信你呢！」男童子拍著手掌笑起來，一對黑眸竟是看不見瞳仁。

女童見狀訓斥男童。「又開始沒規矩了？」

余道士冷哼一聲。「大人健忘了，那陰女如今不是還在夢魘不醒嗎？」

如心吃了一驚，脫口而出。「你怎知道？」

畢竟是剛發生的事，除了身邊親信，沒人知道沉歡如今狀況。

余道士唇邊一哂。「她如今懷有身孕，若長此以往只怕不妙。」

「身孕？」如心音量震天，話一出口才發現自己失態了，連忙閉緊嘴巴。

身孕？什麼時候的事情？她怎麼不知道？

余道士此話一出，宋衍果然端著茶的手一頓，抬眸，凝視著余道士。「你可有法子？」

余道士自傲。「那是自然。」

宋衍的目光在余道士身上盤旋，似在掂量真實性，但是大夫前腳才診出喜脈，全府上下也就他知道，這道士是如何得知？

所謂反常即妖，宋衍放下茶碗，目光在師徒三人身上巡視，片刻後，他問余道士。「道長想要什麼？」

如心知道余道士向來獅子大開口，指不定又要金子來換。

沒想到這次余道士不要黃金，他嘴皮微張，吐出話來。「鏡子。我要你父親小佛堂供奉在林萋萋牌位前的那面梳妝鏡。」

宋衍顯然沒料到是這個東西，此梳妝鏡乃長輩遺物，他眉頭微皺。「如今侯府被封……」

余道士拂塵一甩，打斷他。「大人騙盡天下人，卻騙不了貧道，侯府到底怎麼個封法，大人自是清楚，別說一面鏡子，只怕要開倉拿金子，大人自然有的是法子。」

宋衍眸色一沈，打量余道士的目光變得凜冽起來，竟然連侯府私設小佛堂都知道，這癲狂的道士到底是何許人也？

余道士當然知道宋衍在揣測什麼，嘿嘿怪笑一聲。「顧沉歡天生八字奇詭，乃陰年陰月陰時陰分所生之陰女，若不是她和大人有段奇緣未了，只怕她也活不過十八歲。如今她已經活過二十歲，又孕有子嗣，神元受嚇，沒有貧道的定魂丹，即使醒來亦有可能癡傻。信與不信，大人自己掂量吧。」

宋衍沒說話，片刻之後，他站起來拱手。「那就有勞道長了。」

沉歡醒來的時候已經是中午了，如心守著她，正在枕邊打瞌睡，她腹中饑腸轆轆，睜眼之後茫然四顧，一時間不知道今夕何夕。

宋衍呢？

她的記憶還停留在墜馬的那一刻，黑衣人鐵了心要索她的命，後來宋衍趕過來，她只記得自己眼前一黑，從馬上滑落，後面的事就沒有印象了。

沉歡掙扎著要坐起來，身體一動，如心就醒了過來。

「姊姊！妳終於醒了！」如心喜不自勝，立刻爬起來開門去叫喜柱兒。「快！快去府衙通知大人，就說夫人醒了，快點！」

一時間宅子裡人聲鼎沸，眾人奔相走告，很快地兩個乳母都帶孩子過來了。

「娘親！」萬萬沒想到，第一個撲上來的人居然是平時沈靜的小哥兒，他仰起小臉，眼中光芒跳躍，有點害羞地蹭著沉歡的手。

沉歡此刻看到他平安出現在自己面前，心中寬慰，只覺得自己受到的一切驚嚇都是值得的。

小姊兒緊隨其後也往床邊靠，乳母都拉不住她。

與兩個孩子好好親近一番，沉歡就覺得沒力氣，餓得心慌。

如心見狀，連忙把兩個孩子先打發走，不讓他們吵著沉歡，這才扶著沉歡起來吃點東西。

沉歡只覺從來沒這麼餓，連吃了兩碗才穩住空盪盪的胃。

「余道士竟然來過？」

如心把這幾天發生的事情細細講給沉歡聽，沉歡聽得一愣一愣，只知道自己作了很長的惡夢，不知道後面發生了這些事情。

「那道士給妳吃了定魂丹，謝天謝地，妳終於醒了。」如心捂住胸口，感謝上蒼，沉歡無事就好。

沉歡卻臉色一頓，隨後神色微變，確認地問道：「妳說什麼？定魂丹？」

如心對有些事情知之不多，此刻不知沉歡為何變了臉色，她懵懵懂懂地回答。「是啊，怎麼了？」

沉歡瞬間不說話了。

這定魂丹需要藥引子，當時宋衍服藥的時候，藥丸子就血腥味頗重，如果她也吃了這東西，那藥引子……

腦子還有點疼，剛想了一下，沉歡猝不及防，一陣噁心襲來。

「嘔——」她無法控制自己，立刻乾嘔起來。

「夫人，如心姑娘，爺回來了。」喜柱兒興高采烈地在外頭叫門。

他一得到沉歡醒來的消息，立刻通傳到宋衍那邊，宋衍就馬上趕回來了。

「綿綿。」正說話間，宋衍就進來了。

如心見狀，連忙退出去，將空間留給兩人。

宋衍坐到沉歡床前，確認她身體無礙，這才鬆口氣，笑著說：「夫人要是再不醒，為夫可就要擔心死了。」

沉歡仔細端詳著宋衍，見他除了臉色略有蒼白，與平時並無不同。

就在這一瞬間，沉歡忽然伸手扒開宋衍的衣襟，夏季衣衫單薄，她輕易地就掀開他的衣裳。

宋衍一愣，調笑著捏住她的小手。「我還不知道夫人竟是如此心急。」

沉歡臉一紅，她不是那個意思。

抬頭望去，只見心口的位置好好的，並無傷口。

沉歡鬆了口氣，嘴裡喃喃道：「我聽聞余道士來過了。」

她一邊說、一邊發現，宋衍的手腕處包著紗布，此刻捏住她的手，有血滲出來。

「這是什麼傷口？」沉歡問道。

宋衍不動聲色。「那日與黑衣人作戰，被傷到了。」

「你胡謅。黑衣人怎有本事傷你？」沉歡顫著嗓子。「如心說我服食了定魂丹，這藥需要藥引子，余道士可是放血讓你做藥引子了？」

她的眼中有著不加掩飾的心疼，宋衍心口一熱，摟住她，將她圈在懷裡，下巴擱在她的頭髮上，喃喃低語。「綿綿，這不算什麼，這真的不算什麼。當初妳割肉煉藥，如今我們也算扯平了。」

沉歡窩在他懷裡，聲音悶悶的。「誰要和你扯平。」

宋衍先笑起來，隨後又意識到什麼，斂眸垂頭，神色自責。「要不是因為我，妳和哥兒也不會捲入這是非當中。」

沉歡不在意這些，聲音還是悶悶的。「我嫁給了你，自然與你同生共死。余道士究竟讓你放了多少血？」

一句同生共死，讓宋衍心蕩神迷，沒有回答，只是摸著她的頭髮。「妳如今有了身孕，後面的事就交給我吧。」

「什麼？」沉歡原本還有很多話想問，此刻不可置信地摸著自己的肚子。她和宋衍又有孩子了？

宋衍將大夫的話向沉歡重新講了一遍，最後補充。「安心養胎只是其一，其二則是卷宗之事，等妳好一些再說。」

沉歡從宋衍的懷裡抬起頭，將事情的前因後果再次梳理，忽然腦海中靈光一閃，畫面停留在最後一次見徐老天時，徐老天問她的問題上。

沉歡瞪圓眼睛看著宋衍。「我、我覺得……他或許真的給了我。」說罷，竟要從床上下來。

宋衍將她撈回床上按住，聲音低沈。「妳才剛醒，還需要修養。」

沉歡又掙扎著坐起來。「不行，不行，我需要馬上確認！」

接著喚來丫鬟為她更衣，拉著宋衍往書房走去。

她病後初癒，力氣小，於是大大方方地使喚知州大人，催著宋衍幫她在書房裡找。

「不對，不對，不是那裡！左邊呢？左邊底下呢？歸農經，對！就是歸農經，那一堆都抱過來。」

宋衍用手一彈她的額頭，又好氣、又好笑。「怎麼？剛剛還心疼夫君，此刻就使喚得如此順手？」

沉歡顧不上他，只是飛快地將徐老天送她的書籍一本本拿出來翻看，忽然手一頓，一本裝訂好的自製卷宗出現在面前。

沉歡將冊子打開翻看，然後整個人就定住了。萬萬沒有料到大家搶來搶去的卷宗，其實早就躺在她家的書房裡，平凡無奇地和書籍堆在一起。

「竟然真的給我了……」沉歡不可置信，抖著手將冊子又翻看一遍。

這冊子是徐老天畢生所學的精華，竟然真的給她了。

沉歡將冊子遞給宋衍，心中仍是不敢相信。「徐老，竟然早就給我了。」

那段時間她經常往徐老天那裡跑，以致冷落宋衍，那日徐老天問她這種子如何推廣是好，沉歡自然一頓吹捧，畢竟當時正是推廣新種子的重要時刻，更要加足馬力。

吹捧過頭了，沉歡有點訕訕的，什麼推廣到大律，走向民間百姓，反正想到啥說啥。

那時候徐老天亦未說話，只是默默地聽著，最後倒是點點頭說「夫人言之有理」，還送了沉歡一些書。

當時沉歡更訕了，感覺徐老天完全是顧及她知州夫人的身分才隨口附和。

宋衍翻看一下手冊，心中已推敲出大概。

兩人說話間，一張薄薄的信從卷宗裡掉出來，沉歡拾起來將信打開，裡面只有很簡短的一段話，是徐老天寫給沉歡的。

「夫人親啟，近日老夫身體每況愈下，恐不久已。吾一生無兒無女，早已將夫人視為可傳衣缽的弟子，只是未曾開口。夫人天資聰穎，心地純善，這蒼天稻的卷宗贈與夫人乃老夫久慮之決定。世人皆笑我不知好歹，唯夫人與大人相扶相助，望夫人謹記自己所言，讓稻種惠及百姓，全我畢生夙願。若真能讓天下永無餓殍，老夫此生足矣。」

最後的落款是師父以及徐老天的全名。

沉歡眼淚湧了出來，她幾次想拜徐老天為老師，徐老天並未回應，想必那時候就覺得自己身體已到極限，不肯答應，以免徒留傷感。

宋衍拭掉沉歡臉上的淚珠，心中暗嘆，告訴沉歡另一個重要的事實。「那日仵作驗屍，去又折返，就是始終心中不敢確認，徐老極有可能是被毒死的。」

沉歡驀地抬頭，眼睛睜大，立刻追問道：「是誰？是誰害死了他？」

宋衍放緩聲音，不想刺激沉歡，言簡意賅。「徐老身體也不行了，郎中說怕捱不過今年，那日仵作心存疑惑，又不敢確認，只能悄悄稟告到我這裡。」

「然後呢？」沉歡急得抓住宋衍的手。

宋衍反手握住她繼續道：「開始查驗均無異常，直到反覆驗了那魚湯。」

沉歡納悶。「魚湯不是上次無毒嗎？」

她記得上次首先驗食物時，就確定魚湯無毒。

宋衍眼神微暗。「魚湯無毒，可與荊花同食卻能產生劇毒。」

沉歡不說話了，徐老天常常授粉，除了公田裡的稻子，院子裡還有各種植物，外面就種了一些荊樹。

「是洪泰，是不是？」沉歡擦乾臉上的淚，神態變了。

宋衍不說話，顯然是默認了。

幾次交手，沉歡已經發現洪泰擅於聲東擊西，看似激進跋扈，卻甚會隱藏自己，如今這荊花與魚湯同食之毒，也不好斷案，因為證據不足。

沉歡忽然將那封信捏在手上，遙遙地對著徐老天安葬的方向跪下來。「舉頭三尺有神明，必要還師父一個真相！皇天在上，我顧沉歡在此起誓，必承襲師父遺志，將稻種推行到大律諸州。師父在上，受弟子三拜！」說完，規規矩矩對著老天爺磕了三個頭。

宋衍無奈，連忙拉她起來，心疼道：「妳也是有身子的人，說跪就跪。」

「洪泰必須死！」沉歡冷不丁說道。

宋衍第一次見她有殺人之心，倒是有點驚訝，隨後眼神暗沈，拉著沉歡坐下。「要逼他到死路，還須費些周折，妳容我細細道來。」

兩人合計了一番，沉歡就累得慌，宋衍知道今天信息量太大，她一時間接受不了這麼多，將她打橫抱回房裡。

沉歡心緒雖翻湧，但耐不住身體的本能反應，沒一會兒就沈沈地睡了過去。

宋衍守著她，見她呼吸逐漸平緩，這才在她眼角留下一個繾綣的吻，退出房間。

外面孫期、孫曉還有陶導都來了，顯然已經等候多時。

第五十三章 看戲

今日宋衍聽聞沉歡醒來，匆匆回了宋宅，幾人事情沒商議完，久等不到，又不敢擅自做決定，於是乾脆都到宋宅來等。

宋衍將那封密信看完，嘴角浮現出一絲淡淡的笑意。

火舌竄得很快，瞬間就把密信燒成灰燼。

他抬眸看向葛家交來的那卷宗，笑起來。「葛家觀望這麼久，終是要倒戈了。」

陶導鬆了一口氣，中間過程曲折，但是有了這一步，後面就好走了。

孫期卻遲疑。「那幻洛……」

他知道幻洛以前是世子院的大丫鬟，服侍過世子很長一段時間，葛老頭綁了幻洛來，幻洛聲淚俱下說自己沒有陷害小哥兒，哀痛欲絕地求著孫期，一定要見世子一面，不停地給孫期磕頭。

這內宅之事一向是主母定奪，他也不想宋衍費神在這些小事上，因此孫期試探地建議道：「要不然，等夫人好些再由夫人處理？」

宋衍瞥了孫期一眼，眼中冰寒，孫期知道自己說錯話了，不敢再提建議。

「夫人如今有孕在身，留著讓夫人髒手嗎？」孫曉忍不住出口。

孫期聞言，果然覺得自己考慮不周，那幻洛言詞懇切，自己都差點被她說動，萬一氣著夫人，他可擔不起這個罪。

宋衍神色冷淡。「這幻洛心腸歹毒，用心險惡，早些處理了，別讓夫人知道。」

孫期連忙點頭，應了下來。

另一廂，幻洛又哭又喊，哭得肝腸寸斷。「我要見見世子！我伺候了世子那麼久，我就見一面！」

她只想見世子而已，只見一面。

「都怪那個賤蹄子！她不知廉恥，勾引世子！做丫鬟的時候就是如此！我恨她，我恨她！」幻洛放聲大哭。

孫期厭惡之情頓增，乾脆讓她死了這條心。「世子命我取妳性命。」

一條白綾甩出，出手如電，如蛇般迅速纏到幻洛的脖子上收緊。

幻洛被那句話鎮住了，呆呆的，似不相信，還想再反駁，孫期左右手一拉，只聽見清脆的骨頭碎裂聲，幻洛舌頭伸出，起初還能蹬下腿，不久後就死透了。

從京城到南城，幻洛結束了她短短的一生。

洪泰與他的謀士和其餘幾個親信正在議事。

他肩上的傷口頗深，每日須得換藥，還得裝作沒有傷口、鎮定自若的樣子出現在眾人面前，這幾天下來，臉色很是蒼白。

謀士將京中密信從頭到尾，從尾到頭又看了一遍，心中憂慮。

「老爺，我看鄭大人這回是真的生氣了，說朝廷忽然有人上書要重查之前的南城知縣全家遇害案，還質問您何故不上交納貢的銀子。」

洪泰聞言，氣急敗壞，立刻將茶杯擲在地上，濃眉倒豎。「銀子！銀子！就知道催銀子！這宋衍天天守在宿城，哪裡來的銀子？」

他豁然起身，一腳將地上的茶碗碎片踢到牆上，只聽見清脆的碎裂聲，茶碗碎得更厲害了。

謀士果斷閉嘴，片刻後，看洪泰平靜些了，才繼續道：「老爺，時機不待，這事很蹊蹺，我看，我們要先下手為強！」

洪泰也咬牙。卷宗沒上交，是當時被天上的畜生給奪了，當時王公公也在，賴不著他不給；而銀子，他是故意拖著，他也怕鄭家棄車保帥，讓他賠了夫人又折兵。

隨著乾旱災情的蔓延，全大律都受到影響，那些之前嘲笑並州小題大做的州府此刻都人心惶惶，朝廷向各個州府下達指令，要地方政府先自行組織抗災。

伴隨著民心動盪的是糧食價格暴漲，宋衍猜得沒錯，洪家經營多年，儲備充足，今年這種情況，還威脅不到他，端是看他想不想交，不是能不能交。洪家的糧食可以乘機銷往各地，每年光是朝廷的採購，就夠洪家好好活著了。

百姓們的日子就要苦一些了，往年有餘糧的家庭還好，沒有餘糧的家庭此刻就有些坐不住了，同時各地的米行也囤糧待價而沽，都在觀望還下不下雨。

這段時間，朝堂發生一件大事，有人上書聖上，要求徹查當年南城知縣遇難案，說又發現了新的證據，一時間京城議論紛紛。

鄭家是皇后的母家，米糧供應一直把持在鄭家手裡，事情牽扯南城，鄭大人自然一力打壓。

「最新的消息呢？」洪泰問謀士。

「公倉附近與往常無異，顯然宋衍不知道裡面藏了東西，不然肯定加派人手。宿城那裡，我們的糧庫有鄭家的私兵守著，宋衍哪有能耐調那麼多人與我們硬槓，憑他手裡知州府幾個小衙役嗎？何況我們地方隱密，他連位置都不一定摸得準。」

此時，幾個洪泰的親信也開口彙報。「公倉近段時間一直有糧食入庫，應該是有人扛不住，已經交了一部分納糧，只是不確定是哪幾家。」

謀士也知道此事。「想必又是宋衍的詭計，以前納糧各家都有各家的標牌，誰家的糧食看糧車就能看出來，今年全部是統一的，看上去都一樣。」

洪泰冷冷一笑。「豎子詭計多端，也指不定就是假的，給沒交的人施壓呢！」

「機不可失，他夫人前幾日昏迷不醒，他無暇顧及其他，趁他現在還未來得及反應，老爺不可再猶豫了。」謀士覺得此事必須盡快解決，拖得越久越是夜長夢多。

洪泰的目光在京城的信件上停留，隨後一咬牙下了決定。「明日就動手！找不到就直接燒了！若是種子倉庫和糧倉起火，宋衍這頂烏紗帽，我看保不保得住！」

等到大廳人都散了，洪泰才起身帶著密信回到自己的寢房，他將往來的信件放在暗格裡藏好，這暗格沒有設置在書房，設置在他與洪夫人休息的地方，就在梳妝臺下的青磚。

洪夫人日日腳踩的下方，就是洪泰的暗格所在。就算有刺客進來翻查東西，首先也是搜尋書房，定是料不到這東西藏在婦人腳下。

他剛剛藏好，洪夫人就帶著丫鬟進來了。「老爺，你是不是傷口又疼了？」

洪泰負手隨便找了藉口，就出去了。洪夫人不明所以，坐在梳妝鏡前一邊讓貼身丫鬟給她換頭飾，一邊納悶地說：「老爺近日都是怪怪的，問他女兒的消息也從不正面回答。」

她今日要去赴宴，回來換身衣裳、頭飾再出去。

那貼身丫鬟一邊給洪夫人重新插上簪子，一邊目光從洪泰的背影上掠過，一邊笑著幫洪夫人綰頭髮。「夫人莫要擔心，小姐想必是好的。」

等到洪夫人站起來要更換衣裳，她的目光才從地面上收回。

此時的宋宅，比起洪家，倒是顯得和諧安寧得多。

沉歡在懷孕早期，她自覺沒有任何反應，除了一開始那次的嘔吐。她有時候都懷疑自己到底有沒有懷孕，是不是大夫診斷錯了？

後來又請大夫再診斷一次，確定她懷孕了。按民間的說法，孩子還未懷足三個月就是還沒懷穩，因此除了幾個親近的人，別人均不知道沉歡再次有孕。

由於南城以及整個並州的水源管控下了很大的力氣，之前也做足工夫，新種子的長勢很是不錯，並州的百姓們心裡有底，配合度非常高，家家戶戶都期盼著能熬過這個夏天。

並州幾個主要縣裡負責種植的人，之前定期都會來與沉歡溝通，因沉歡有孕，此事全部轉到其他人身上，沉歡便將所有心思都放在如何收拾洪泰。

她其實一直防著洪泰在田地裡使壞，是故一開始就要農戶們好好愛護，就怕佃農們懈怠了，讓不懷好意的人有機可乘。

哪知道天意如此，又遇上大旱，如今家家戶戶跟護兒子似地護著地裡的苗，日日察看好幾回，就等著下一季，看能不能收點糧回來。

百姓們愛比較，一家這麼做，另外一家生怕別人家結了穗子自己家沒有，今年撈不著好，於是也跟著做，如此一來二往，這田裡真真是守得密不透風。

晚上宋衍回來，沉歡起身去為他更衣，自她有孕以來，宋衍就沒再碰過她。

沉歡算了下日子，從宋衍去宿城到回來救她，到現在，時間可不短了。

南城的宋宅，人口結構非常簡單，宋衍身邊的女人只有沉歡，連身邊伺候的丫鬟都少。

如心更別提了，早在南城待慣了，今日早上她瞅著如心年齡也大了，有意替如心找個合適的人家，哪知道被如心一口回絕了。

沉歡早將如心當作親生妹妹看待，不想強迫她，只得放下此事，日後再提。

宋衍一把捏住她心不在焉的小手，笑起來。「這種事情讓丫鬟做就好，妳有了身子，還是歇著好。」說完就打算喚伺候的丫鬟進來。

沉歡一聽，立刻蹦起來，一邊拉過衣裳，一邊仰臉甜甜地笑。「夫君日日操勞，我這是應該的，應該的。」

宋衍黝黑的眼珠一頓，接著在她身上轉了一個圈，笑而不語。

沒錯，除了打擊洪泰，她現在憂慮的是另外一件事，從她有孕到生產，還有很長的時間，宋衍的需求怎麼抒解？

若是崔氏知道此事，只怕會馬上安排一個伺候的人過來。畢竟宋衍正當年輕，侯府又子嗣不多，若能多開枝散葉，崔氏和太夫人都是歡喜的。

在南城還好，若是回京城，她可就麻煩了。

宋衍更衣之後就去書房，往日宋衍若是晚睡，沉歡都會準備一些宵夜。如今有孕了，宋衍管著她，這宵夜就換成如心去準備。

沉歡前段時間忙碌，有時候自己親自送過去，有時候就讓伺候的丫鬟送過去。

南城熱，宋衍只穿一件薄衫，他膚色冷白，以前沉歡一直戲稱他是玉石人偶，如今這玉石人偶成了她的夫君。

今日去察看宵夜，才發現如心正在自己的房間裡打瞌睡。

等沉歡一問她，如心才揉眼睛，無辜地說：「爺說不用準備什麼。今天和哥兒玩了會兒，我又很睏，就讓平日裡貼身伺候妳的丫鬟去弄了。」

雖說有孕一事，只有幾個親近的人知道，但是平日貼身伺候她的丫鬟還是能看出端倪。

沉歡轉身去宋衍的書房，果真見平日伺候她看著還算規矩老實的丫鬟，今日特意換了身簇新的銀紅薄衫，露出脖子以下的部分，頭上還把平日裡她賞的一些珠花戴上，正端著宵夜，含羞帶怯地請宋衍食用呢。

那丫鬟一見沉歡過來，自己嚇得把碗摔在地上。

這用意不言而喻，沉歡立刻沈了臉，轉身就回自己房間。

片刻之後，宋衍進來，見她坐在梳妝鏡前，一張粉臉仍是餘怒未消，偏還極力掩飾的樣子，他忍不住笑了起來。「一碗宵夜而已，綿綿這是生氣了？」

自嫁給宋衍以來，沉歡的心思就不在這些上面，今天陡然見到才知道這女人的後宅，打他主意的人依然不少，是她平日裡沒把規矩立好。包括京城中饋漏洞的事，因這新種子的事無暇顧及，她也就忘了，至今未向宋衍提起。

宋衍不動聲色地握住她的手。「綿綿這是何故生氣？」

沉歡不答，心中泛酸。

宋衍拉過她。「這又是怎麼了？」

正在這時，門外喜柱兒忽然來稟告。「爺，小孫爺來了，說洪家要動手了。」

此時天色已晚，宋衍眼中光芒陡盛，唇邊浮現出一抹預料中的淺笑，從架上取下一件披風，罩到沉歡身上。

「此事先放一旁，走吧，帶妳去看一場好戲。」

若只是抓一個洪泰，宋衍何須如此大費周章？憑洪泰做的每一件事，朝廷都足以治罪，但是若要藉著洪泰，挖出他背後的勢力，把這個局從南城反彈回京城，那就需要更多的東西。

所有的證據都需要環環相扣，才能一擊必中，將對方連根拔起，否則就算抓了洪泰，這罪名可大可小，懲罰可輕可重，若是揪不出背後的人，前面的力氣也就白費了。

「我們去哪兒？」沉歡從披風裡露出一張小臉，好奇地問宋衍。
「南邊公倉。」
沉歡瞪圓眼睛。「那不是我儲存種子的倉庫嗎？去那裡幹什麼？」
然而宋衍不答，牽著她出門，沉歡只好滿腹疑問，跟著他出去了。
沉歡有孕，馬車就不能行得太快，孫曉在前面帶路，單騎一馬。
沉歡觀察了一下，發現除了孫曉，平常護衛在宋衍身邊幾個眼熟的人此刻都不在。
宋衍配了武器，顯然早有準備，不是普通的糧倉察看。
一絲不安掠過沉歡的心間。

此刻的南邊公倉附近，一群早已準備好的黑衣人全部就位。
洪泰的謀士負責親自指揮此事，他瞇著眼睛在這群人身上好好打量一番，壓低聲音。
「你們都是死士，此事成則重金有賞，敗則速速撤退，若是被抓了……」
那幾人呼吸一滯，齊聲回答。「當自行了斷！」
謀士滿意了，又冷冷地補充。「實話告訴你們，你們的妻兒老小此刻都聚在一起，你們自己也掂量一下利害關係。咱們這次不硬搶，實在找不到，就一把火把十一號倉給燒乾淨就行！」
幾個黑衣人心中一凜，又聞家眷被抓，此刻互相對視一眼，咬咬牙決定拚死上了。
宋衍的公倉布置情況，這謀士事先已觀察許久，可謂對此地瞭若指掌，他部署了層層撤退方案，若是找到關鍵之物，就把東西交到指定地點，再放火燒倉；若是找不到，或者守衛嚴密進不去，那就直接燒倉。

反正供詞和當初往來的密信都在糧倉裡，一把火燒了，一了百了。

若是兩樣都完不成……

那就只有發信號直接撤退，留待時機。

但是洪泰等不起了，此事只許成功不許失敗，趕緊處理了為妙，以後誰也別想威脅誰。

所有人都再一次熟悉地形圖，那謀士又仔細看了一遍，那門子供出的地形圖，以及探子拿回來的，基本一致。糧倉的守衛會定時換班，東南西北四個面都有人看守，但都是常規配置。

只要宋衍不知道他們會來，他就能得手；若是宋衍知道了……

謀士一聲冷笑，那又何妨？

到時候一把火燒成灰燼，只要縱火的人一死，死無對證，損失已經產生，宋衍也無能為力，要是一個倉引燃到另一個倉，連綿大火起了勢，可就怪不得他了。到時候這失律、失察之罪一扣下來，宋衍怕是要人頭落地！

此時，洪泰在洪宅等謀士的消息，若是得手，謀士就會用只有他兩人知道的方式傳遞信號。

一切布置妥當，謀士退到公倉附近一處僻靜的地方，此處是他與手下的人約定的會合地點，名曰「長懷坡」，他此刻就在一個涼亭裡歇息，靜待消息。

那群黑衣人都是刀口舔血慣了，由洪泰重金找來，都是要錢不要命的主。

此刻，他們匍匐在草叢中等待時機。

此次任務相比刺殺而言簡單多了，重點是尋物縱火，幾個人都很有信心，密切觀察著糧倉的衙役們換班的情況，暗中做好準備。

外層衙役和他們提前踩點看到的人數一致，並沒有加派人手。此刻換班的人也疲乏，彼此之間互相打著招呼，陸陸續續開始更換位置。

「從東邊進去，那裡動作慢，還在換。」領頭那人悄聲說道。

餘下幾人點點頭，如黑影般慢慢往那邊潛伏而去。打前鋒的兩人都是熟手，瞄準前方目標，時機一到一個暴起，捂住那守衛嘴巴，一人一個手刀，守衛的衙役眼前一黑，瞬間昏了過去。

「裡面還有巡邏的，先找個地方藏起來！」黑衣人一邊打著手勢，一邊持續下指令。

幾人迅速藏在木架子後面的陰影處，驚覺外面人數正常，裡面怎麼人這麼多？幾乎到處都是！

為首兩人對視一眼，嘴角各自露出了然的笑容，宋衍果然設下的是外鬆內緊的埋伏，外面按正常人數守衛安置，內裡密不透風，等他們落網。

幾人心中都是暗想：那謀士果然神機妙算，早料到宋衍會設下埋伏，所以今日他們來的人一開始就分了批次。

「有人！」守門的人發現有可疑影子閃過，立刻大聲示警。

場面立刻混亂起來。

這第一批就是負責製造混亂的人，趁著衙役一窩蜂追拿可疑之人的短短空隙，領頭的兩個黑衣人帶著第二批人乘亂進來倉庫。

剛一進去，腳步一頓，差點一個踉蹌，只見裡面一片混亂。

這裡是南城最大的糧倉，大約有幾十個倉房，此刻每個倉房的外面都有兩個工人正在趕工修葺，原本每個糧倉上掛好的編號牌，此時都被取下來，隨意放到地上。

一群工人來來往往，倉房沒編號全部長得一樣，在朦朧夜色中一眼望去，黑衣人一時分不出到底哪個才是十一號倉。

為首的那人瞬間覺得修葺的時間點太過蹊蹺了，懷疑有詐，帶頭退到隱密處悄聲說：「此時完全辨別不出來，必是對方有詐，肯定是設下埋伏！」

另外一人也覺得有理，這時間點也太巧合了，若是全點燃，那不是得折騰他們？

「我看，我們先隱匿在此處，等這些工匠做完，我們再出去確認，現在夜色正濃，不好辨認。」

另外一人也覺得有道理，悄聲附和。「這外牆我看已經做了大部分，若是收尾也花不了多少時間。」

為首那人看看天色，他們來的時候是丑時，從外面埋伏到進來花了一個時辰，若是再等一個時辰，執行任務的時間就更少了。但是回頭一看，滿場的工匠，此時撤退無疑是前功盡棄。

他別無選擇，只得一咬牙，下了決定。「等！」
中間追第一批人的衙役折返回來，以為是偷糧食的山賊，巡視了好幾圈，確認沒有糧倉被偷，這才罵罵咧咧地走了。
於是一行人只能蟄伏在陰影處小小翼翼地等待，不時還要害怕被發現，精神異常緊張。人只要保持高度集中的注意力就會特別容易疲憊，中間工人走走停停，挪動位置，衙役時不時進來巡邏，幾個隱匿的黑衣人全神貫注，不敢有絲毫分心，不知不覺間衣服都濕透了，貼在背上一片冰涼。
如此過了一個多時辰，那群工人一聲吆喝，果然是要收工了。
黑衣人面色一喜，再熬下去，他都要熬不住了。
等他們全部走完，領頭的人悄悄出來一看，直接傻眼了。
所有的糧倉全都掛同一個編號，都是十一號倉，之前一片混亂分不清，此刻全都一樣，還是分不清。
我去他奶奶的！等了一個時辰竟然會這樣！
「頭兒莫慌！我記得圖上標示的依稀在前方那個位置。」說話那人，伸手指著前方左側一個糧倉位置，在夜色中，看著也不起眼。
那人接著又補充。「那倉庫是存種子的，想必裡面東西不一樣，我們悄悄前去打探一下即可確認。」
領頭的人覺得有理，如今也只有硬著頭皮上了，於是留下幾個斷後的人防著衙役，帶了好幾個身手敏捷的人去查探。
這一查，又要等待時機，又要防著衙役巡邏，又要確認，進展異常緩慢，這麼一折騰，又是一個時辰過去了。
「小的確認，這就是圖上的第十一號倉。」那人篤定地說。
領頭的黑衣人也模模糊糊覺得就是這裡，管不了那麼多了！
從丑時三刻折騰到現在，已經寅時了，再折騰一下，天就要泛白了。
幾人先處理了門口的人，留一個人穿著守衛的衣服守在門口，餘下的人去找指定的糧食袋子，進去一陣狂搜，半天都沒找著。
幾人均是精疲力盡，正找得心慌，望了望天，時辰要到了。
「在這裡！」有人大喜過望出聲。
只見地上一個被捅爛的糧袋子裡，果然露出兩封信件，都用火漆封得嚴嚴實實，其中一封上面寫著宋衍親啟，下面兩個小字「供詞」。
領頭的黑衣人此時吐出一口濁氣，覺得今日折騰得人仰馬翻算是值了，餘下的就是……
幾人對視一眼，摸了摸腰間的火油。
隨後，一聲尖叫劃破糧倉的夜空。
「走水啦！走水啦！」負責守衛糧倉的人驚聲高喊，糧倉區域一片混亂，煙霧直衝天際。
死了幾個弟兄，但是主力都撤退出來了，領頭那人立刻放了鳴鏑傳信。

幾人對視一眼，到此刻才終於鬆了一口氣。

成了，竟然真的成了！

帶頭的黑衣人胸中揣著信件，往長懷坡約定的地方飛奔而去。

就在東邊糧倉生死博奕的時刻，宋衍早已帶著沉歡來到指定的地方。

沉歡這才發現，除了陶導，還有幾個知州府裡親近的辦事官吏此刻都在等著宋衍。

這地方位置奇特，既隱密位置又好，只要站得稍微高一點，就剛好可以看見前方的涼亭，若是再轉頭眺望，又可以看見前面糧倉的大致情況。

說到涼亭，沉歡納悶了。「那不是洪泰的謀士嗎？他怎麼在這裡？」

只見前方涼亭裡，那謀士的身邊跟了好幾個練家子，此刻極目遠眺，時不時在涼亭中踱步，顯然正在關注著什麼。

不過沉歡覺得納悶，他望著她的種子倉庫方向做什麼？

宋衍細長的眼睛此刻微微瞇了起來，將沉歡披風的領子攏了攏，將她裹得再緊一些。

「妳就在這裡待著，不要讓他發現妳。若是覺得無聊，就觀察前方糧倉的情況，若是情況不對，就立刻跟我說。」

此時，陶導拿出一張錯落有致的山形地圖，指著幾個畫圈的位置，對宋衍點點頭。

宋衍的手指在宿城幾處洞口緩緩滑過，疏眉微蹙。「罷了，此處成不成，還得看孫期的消息了。」

陶導沈吟一下開口。「那門子的弟弟為了救他哥哥，必是全力遊說宿城知府，當務之急是把人先救出來。」

「你們在打什麼啞謎？」沉歡越聽越覺得這中間有什麼。

宋衍提示她。「妳不是恨毒了洪泰嗎？好生待著，待會兒他自然會來。」

「洪泰？」沉歡再次瞪圓眼睛。

三更半夜的，洪泰過來這裡幹什麼？難道宋衍又設下埋伏，引誘他到此地？

只見宋衍轉頭對孫曉吩咐道：「你知道洪家的私牢地點，人也提前安置好了，等洪泰收到鳴鏑，即是動手時機，你按我的安排去做即可。」

「遵命！」孫曉拱手領命，轉頭騎馬飛奔而去。

言畢，宋衍又問南城的新知縣。「那人可帶來了？」

南城新知縣點頭。「大人要的兩批人，我都安置好了，不知大人究竟從何處得知這些消息，實在是令人震驚。」

這種縉紳隱私都能探知，可見宋衍手裡的情報網相當縝密。

沉歡心中隱隱有了猜測，剛想開口問宋衍，只見前面糧倉瞬間有煙火竄出。

這可不得了！

沉歡轉頭，臉色陡變，心急火燎地跳起來。「起火了！容嗣，糧倉起火了！」

宋衍一把按住她，眉頭打了個死結。「妳有孕在身，可是又忘了？」

鳴鏑聲起，謀士大喜過望，立刻跑出涼亭，顯然在等著什麼人。

那可是種子倉庫所在，沉歡自然急得如熱鍋上的螞蟻。

與此同時，南邊糧倉大量的衙役們端著水盆早有準備，等那群黑衣人一撤退，立馬將真火滅掉，同時點燃早已準備好的草堆，遠遠看去，照樣煙火衝天。

「狗娘養的，浪費水了！」還有衙役邊潑邊罵。

「這點火星子費不了多少水，他們以為成功了才會鳴鏑，噤口吧！」另一人勸道。

「等一下，上面吩咐了，十一號倉雖不大還是要燒半個現場，再燒一下。」

沒錯，點火的時候，天已經快亮了，幾個黑衣人已經拿到密信只想快速撤退，草草淋了火油點燃就往外撤。反正存儲的倉房都是稻草混泥砌成的，很容易著火。

早已埋伏好的衙役，等他們一放出信號撤離，立刻李代桃僵，用稻草堆的煙霧製造燒起來的假象，為了落實罪名，讓真十一號倉燒了小半再撲滅，然後保留現場。

鳴鏑不輕易出現，一旦出現就是得手。

謀士喜不自勝，立刻放出自己的鳴鏑給等待中的洪泰示意。

一聽見信號，沉歡就明白了大概，立刻轉頭問宋衍。「你在此地設伏？」

宋衍點頭。「對。」

沉歡將前後線索一聯繫，推測道：「洪泰安排人燒倉，是那謀士指揮的？」

宋衍又點頭。「對。」

沉歡心思轉動，這幾個大縉紳身邊多少都養了一些出主意的謀士，說不定上次小哥兒事件，也是此人出主意的，因此沉歡眼中透露出明顯的厭惡。

但是現在……

沉歡遠遠地看著糧倉那邊煙霧四起，忍不住著急地哭喪著臉。「容嗣，你也不能讓他們真燒啊！」

哎喲喂，要是燒了她的種子可怎麼辦呀？

宋衍將目光放到那衝天的煙霧上，嘴角帶上一抹嘲諷。「他們不是想燒倉嗎？讓他把罪名落實了也好。」

敢情還真是故意的。

宋衍這問一句、答一句的性子，真的急死人！

沉歡咬牙。「可別燒到我的種子了！」

這回宋衍真心地笑起來。「綿綿寬心，早轉移了。」

沉歡轉頭又看了一眼涼亭的方向。「你不出手現在擒住那人，難道是在等他們狗咬狗？」

宋衍在她的額頭上彈了一下。「知我者，綿綿也。」

沉歡臉一紅，摸著微微有點疼的額頭，嬌氣道：「你彈痛我了！」

兩人正在說話，宋衍忽然比了個噤口的手勢，只見七、八個黑衣人此刻已經到涼亭會合，正在悄聲說著什麼。

第五十四章　伏誅

涼亭外，謀士急於邀功，第一句話就是問領頭的黑衣人。「可找到信件了？」

那人多了個心眼，不立刻拿出來，只是嘴上回道：「幸不辱命，不過……」

謀士著急，連聲催促。「快給我！」

那人退後一步。「此信乃我兄弟幾人用性命換來的，我兄弟幾人的家眷如今還在先生手裡，此物我們要當面交給洪老爺。」

「你不給我，我怎知道是真是假？」

兩人正僵持不下，洪泰就坐著馬車趕到了。

這幾日他特意把洪夫人安排回娘家，讓她多親近岳父、岳母，以免被她看出端倪而壞事。

洪泰一看到信號，立刻坐上早已準備好的馬車，一路狂奔趕來。怕的就是他們路上被伏，所以選了長懷坡會合。

「老爺！」

「洪老爺！」

兩道聲音齊聲響起，三人會面各有心思，一人急於邀功，一人怕酬勞不給，還是洪泰一錘定音，把許諾的金子命人端上來，那人才將懷裡的信件摸出來。

「果真狗咬狗，這洪泰究竟有多少家底？這麼多金子，大律朝廷官吏一年的俸祿只怕都沒有這麼多！」沉歡一邊感嘆，一邊不平。

她沒注意到，宋衍的背後，一個五十多歲做普通文書官吏打扮的男人，神色一震，接著低下頭去。

宋衍沒有錯過他臉上細微的變化，只是淡淡一笑，悄聲對沉歡說道：「再看看戲。」

正在此時，只聽見一陣急促的馬蹄聲響，片刻之後，就見到洪泰的一個副手快馬加鞭衝了過來，翻身下馬，還來不及行禮，就連忙給洪泰報信。「老爺！不好了！宿城急報！」說完，遞上一封密信。

「什麼情況？趕緊說清楚！」謀士也認識這報信的人，平日都是待在宿城藏糧食的山洞，何故忽然跑回來？

洪泰立刻將信打開，才看了一半就臉色大變，立刻將信撕得粉碎。

宋衍觀察洪泰的臉色，聲音一整，下了指令。「該動手了。」

一瞬間，所有埋伏在長懷坡的人立刻揭竿而起，瞬間衝向洪泰等人，不用多久，就把洪泰等人圍了個裡三層、外三層。

黑衣人知道情況不對，立刻拔出武器，面露狠色，顯然打算放手一搏。

宋衍帶著沉歡緩步而出，沉歡想著之前小哥兒被俘一事以及徐老天之死，都是洪泰在背後操弄，就連自己也差點折在洪泰手裡，心中憤恨，一雙明亮的杏眼此刻簡直要燒起來，狠狠地盯著洪泰。

「洪老爺，又見面了。」宋衍倒是神色未變，就連聲音都和往常無異。確實是又見面了，當日洪泰忙活幾天，最後卻被沉歡擺了一道，該找的卷宗被蒼鷹奪走，因為他帶著王公公，撤退的時候又被宋衍所傷。新仇舊恨加在一起，算也算不清了。

這架勢一看就是甕中捉鱉，洪泰知道自己中了埋伏，收斂起剛剛臉上的驚變，強自鎮定，高聲問道：「宋大人忽然帶人衝出來，這是何意？」

宋衍唇角剛剛還有的笑意慢慢隱去，眼神逐漸冰冷。「洪泰伏誅吧！」

「哈哈哈！」洪泰大笑出聲。「敢問宋大人，我所犯何罪？雖然你是朝廷命官，卻也不能隨意緝拿良民。」

「良民？」宋衍眉頭一挑，似乎聽見什麼笑話，隨即臉色一整，厲聲喝道：「洪泰！你殘害朝廷命官家眷，威逼佃農，勾結官吏，私藏糧食，如今又縱火燒倉，私扣徭役，我問你該當何罪！」

洪泰心中一驚，臉上卻極力保持不露聲色，悄悄將之前拿到的信件遞給背後的謀士，想讓他乘機撕毀此物。

他前行一步擋在謀士前面做掩護，面上卻不屑，冷笑出聲，顯然不服。「殘害朝廷命官家眷？敢問宋大人有何證據？若只是憑藉一張供詞，焉知不是你們屈打成招，故意構陷？」

往日真沒看出來這洪泰，一張利嘴這麼能說會道。

沉歡指著他。「那日你擄走我的孩子，派人追殺與我，我親眼所見，我亦可指證你！」

洪泰笑起來。「知州夫人怕是看錯了，妳夫君幾度強制徵糧，與我素有舊怨，妳乃他家眷，自然可以為他做假證。」

沒等沉歡開口反駁，宋衍開口了，不過卻是對著那謀士一語點破。「先生莫要急著毀了那信，指不定對你有用呢！」

「什麼意思？」謀士一驚。

宋衍此話話中有話，有何用意？

宋衍微微一笑，從懷裡掏出兩封信，輕輕打開，即使隔著一些距離，洪泰等人也能看到上面的血色大拇指印。

「你們要的可是這個？」宋衍攤開信件，赫然就是他們要找的供詞無誤。

謀士大吃一驚，黑衣人顯然也傻眼，洪泰更是臉色一變，如果宋衍手裡才是供詞，那他們拿到的是什麼？

那門子騙了他們，他們中了宋衍的圈套！

不等洪泰開口，謀士立刻將密信拆開來，剛剛看了兩眼，忽然尖叫出聲，將衝出去，眼眶發紅，吼得聲嘶力竭。「宋衍，你這個無恥狡詐之徒！手段無所不用其極，你把我妻兒怎麼了？」

只見拆開的信件裡是一封求救信，上面只有短短一句話「救我」。

謀士認出那字跡，是他夫人所寫無誤，此刻他氣得臉紅脖子粗，剛剛衝出去，立馬就被宋衍的人按住，此刻正被壓在地上直喘氣。

宋衍居高臨下俯視著他。「無恥狡詐之徒？說得好！你替洪泰獻策，擄走我長子逼我夫人交換卷宗，不曾覺得自己亦是無恥狡詐之徒？」

一句話問得謀士啞口無言，他獻策惡毒的計謀多了，沒想到報應到自己身上。

孫期內審幻洛時得知，此計是此人獻策，原本計劃是擄走小姊兒，幻洛提出換成小哥兒，說小哥兒乃沉歡親生之子，最後果然引出沉歡。

沉歡聽到此處已是忍無可忍。「不過以其人之道還治其人之身而已，你竟還有臉指責別人無恥？最無恥的就是你！」

宋衍不再廢話，直接讓人動手把謀士給綁了。

謀士到了此時，才心中畏懼，一邊掙扎，一邊對著洪泰求救。「老爺救我！老爺救我啊！」

洪泰自身難保，看到宋衍動手毫不猶豫，知他今日有備而來。心中雖然開始動搖，神色卻極力穩住，即使他中了計，但他知道殿下和鄭家一定會保住他，因此嘴上仍是狡辯個不停。

「宋大人說話做事可得講證據，無緣無故綁了我的人，不過是仗著你此時人多罷了！烏紗帽得來不易，我看宋大人是秋後的蚱蜢，蹦躂不了幾天。」

「你！」沉歡指著他，顯然動怒。

宋衍一把按下她指著洪泰的手，輕聲道：「無妨，還未完呢。」

宋衍臉色淡淡，只是慢條斯理地將證詞摺疊起來收好。「這證詞只是其一，原本就是為了引你出來而已，那證人卻是早已經進了大理寺。」

「什麼時候的事？」洪泰忍不住驚聲出口。

宋衍一笑。「很早。」

兩人說話間，天邊又放出信號彈，那方向正是洪宅所在的位置。

洪泰也發現信號彈出自洪宅，他咬牙切齒。「宋大人這又是什麼意思？」

宋衍吐出兩個字。「救人。」

洪泰知道必是宋衍的人與他的人起衝突，把那門子救出來。此刻他心中抑鬱不已，一把怒火直燒到天靈蓋，只覺連連失手，自從與宋衍交手以來，竟無一次占過先機。

「就算你救了門子又如何？朝廷抓了我，我也有法子出來。」洪泰絕不認罪，一口咬定宋衍誣陷，嘴裡不停質問。「這些不過都是你構陷我，所謂私藏糧食，無非就是為了逼我配合你徵糧而已，空口無憑，你又有何證據？我倒是要到京城告御狀，你這是仗勢欺人！」

沉歡簡直要笑出聲，沒想到他們也有被說成仗勢欺人的一天。

笑歸笑，沉歡心裡咯噔一沈，僅憑一個罪名，可能治不住洪泰，還得施於重擊，讓他翻不了身。

天邊一隻信鴿盤旋而下，陶導大喜過望，立刻取下密信打開來看，悄聲回覆宋衍。「公子，孫期來消息了，宿城動手了。」

宋衍點點頭，目光越過天邊，直往宿城方向，看來終是說動了宿州知府。

洪泰不知他二人在打什麼啞謎，直覺不會是好消息，退後一步向黑衣人遞眼色，有了想硬闖出去的想法，他在尋找恰當的時機。

正在此時，從宿城過來第二批替洪泰傳信的人，聽聞洪泰在長懷坡，立刻快馬加鞭，馬不停蹄地趕過來，結果一過來就看到洪泰被團團圍住。

那人剛剛死裡逃生，此刻又被官兵圍住，頓時嚇得屁滾尿流，抱住洪泰的大腿。「老爺、老爺，不好啦！我們在宿城的藏糧山洞被發現了，朝廷正派兵抓人！」

洪泰聞言，差點站不住，剛剛還只是可能被發現，現在就已經在抓人了？

他一把揪住那人的衣領，不可置信地急急問道：「鄭家的人呢？」

「鄭家的人發現情況不對早跑了！」

鄭家的私兵跑了？

洪泰一瞬間腦海一片空白，只覺天旋地轉，雙腿發軟，他腳下的人還在喋喋不休描述著現場情況，而他卻是一句話都聽不進去了。

他被鄭家拋棄了，那殿下呢？

宋衍冰冷的聲音在耳邊盤旋。「洪泰，你多年來私藏糧食與外戚勾結，再通過宿城賣到鄭國換取銀子，上供鄭家以換取皇商身分及官場庇護。你迅速崛起，兼併土地，獲利甚豐，一躍成為南城三大縉紳之一。你做這一切，都是為了搏自己的前程。現在鄭家棄車保帥，捨棄了你，你還有什麼話要說？」

洪泰立刻反應過來，私藏糧食的罪名和勾結官吏的罪名不是一個量級，因此一口咬定沒有勾結，只是自己豬油蒙了心，藏了糧食。

宋衍冷冷瞥了他一眼，洪泰竟然打了個寒顫。

宋衍也沒說話，只是拍了下手掌，洪泰還要反駁，可是話才說了一半，臉色又僵住了。

只見洪夫人的貼身丫鬟捧著一個盒子出現了。

這丫鬟不是該跟著夫人返回娘家嗎？

宋衍接過盒子打開一看，裡面全是密信，拆開過目之後點點頭，那丫鬟頓時鬆了口氣。

「此人甚是多疑，奴婢多年以前奉命來南城，幾經周折進了洪家，起初在書房始終搜索無果，後來才在洪夫人的臥房裡找到證據。」

「賤婢！」洪泰此時再也無法穩住心神，忽然拔出藏於腰間的佩刀，想要怒斬那丫鬟。

這賤婢居然早就是宋衍的內應！

此刻，洪泰徹底臉白如紙，冷汗淋漓，那盒子裡是他和鄭家溝通的密信，原本都該燒掉，可他多了個心眼……

「你怕鄭家棄你於不顧，於是藏著這些密信，好有朝一日威脅鄭家。」宋衍一語點出洪泰心中所想。

聞言，沉歡倒是逐漸意會了，當朝皇后姓鄭，這鄭家自然就是鄭皇后的母家。

洪泰一直有恃無恐原來是有這麼大的靠山！

有了這些密信，不僅洪泰無法翻身，就連鄭家和背後之人都有可能被牽扯出來。

洪泰心顫，太子需要銀子養私兵之事，絕不能被發現。若是知道他走漏風聲，那他的女兒洪成雅……

洪泰搖搖欲墜，腦子想轉，奈何一片漿糊，之前囂張跋扈的樣子消失得乾乾淨淨，他抖著嘴唇，還想辯解什麼卻說不出完整的句子。

然而宋衍並沒有放過他，幽邃的眼神冷淬如刀鋒，手一揮對後面一人說：「上前去，把東西給他！畢竟是洪家的東西，還是讓他知道的好。」

那是一條帶著血污的衣裙。

繡工精緻，面料考究，洪泰一眼就認出那是他女兒的衣裙。

為了博取太子歡心，洪成雅一應衣衫都是最好的，件件精緻昂貴，也不比公侯之女差。

「你送洪成雅去太子東宮想搏一子嗣，太子妃可沒有容人的雅量，不到一個月就說她私通侍衛，拖出去打死了。想必你屢次詢問洪成雅的下落，都是得不到回答。」

洪泰一瞬間蒼老十歲，渾身發抖，雙手打顫，捧著那條帶著血污的裙子只覺天旋地轉，五雷轟頂，心中悔不當初。

他總盼獨生女兒嫁入高門，光耀門楣，原盼著她為太子生下一男半女，沒想到落得如此下場！

「啊啊啊啊——」洪泰終是忍不住仰天一聲狂吼，接著鼻孔流血，肩膀舊傷的血也滲了出來，接著他眼前一片黑暗，身體一軟，倒下去了。

洪泰癲狂之狀甚是可怖，宋衍一把蒙住沉歡的眼睛，將她拉到身邊，溫熱的氣息撲在耳邊。「別看，怕妳動了胎氣。」

說實在的，沉歡才不怕，出了壓在心頭許久的惡氣，現在渾身舒爽。洪泰伏誅是他咎由自取，宋衍雖未明說，但是此人絕對沒少幹缺德事，那日要不是宋衍及時趕回，只怕她自己也喪命在黑衣人手裡。

還有徐老天之事，如今只有等宋衍和他慢慢清算了。

見該綁的人綁了，該押解的人押解了，沉歡打了個哈欠，這才覺得睏得慌。

「睏了？」宋衍忽然將她抱起來，輕輕一躍，上了馬車。

說話間沉歡又打了一個哈欠，喃喃自語。「奇怪，明明剛還好好的，現在卻莫名想睡。」

宋衍將她輕輕放在馬車裡的軟墊上，安撫她。「妳剛才一門心思都在洪泰身上，現在放鬆了，自然就睏了。睏就先睡一會兒，我帶妳回去。」

今天發生太多的事，沉歡還想說什麼，奈何身體撐不住，剛躺在軟墊上，就意識渙散，迷迷糊糊地睡了。

第五十五章　並州下雨

模模糊糊間，聽到外面有人喚宋衍，只感覺身邊一空，似乎宋衍下了馬車。

外面喚宋衍的人正是陶導，見宋衍出來，他輕聲說：「密使要走了。」

只見之前那普通文官打扮的五十多歲男人，此刻已經更換衣衫，他見宋衍過來，拱手行了禮。

「宋大人，今日所見所聞，待我立刻修書一封給我家大人，飛鴿傳書不出幾日，我家大人即可收到。」

宋衍連忙扶起他的手，笑道：「多禮了，該是容嗣多謝大人才是。」

那人站起來，眸中精光閃過，他奉督察院左御史之命，前來核實南城情況，一番打探下來，果覺宋衍魄力驚人，的確為朝廷幹吏。

想到自家大人所託，他適時出聲。「我家大人要我帶句話給宋大人，請宋大人勿忘與他之間的約定。」

宋衍那雙洞人肺腑的眼睛，在眼眶中轉了一圈，終是淡聲回道：「請大人放心，那是自然。」

等那人走後，陶導才跟過來，他不知宋衍與劉大人有何約定，但是當今左副督御史，乃死去的劉素言之父親。他有心想問個明白，奈何以宋衍的性格，想說的勢必會說，不想說的你也甭想知道什麼。

此刻見宋衍上了馬車，陶導只得作罷。

等到沉歡一覺醒來的時候，天色已是大亮，一摸身邊，床榻上餘溫還在，宋衍顯然剛走不久。

沉歡伸了一個懶腰，這南城在她心中是毫無約束的一塊福地，不用請安，不用看崔氏臉色，不用面對平嬤嬤時不時的么蛾子，生活相當自由。

沉歡有時候心中也有點惴惴不安，宋衍出身公侯之家，以前在世子院時，她就知道宋衍很重規矩，但是到了這南城，不管她幹麼，宋衍幾乎都是點頭說好，甚少反對。

沉歡嘆口氣，坐起來準備收拾一下自己。

丫鬟聽見她房裡有動靜，知道她醒來了，悄悄地進來準備幫她梳洗。

昨日對主子有心思的那個丫鬟，此刻也低著頭，端著盥洗的水盆，一聲不吭地站在沉歡面前。

沉歡站起來，就著那水淨手，聲音不自覺淡了下來。「我記得妳年紀也到了，父母可曾替妳許配人家？」

此話一出，那丫鬟就意識到什麼，嚇得立刻跪下來，聲音裡帶著哭腔。「夫人、夫人我不敢了！您莫要攆我出去。」

旁邊為沉歡梳頭的丫鬟不敢吱聲，只是梳頭的動作頓了一下。

沉歡有一瞬間的恍惚，她曾經為奴的時候，也怕被攆出去，後來待久了，又覺得出去比較好，如今她嫁給宋衍，忽遇此事，她發現自己突然有點分不清如今究竟是在宅門內還是宅門外了。

一甩頭將一切拋開，沉歡繼續說：「妳年紀到了，有些想法也是自然，待會兒就去如心那裡結了月錢，妳不是死契，下午就走吧。」

那丫鬟哭得厲害，沉歡心裡煩得慌，喚了如心進來，就把人打發了，這才帶著喜柱兒和相關人等，坐著小轎去公田視察。

時間過得飛快，其間宿城搜出大量洪泰私藏的糧食，轉運到鄰國的隊伍也被一網打盡，兩府聯動之事震撼周邊幾個州府，一時間都在議論紛紛。

沉歡每日除了將養身體，就是公田視察，就這樣又過了些日子。

公田出過兩次蟲害，好在都解決了，死苗自然是有的，不過損傷還能承受。並州四縣的公田都是推行新稻種，雖然地裡乾旱，但是朝廷管控水源，至少還能保證基本的灌溉用水。佃農們看到沉歡來了都甚是恭敬，特別是眼瞅著蒼天稻已經抽穗揚花，就等著最後的成熟了。

雖然乾旱以來，南城的生活受到很大影響，缺水已是常態，但至少並州並沒有像其他州府那樣流民四竄。

因為結穗讓佃農們信心百倍，死去的徐老天和堅持推行此事的沉歡，在民間聲望陡升，大、小活菩薩的名號不脛而走。

改變最大的是佃農們對並州官府的心態，當時他們都抱著不信任的想法，如今看著地裡還頑強存活的稻苗，心中都憋著一口氣。

再熬一熬，保根養葉都熬過來了，就差最後一刻了。

沉歡看了看依然烈日當空的天氣，心中既嘆息又焦慮，忍不住暗自祈禱：護佑大律吧！老天爺，哪怕只是下一場雨都行，讓並州熬過來。

當晚，當沉歡回到宋宅的時候，宋衍已經提前回來了。

如心連忙過來扶著沉歡，悄聲說道：「爺已經等妳好一會兒了。」

沉歡忍不住吃驚道：「今日不是要核審納糧情況嗎？我還以為會很晚。」

如心搖頭，她自然不知道什麼情況。

宋衍已經換上一身日常的衣衫，此刻正抱著小哥兒在玩小蟈蟈，兩人私語雖然小聲，卻逃不過他的耳朵，聞言抬眉。「洪泰伏誅，如今都按了手印，已經押解京城，自然可以緩一緩。」

沉歡對著宋衍笑了一下。「你等等我。」說完趕緊回房去換了衣衫出來。

說話間，丫鬟已端來沉歡每日都要進補的安胎藥，這藥天天喝，沉歡也喝煩了，是故今天一看就忍不住胃部翻湧。

宋衍目光一掃，就發現丫鬟換人了，他不露聲色，將那藥碗端起來，舀了一勺，再學著沉歡平日哄小姊兒的樣子吹了一口，餵到沉歡唇邊。「綿綿不是小孩子了，還要為夫餵嗎？」

「哪有。」沉歡臉一紅，想著還有外人在，被人看了笑話，自己將碗接了過來，不情願地小口喝著。

沉歡喝藥的時候，宋衍就一直盯著她，旁邊的丫鬟有點臉紅，悄悄退了下去。

待沉歡一碗藥喝了個底朝天，才發現宋衍的目光一直在自己身上駐足，她忍不住放下碗，摸了摸自己的臉。

沒有什麼不正常啊。

宋衍盯了她一會兒，開口喚道：「綿綿，過來。」

這聲音啞啞的，沉歡聽得心跳加速，臉燒得更厲害，磨蹭了一會兒才慢慢走到宋衍身邊。

宋衍拉過她的手，慢慢摩挲著她的掌心，將她按在腿上，纏綿悱惻地含著她的嘴唇，給了她一個吻。起初輕而緩慢，帶著柔情密意的親撫，後來暴風驟雨，激烈得沉歡禁不住低喘出聲。

「容……容嗣……」沉歡求饒。

宋衍這才放開她，見沉歡臉色緋紅，雙目一汪水，花瓣般的嘴唇微腫，春色撩人。

宋衍眸色深沈，似笑非笑。「據聞夫人今日又去公田視察了？夫人還是分一點關注給為夫吧！」

宋衍牽起她的手，見素白的手指根根如蔥，潔白可愛。他用唇含著青蔥段似的手指，眉目間含了一層薄薄的笑意，聲音沙啞。「既然綿綿不喜歡別人接近我，那總得表示一下誠意，我是男人，自然有需要抒解的時候。」

沉歡的臉更紅了，宋衍的嘴唇既柔軟又滾燙，雖然兩人已經成婚，但是近期忙碌，又加上宋衍宿城公務，實在是聚少離多，算下來已有好些日子沒有親熱了，加上如今她懷有身孕，自然也是不能。

「還有其他法子，綿綿以前在侯府，封嬤嬤可是教了不少。」宋衍徐徐引誘她，帶著她的手。

待得一席完畢，沉歡揉著痠痛的手腕，眼睛裡羞得都要噴出火來。

嗚，宋衍這個騙子！

夜裡沉歡趴在宋衍懷裡，興致勃勃地講述著今天的見聞，沒想到宋衍聽完卻很沈默，此刻一片黑暗，房間裡沒有點蠟燭，沉歡看不見宋衍的表情。

「綿綿可是喜歡南城？」宋衍問她。

喜歡？

沉歡一下愣住了，竟沒辦法馬上答出來。她在南城無拘無束，雖然亦有遇險，但是幾次都多虧宋衍出手，她才逢凶化吉。

當初離開侯府，她並沒有多想喜歡還是不喜歡這樣高深的問題，只是覺得這裡號稱「天下糧倉」，若真是發生災難，南城一定是最能吃飽飯的地方。帶著些許憧憬，她離開京城來到這裡。若說不喜歡，那肯定不是真話，若是很喜歡，似乎又差了一點點，沉歡形容不上來。

宋衍從她的頭頂慢慢撫摸，一路撫摸到頭髮的尾梢，把玩著那頑皮的頭髮絲。「綿綿可是覺得，宅門即是圍城，若是回去，必是束手束腳，事事不順心？」

沉歡驚訝地抬起頭，一時間情緒翻湧，說不出話來。

宅門即圍城，這還是她當初和宋衍告別的時候，趴在他床榻邊說的。沒有想到宋衍居然記得這麼清楚，連一個字都沒有錯。

「沒……沒有。」

沉歡言不由衷，為了轉移話題，因此將京城中饋漏洞一事跟宋衍說了。

「以前不好開口，如今想來想去，還是覺得這樣不行。」

黑暗中，宋衍的聲音低沈而有力，穿破耳膜而來。「此事還須整頓，我知道平嬤嬤性格，仗著母親信任罷了，自父親去世後，府中百廢待興，妳嫁給了我，乃宋家宗婦，妳須記著，遲早是要回京城的。

「綿綿，人，生而自由的好，卻無時不在枷鎖之中，這世間一切東西都是相對的，包括自由。世上又哪來絕對的自由？都是相對的自由，就算貴為天子，也有無可奈何的時候。」

這一夜，沉歡輾轉反側，良久無法入睡，宋衍知道她心裡所想，也不點破，由得她折騰，下半夜，沉歡終於累了，這才沈沈睡去。

宋衍翻身過來，見沉歡呼吸均勻，這才嘆口氣，輕撫過她夢中微皺的眉頭。

「綿綿。」他聲音低沈。「一切都快了。」

靜默良久，後面的話宋衍終是沒有說出口。

前半夜輾轉反側，待沉歡入睡之後，倒是一夜無夢。

接下來的日子裡，又發生了幾件重大的事情。

第一是朝堂之上，向來少言的左副督御史劉大人，上書彈劾外戚鄭家，說有人舉報鄭家以權謀私，以手握皇商招牌為幌子，威逼佃農，私吞糧草，兼併土地，話裡話外都暗示貪贓枉法。

鄭大人據理力爭，劉大人手持證據毫不相讓，接著被壓下去的舊日南城知縣全家遇難案又被翻出來，由成王領頭請求重查，崔相極力壓回，倒是聖上聽了成王的建議准了，太子殿前失儀，顯然動怒。

第二是洪泰的伏誅瓦解了南城的縉紳局面，宋衍不僅以雷霆手段從宿城搜出大量糧食，還逼得丁家為求自保，主動納糧。小縉紳們沒了指望，紛紛倒戈。此時葛家的下人才感嘆葛老爺深謀遠慮，若是當時非要和宋衍對著幹，葛家別說今年減糧，只怕更多的都要被榨出來。

這第三件事，則是最令整個並州歡呼雀躍的大事了。

那就是，並州終於下了一場雨。

這麼長時間以來，這是第一場，南城的百姓們抱著瓦罐、盆子、各種儲水的器皿，歡呼著出去接雨，大街小巷全體出動，歡呼聲、尖叫聲、吶喊聲，盛況空前。

有人說這是以前的南城知縣要沈冤得雪，這才有了這場雨，也有人說是知州大人和夫人聯手抗災，沒以徵糧一事剝削百姓，因此老天爺都要幫他們。

第五十六章　宋家復爵

那日沉歡激動得跑出去，如心連忙撐著傘追著她。「沉歡姊姊，慢點！妳要是著涼了可怎麼辦？」

下雨了！下雨了！

沉歡伸出手，雨點稀哩嘩啦地落在掌心，大顆大顆的，又疼又癢，田裡的稻苗們久旱逢甘霖，大口吸收水分，舒展著苗葉，很快恢復了生機。

「只要有這一場雨，蒼天稻就能熬過去！並州就能熬過去！」沉歡歡喜得直奔公田。

並州下雨的消息很快傳遍整個大律，還有沉歡帶領並州官宦夫人日日祈雨的各種故事，一時間其他州府紛紛仿效，都仿照並州展開祈雨儀式。

宋衍不許她四處走動，又配了不少伺候的人，沉歡懷孕如今已滿三個月，這胎倒是懷得穩，她幾乎沒有任何不適，前三個月肚子也看不出變化。

這幾日，她在組織全州農婦奮力自救，因此白日裡都與宋衍一起待在府衙裡，下午就坐著小轎去城裡施粥的地方看看情況。

這裡不得不提一句，這王家媳婦自從在大坪村見到沉歡之後，就三天兩頭在宋宅候著，說要報恩，沉歡起初懶得理她，但是這女人實在辦事很俐落。

四個縣的知縣夫人以及縣丞夫人都加入沉歡的施粥隊伍，各自在縣城協助抗災，凡遇不聽話的撒潑野婦，都由王家媳婦出馬處理，還有王家媳婦身邊那幾個壯實的婆娘，又能罵、又能打，都是好手。

幾次下來，沉歡組織的官夫人施粥隊，現場井然有序，百姓們先有了雨，現在又有官府救濟，都道懷有身孕的知州夫人都親自組織農婦抗災自救，自己更不能落後，紛紛動起來。

並州的百姓們絲毫不亂，都堅信下個月一定能迎來豐收。

待十月中旬，蒼天稻成熟，南城沸騰了，這股沸騰從南城傳到陳石以及其他諸縣，整個並州都瘋了，新稻種成熟，產量絲毫不減，甚至更多，這可是在災年啊！

百姓們熬到現在，地裡忽然有人放聲大哭起來，不是悲傷，是壓抑之後的情緒釋放。

大律一直風調雨順，他們都是第一次經歷這樣的天氣，眼看著其他州府流民四竄，日子悽苦，他們心中成日惶惶不安，到了此刻才算是放下心來。

一時間哭聲彼此渲染，大家都放聲號哭，那地裡簡直是哭聲震天。

所有人都盡情地宣洩著這段時間以來的種種不安。

當初沒有信任沉歡的部分縉紳們，此刻也在哭，悔不當初，悔不當初啊！

沒換種子的另外一些小縉紳，早已心如死灰，反正上個月的時候地裡就死絕了。

不管在哪裡，都是幾家歡喜幾家愁。

接下來老百姓們打穀子的打穀子，割稻子的割稻子，全家出動，連七、八歲的幼童也在地裡日日幹活。

有了飯吃，佃農們渾身是勁，格外勤快，積極性盛況空前，走到哪裡都見佃農們在地裡如火如荼地工作得起勁。

很快地，交糧的人就在官府點糧處排起長隊。

南城縣的新知縣如今已是完全上手，一邊點著冊子，一邊目瞪口呆，他是南城本地人，這盛況乃是生平第一次見到。

陳石、金光還有南元的知縣更是天天燒高香，在無人處痛哭流涕，這災年徵糧一事終於熬過來了。天知道，他們個個都擔心烏紗帽不保。

總之，這幾人經過此事之後，對宋衍和沉歡那是打心眼裡的敬重和佩服。

宋衍照例是公務繁忙，近些日子以來，並州與朝廷溝通往來頻繁，沉歡也習慣了，要是哪天宋衍忽然閒下來，她倒擔心是不是發生了什麼事情。

這一日，沉歡正在公田裡與幾個種植行家商議後續的情況，並州試種的效果驚人，但是其他州府還在忍受饑餓之苦，沉歡始終記得徐老天的遺願，讓更多人能吃飽飯。

只見喜柱兒快馬加鞭地跑來給沉歡報信，他喜得發狂，上氣不接下氣，手腳亂舞，拚命比劃。

沉歡無語。「喜柱兒，能不能好好說話？」

「夫、夫人！」喜柱兒已經語無倫次了。「朝、朝廷下旨了，復爵了，宋家復爵了！」

喜柱兒那是真的歡喜得結巴了。

「夫人趕緊回去，爺等著您呢！」

「啪嗒」一聲，沉歡驚得手裡的冊子落到地上。

沉歡匆匆趕回宋宅，只見宋衍正在正廳待客，她不好貿然打攪，只好先轉身去宋衍的書房候著。

朝廷已經下旨，滿朝文武皆知，此人正是奉命先來傳話，讓宋家提前有個準備。

「恭喜知州大人——不，現在是侯爺了，趕緊攜帶家眷返京，進宮去領旨謝恩吧，莫讓聖上久等了。」那人滿臉堆笑，說了一些恭喜的吉利話。

並州災年納糧成功之事在京城多有傳頌，新任昌海侯如此年輕，他倒是沒想到。

宋衍命下人將傳話的欽差安置妥當，這才招來丫鬟問道：「夫人呢？」

滿宅子的人都知道宋家復爵了，全部欣喜若狂，這些人大多是沉歡在南城買來的人，覺得伺候知州大人已是萬幸，沒想到大人如今是侯爺了。

丫鬟連聲答道：「夫人在爺的書房候著呢。」

宋衍轉身去了書房。

沉歡正在書房裡面等得著急，終於看到宋衍進來了。

宋衍一見沉歡在屋子裡快速地走來走去，就蹙起眉頭。「綿綿，雖說妳這胎感覺不明顯，但到底是有身子的人，還是走慢一點。」

沉歡瞄了一眼宋衍的樣子，見他臉上並無任何因為復爵而表現出失控的喜悅，反而眉頭輕皺，知道宋衍確實是不高興了。

沉歡立刻老老實實地坐在椅子上，等著宋衍給她講清楚。

還沒等到宋衍把話說完，沉歡就嚇了一跳。「這麼快就要返京？」

她都還沒做好心理準備呢！

宋衍見沉歡那反應，不冷不熱地開口。「復爵是大事，按規矩得回宮領旨謝恩，這幾日準備一下，我們盡快出發。」

復爵確實是大事，昌海侯是世襲爵位，除了領旨謝恩，還要歸還鐵券，負責此事的官員還要重新登記入冊，儀式甚是繁瑣。

宋衍一錘定音，定在三日後出發，接著各自打點一下手裡的事情。

沉歡猶在夢中，這次和任何一次返京都不一樣，宋衍已經恢復爵位，這次返京，怕是不會再回來了。

她心中又是歡喜，又是一陣悵然若失。宋衍少年英才，家逢巨變，如今奪回宋家爵位，自然是大喜。悵然若失卻是對自己，既要出去，為何回來，這一切是天意還是注定？

總之，各種滋味陳雜心間，非三言兩語能道清。

宋衍知道她的心事，斂眸將她擁入懷中。

「綿綿，記得我曾跟妳說過的話。妳不屬於南城，妳屬於我，屬於昌海侯府，跟我走吧。」

這聲音雖溫柔，動作卻強勢，沉歡被他緊緊圈在懷裡，不能動彈。

就這樣待了好一會兒，宋衍才離開。

若要返回京城，路上要花去不少時間，時間緊迫，宋衍需要對整個並州的公務做出一些安排和調度。

整個院子都在歡呼，如心已經提前讓廚房的大娘子準備一桌子飯菜，今日所有的奴僕都有賞錢，宅子裡人來人往，好不熱鬧。

沉歡還沒回過神來，賀喜聲就傳到耳朵裡。

「恭喜侯夫人！賀喜侯夫人！侯夫人萬福！」

原來是下僕們都依次過來恭喜沉歡，尤以王家媳婦聲音特大。

等到這一波熱鬧過去，沉歡才獨自在園子裡賞月。

「姊姊怎麼獨自在此？夜間有風，還是要披上衣衫。」如心見沉歡一個人在園子裡，怕她著涼，連忙幫她拿來披風。

沉歡笑起來。「無事，只是覺得這人生甚是奇妙，我從侯府出來，如今竟又要回到侯府了。」

如心挨著沉歡坐下來，有個問題她其實很早就想問沉歡，但是一直沒有問出口，如今這麼長時間過去，如心覺得是時候了。

「姊姊不喜歡侯府嗎？」

沉歡產下孩子出府的時候，她就問過，為何不回頭去找世子。

沉歡想掩飾，又覺得在如心面前沒有這個必要，遂點點頭。「大概是……不喜吧，也說不上來，總覺得回到侯府，日子又會和以前一樣。回去以後我不能像現在這樣在田間無拘無束，也不能隨意拋頭露面。

「我是侯夫人了，代表著宋家的顏面，一言一行當是表率。世人對女子的要求多是相夫教子，後宅指不定會多出一些其他的女人，我……」沉歡頓住了，自嘲一笑。「可能人生就是這樣，有得必有失吧。」

如心不會說大道理，但是對沉歡卻打心眼裡敬重。「姊姊與侯爺兩情相悅，我瞧著侯爺也不是重色之人，姊姊的想法為何不與侯爺說清楚呢？」

如心又想到崔氏，理解沉歡的難處，安慰她。「姊姊聰慧無比，做什麼事到最後都會成功，這種子之事再難，姊姊也推廣開來了，並州百姓都稱頌姊姊賢德，我覺得京城的生活難不倒姊姊。」

沉歡「噗哧」一聲笑出來，她沒料到原來自己在如心眼裡這麼厲害，忍不住調侃她。「妳呢，想待在南城，還是隨我回京城？我倒是要給妳尋一門好親事，讓妳後半生有個倚仗。」

如心臉一紅。「姊姊莫要笑話我了。」

沉歡以為如心還會和以前一樣思考一下，沒想到如心這次卻主動開口。

「姊姊，我想回京城。我……我亦有了打算。」她說得結結巴巴，生怕沉歡不高興。

沉歡先是一頓，沒想到如心竟然真的有了打算，莫不是要離開了？

沉歡心中有點捨不得，最後還是微笑地握著如心的手，沒有多問。「那就先隨我一起回京。」

從遇見宋衍的那一天起，她就知道宋衍非池中之物，像如心所說，她與宋衍情濃，為什麼不嘗試再溝通一下呢？

來。

罷了，罷了，現在也沒有多餘的時間讓她悲秋傷春，出發時間在即，她得動手準備起

這第一步就是選一些合適的人跟著她先回京城伺候，貼身伺候的兩個丫鬟、乳母這些人肯定要帶走的，喜柱兒壓後，還得料理一些南城宅子收尾的事。

沉歡起初不想帶王家媳婦返回京城，觀察了幾天，覺得是個麻利的人，何況她一個女人帶著幾個孩子也不容易。另外，王家媳婦還有一個妯娌，平時不怎麼愛說話，喊東就往東，喊西就往西，是個聽話的人，乾脆就一起帶走了。

王家媳婦一聽，歡喜得簡直在天上飛，向沉歡又是磕頭、又是謝恩，飛也似地跑回家裡去準備。

打點好隨行的僕從，沉歡與宋衍去了一趟徐老天的墓地。

徐老天一輩子無兒無女，沉歡雇了一個守墓人負責守護墓地。

她站在墓前，拿著徐老給她的卷宗，態度虔誠。「徐老，這技術卷宗我帶回京城了，您放心吧，我會邀請京城的種植行家再行修訂，將新種子推廣到整個大律。就算到了京城，我也會將您的遺願完成。洪泰已經伏誅，您可以安息了。」

沉歡給徐老天點上三炷香，又上了祭拜的供果，眼圈一陣紅。

怕她傷感過甚，宋衍不敢讓沉歡久待，祭拜過徐老天，就帶著沉歡走了。

上次返京，是為了婚事做準備，這次恐怕是真的要離開了。

「我們還會回來嗎？」沉歡問宋衍。

宋衍將披風拿來，替沉歡披在身上，一邊幫她繫著帶子，一邊意有所指地說：「綿綿若是喜歡，以後自然是可以來玩。」

沉歡沒說話，轉眼間，就到了出發那天。

兩個孩子並不知道這一走意味著什麼，也還不知道自己身分上的變化，只是依偎在一起互相玩鬧。

自從點明身分之後，兩個孩子越發親近，小姊兒天真無邪，小哥兒沈穩大方，在孩子純真的眼裡看來，父母親在哪裡，哪裡就是家。

「我已傳信給母親，言明妳有身孕一事，聖上已經賜還昌海侯府的府邸，還另加許多賞賜，我讓母親先行回侯府打點。」宋衍握著沉歡的手，將她扶上車，慢條斯理地說著安排。

沉歡想著又要面對崔氏，多少有點心不在焉。

特別是如今她又有身孕，崔氏會不會這個時候安置一個人進來伺候？

因為心緒煩亂，是故宋衍說的話，沉歡一個字都沒聽進去，茫然抬頭。

「什麼？容嗣你說了什麼？」

兩人對視，宋衍黑黝黝的眼珠，在她身上繞了一圈似在打量。「綿綿，妳可是有心事？」

沉歡立刻掩飾。「沒、沒什麼。」

宋衍不說話了，目光一直停留在她的臉上，觀察著她。

「你剛剛說什麼？侯府怎麼了？」不想讓宋衍再問下去，沉歡接著之前的話問宋衍。

宋衍靜默片刻，最後嘆口氣，打算放過她。

「母親來書信說，她已先行回侯府打點，之前散出去的大部分奴僕都搶著要回來，她如今已做好準備迎接我們回去。」

以前的大部分奴僕？

沉歡若有所思，想到上次在京城聽到的下人碎嘴。

那幾個管事忽悠平嬤嬤，恐怕也不是省油的燈。

沉歡再次回頭看一眼梧桐巷的這座宅子，承載了她在南城的太多記憶，心中很是捨不得，一聲長嘆。

沉歡放下車簾，悄聲對宋衍說：「我們走吧。」

宋衍攬著她的肩。「妳不想說，我也不逼妳，想通就好。」

一行人就這樣浩浩蕩蕩地出發了。

第五十七章　面聖謝恩

這次同行的人比上次返京多，光是行李都有好幾車，本來謝恩是大事，不能讓聖上久等，但一行人中有孩童和孕婦，是故還是走走停停。

途中宋衍照例有信函往來，沉歡也不過問，只是帶著兩個孩子看看風景山水，倒也自得其樂，就這樣他們順利地返回京城。

剛到入城的門口，就見到平國公府還有昌海侯府的人都在京城大門口候著，見到宋衍的馬車到了，立刻迎上來。

先上來的是昌海侯府負責外院的鍾管事，過來向宋衍行禮。「侯爺回京了，奴才奉了老夫人的命令，在此處等著侯爺。」

而今沉歡是侯府名正言順的女主人，按輩分，奴僕們皆敬稱崔氏為老夫人。

後上來的是平國公府的人。「侯爺，我家爺怕您耽擱時辰，讓我催著您和夫人進宮趕緊去謝恩，聖上已經知道您到京城了。」

聖上近段時間身體不好，崔汾恐是怕事情有變，因此特意安排人在門口接應。

那鍾管事的眼珠在沉歡一行人身上打量，眉眼閃過一絲晦暗的光芒。「侯爺，我看我先領著夫人及哥兒、姊兒先回侯府安頓吧，免得老夫人久等。」

宋衍招呼來更換的馬車，扶著沉歡下來，想了一下道：「夫人與我一同進宮謝恩，以免聖上掛心。哥兒、姊兒都是幼童，先行回府安置。」

鍾管事是侯府老人了，侯府革爵後，他先離開一段時間，後來又求著崔氏回來了。

就這樣，沉歡與宋衍更換了馬車，又帶了幾個貼身伺候沉歡的僕婦，這才立刻進宮面聖，其餘人則由鍾管事領著先回侯府安頓。

這是沉歡第一次進宮，她多少有一些緊張，越往宮裡走，越是渾身僵硬。

宋衍看她如臨大敵的樣子，不禁覺得好笑，刮了一下她的鼻子，調笑著說：「怎麼，現在知道怕了？當初嫁給我，怎麼沒見妳怕過？」

沉歡瞪他一眼，為自己解釋。「畢竟是第一次，見聖上啊，誰不怕？」

宋衍聽完，笑而不語，只是握著她的手，安撫著她。

讓沉歡沒有料到的是，皇帝的氣色如此不好，一股沈鬱之氣縈繞眉間，她都擔心皇帝是不是患了很嚴重的疾病。

宋衍倒是毫不意外，領著沉歡按流程向聖上磕頭謝恩，這才站起來候著。

「聽說並州推行了新的稻種，這次才成效頗豐。」皇帝先開口了。

宋衍笑起來。「容嗣不敢居功，都是臣下夫人顧沉歡和已故種植專家徐老天的功勞。」

皇帝抬眼掃了沉歡一眼，點了點頭。

沉歡鬆了口氣，掌心有點汗，還好沒問她什麼。

片刻後，皇帝忽然哼了一聲。「容嗣，如今你能否猜中朕的心思？」

沉歡不知聖上為何有此一問，立刻看著宋衍。

宋衍倒是鎮定自若，在皇帝面前和在並州的百姓面前並無太大差別，只聽他冷泉般的嗓音回答皇帝。「臣愚鈍，自然是猜不中的。」

皇帝半掀眼簾，忽然笑了起來。「胡謅。」

最後，皇帝要留著宋衍晚上一起用飯，沉歡只得自己先行回府。

她一個人回去，宋衍多少有點擔心，侯府如今百廢待興，他也不想沉歡太過勞累，因此打算喚孫期一起隨行。

沉歡笑了。「我又不是三歲的孩童，路上還有老虎能把我吃了不成？孫期久不見家人，別折騰他了。何況我也不是一個人，如心和王家媳婦還有幾個僕婦同我一起，你先忙你的吧，莫讓聖上久等。」

兩人正說話間，聖上身邊的公公過來催促，說殿下都到了，就差侯爺了。

「快去，快去吧，不用擔心我。」沉歡推了推他。

宋衍這才笑了一下，走了。

宮裡有人給她帶路，如心和其他人一直在外面候著，見沉歡出來，都暗自鬆了口氣。

剛出宮門，就見鍾管事在宮門外候著，見沉歡馬車出來立刻迎上來。

「夫人，奴才特意在這裡候著，哥兒、姊兒俱已安頓好。夫人舟車勞頓，我領著夫人回府。」

聽聞孩子都已安頓好，沉歡放下心來，想著崔氏在，想必也出不了什麼亂子，這才點點頭。「有勞鍾管事了。」

鍾管事上馬車，與車伕交換了一個眼神，領著沉歡一路走，他熟悉路線，果然很快就到了昌海侯府正門口。

沉歡的心臟忽然飛速跳動起來。

這片紅牆盡頭就是侯府大門，是這裡了，她又回到這裡了。

迎面而來的還是兩扇巍峨厚實的朱紅大門，門環還是以前那對銅鎏金的獸頭輔首，就連兩邊的抱鼓石和一對威武石獅子都沒有變。

宋衍說過，總有一天，他會親自帶著她重新推開昌海侯府的大門。

他做到了。

宅門深深深幾許。

如今她再次回來了。

沉歡還記得自己第一次來的時候，是個初春的早晨。那時候天還沒亮，她跟隨伯府的董嬤嬤從角門進入，等著崔氏傳喚。

侯府雄偉壯麗，與她同行的如心、如意，看花了眼睛。如今如意早死了，而她和如心先是離開，如今又回來了。

「夫人請，老夫人和太夫人都等不及了。」鍾管事上前領路。

兩個僕從推開大門，見沉歡帶著女眷歸來，兩人對視一眼，眼中有道不清的光芒，一閃即逝。

沉歡只顧著感慨，沒有留神這些下僕們異常的舉動。

王家媳婦和其他人心中激動難耐，臉上都盡力忍著，不敢露怯。

等沉歡一行人前腳一邁進去，兩個僕從立刻將門迅速關上，「喀嚓」落鎖！

沉歡驚覺不對，正要出聲，一把冰涼的匕首，抵在她的脖子上。

「夫人，對不住了！」持匕首的人一招手，只見七、八個身著下僕衣衫的男子一湧而出，將她們全部圍起來。

沉歡不信對方真敢動她，大喝出聲。「鍾管事你好大的膽子！你這是什麼意思？弒主嗎？」

鍾管事站在沉歡面前，剛剛還點頭哈腰的一張奴才臉，此刻全變了，瘦長的臉上露出一個貪婪又陰狠的笑容。「夫人嚷嚷什麼？要怪就怪聖上在這個時候給宋家復爵。全部先帶到正廳關起來！」

王家媳婦立刻掙扎起來，慌張地打量沉歡以尋求指示，只見沉歡輕輕地搖了搖頭，示意少安勿躁。

如心也看到沉歡的表情，一群女人就裝作害怕的樣子，縮在一起小聲求饒。

鍾管事將沉歡一行人圍在一起，全部帶往正廳。

沉歡穩住心神，悄悄將肚子掩飾起來，不露聲色地打量四周。

好在這個月不是夏季，沉歡這胎又不顯懷，外衣罩著，看不出什麼。

這是她出府這麼久以來第一次回到侯府，與以往不同，奴才少了一半，沿路似乎都是鍾管事的爪牙，有的人穿著外院的服裝，有的人則穿著內院的服裝，沿途沒有發現半個女眷。

兩位夫人呢？她從南城帶回來先行安頓的人呢？孩子呢？

沉歡滿腹疑問，但是有一點她可以確認，侯府已經被這個惡奴控制住了。

而且是在她和宋衍抵達京城之前，只怕就已經出事了，只是他們忙於進宮謝恩，並未注意到此事。

沉歡向如心打了眼色，如心又將這眼色遞給王家媳婦和她那妯娌，幾個女人心照不宣，低頭不語，假裝順從，被押著往正廳走。

她們每個人的身上，都藏有一把小巧的匕首。

拜洪泰所賜，沉歡始終心有餘悸，為防途中有異變，她在南城向宋衍討要了這些防身的玩意兒分發給女眷。

宋衍當時沈吟一下，想到沉歡多一個防身武器也是好事。「妳若是喜歡，我就量身訂做一把給妳。」

於是命人打造了一批小巧、鋒利且適合女人攜帶的武器。

沒想到回京路上平安無事，推開侯府的大門卻不太平。

整個侯府太亂了。

府中有打鬥過的痕跡，顯然發生過衝突，還有未經打掃的破碎瓷片和一些雜物散落在沿途，女眷掉落的絹花此刻被踩碎了，預示著曾經發生過的事情。

沉歡的心臟揪了起來。

這到底是怎麼回事？崔氏不是說一切已經打點好了嗎？

還是說，這是婆婆給她這個媳婦的一個下馬威？

「你這個天地不容的畜生！你放開她——」正在此時，一聲撕心裂肺的大吼劃破沉歡的耳膜。

沉歡呆住了，連腳步都停了下來。

這個聲音是崔氏的。

在沉歡心中，崔氏的嗓音總是清清冷冷，帶著居高臨下的俯視，然而這一嗓子失控尖利的叫聲，卻是沉歡從未聽過的。

伴隨而來的是一陣男人們的淫笑聲、喘息聲，還有女孩子的啜泣聲、尖叫聲。

從沉歡的角度看過去，只見一個中年男人放肆大笑著，一邊喘息、一邊抓著滿是血污的女子不停動著，那女子渾身赤裸，小腿上有血，顯然已經被折磨得進氣少、出氣多了。

崔氏撕心裂肺要撲過去，卻被人狠狠按在地上，頭飾墜下的珠子互相雜亂撞擊發出「簌簌」的聲音。

如心和王家媳婦都是臉色一白，與沉歡對望一眼。

同為女人，她們都意識到大廳裡此刻正在發生什麼。

沉歡的手指甲摩擦得咯咯作響，裡面淒慘的叫聲還在持續。

只聽那男人嘴裡發狠，放肆叫囂著。「崔氏妳這個毒婦！這丫鬟不是要護著妳嗎？妳看看！妳好好看看！這小騷蹄子就快沒氣了！讓兄弟們再玩幾把！」

「姓王的！你這個卑賤的狗奴才，你敢如此對我，你不得好死！你不得好死！」崔氏渾身顫抖，咬牙切齒地咒罵著那男人，聲音絕望淒厲。

「哈哈哈，妳無能為力吧？妳看看妳的樣子！比奴才還不如，妳有什麼不同？今日我就算把妳凌辱而死，妳又能怎樣？妳是不是還等著妳那進宮的兒子來救妳？我告訴妳！他回不來啦！」

崔氏臉白如紙，柳眉倒豎，一頭鬢髮散亂，氣得牙齒打架，顫抖著手指，指著那男人。「姓王的賤奴！一日為奴，終生為奴！你貪我的家產，辱我侍女，有朝一日我定要把你千刀萬剮，油烹火煎，不留全屍！」

男人將身下的女子一腳踢開，繫好褲腰帶，一把扯過崔氏的頭髮，將她扯到自己腳下，陰冷喝問。「妳這毒婦當時打殺我女兒的時候可曾想過今天？她才多少歲？妳這個心肝都黑爛的毒婦，就因為二公子死了，服侍他的人都沒好下場。一日為奴，終生為奴？好！妳看我，將妳宋家殺絕了，到時候我們這些奴都來伺候誰！

「我再告訴妳，妳兒子回不來了，宮裡有埋伏呢！妳媳婦也被我們抓了，你們全家都死在侯府，死個一乾二淨！」男人癲狂地繼續笑著。

沉歡一時間聽得頭暈目眩，心跳加速，一頭冷汗涔涔而下，心中已經瞬間推出事情的大半脈絡。

宮裡有埋伏？什麼意思？宋衍知道嗎？

那男人還在繼續罵，忽然想起什麼似的，一把從旁邊婦人懷裡扯出一個孩子。只聽見一聲婦人的尖叫。「澤哥兒！」

接著是幼童的驚呼聲。

「你放開他！」崔氏掙扎著要去搶人，卻被王姓男人一腳踢開，滾了一圈。

後面的女眷驚聲尖叫，太夫人怒目圓瞪正要說話，那男人立刻捏住宋澤的脖子，雙目發紅，詛咒般發誓道：「妳那兩個孫子，還有這個孩子，你們都要死！都要死！我會在妳這個毒婦面前割了他們的腦袋，一個個串起來，串在你們宋家的祠堂裡面，供給你們祖宗看！」

崔氏爬起來，不知哪裡來的一股勁，竟是一頭向男人撞去，那男人一陣踉蹌，站姿不穩。崔氏拔下頭上的髮釵，發狂般扎上去，伴隨著幼童的尖叫聲。

情況危急，沉歡立刻衝進去，氣沈丹田，用生平最大的聲音，大聲高喝。「住手！」

此時硬碰硬無疑是自尋死路，沉歡面色冷厲。「無恥惡奴，亂府欺主！平國公府的人就快來了！爾等還敢弒主？大律律令，弒殺主人，凌遲處死！你們可是無懼？」

鍾管事上次見沉歡還是大婚的時候，只知道是個運氣好的小門小戶女子，沒想到沉歡語出驚人，一出口就是平國公府，又是大律律令。

凌遲是重罪，後面叛亂的奴僕聽得一震。

鍾管事顯然不信，沉歡回京就馬不停蹄地進宮，接著出宮就回侯府，哪裡來的機會去向平國公府報信？何況平國公府說不定此刻也自身難保了。

沉歡知道眾人不信，從懷裡掏出一個玉珮。「此乃平國公信物，今日宮中相遇，平國公說好要來府裡探望，指不定馬上就到！你們現在伏誅，還能留條性命，若是執迷不悟，最終下場就是凌遲處死！」

那確實是平國公府的通傳玉珮，鍾管事負責外院事宜，對這東西很是熟悉。難道今天這女子真的遇見平國公？

畢竟宮裡的情況，他並不清楚，一切都是聽從安排。

鍾管事心中起疑，怕王管事此刻壞了事，遂先不理會沉歡，倒是對著王管事笑了起來。「我說老王啊，鑰匙都沒問出來，你這咋咋呼呼的幹什麼？嚇著其他人就不好了。」

他又見崔氏趴在地上，心中暢快，俯身詢問崔氏。「妳這個毒婦不是說要把我們送官府嗎？現在我倒要看看誰治著誰！」

崔氏此刻被其他奴僕拉到邊上，她見到沉歡被抓，瞬間眼露絕望。

沉歡眼尖，瞟了一眼四周，只見太夫人被綁在後面，還有其餘幾個眼熟的丫鬟，此刻都是渾身打顫，臉上糊滿淚水。

沉歡已經明白此時的處境，大門被封，堵住生路，惡奴已經控制侯府。

王管事聽到姓鍾的提到鑰匙，這才稍微平靜下來，在旁邊歇息一下。他先不管崔氏，又把平嬤嬤拉出來。

只見平嬤嬤嘴角流血，兩邊臉都搧得腫了，手上有指甲掐掉的皮肉，往日裡那雙總是露白的吊梢眼此刻瞎了一隻，血流半身，大約是哭喊好一陣子，此刻沒了力氣，跪在地上剩下半口氣。

沉歡倒抽一口氣，這人還是平日威風八面的平嬤嬤嗎？

只見鍾管事忽然對著人群後一個女子喚，臉上帶著淫邪又順從的笑。「心肝肉，我的心肝肉，妳此刻開心了嗎？可仔細點，別打疼了手。」

那女子先前還在旁邊折磨平嬤嬤，手段陰狠，忽然聽到沉歡那聲「住手」，她手一頓，放開平嬤嬤，躲到人群後面去，此刻聽見鍾管事喚她，才扭著腰走出來，一言不發。

尖尖的瓜子臉只有巴掌大小，嫵媚的桃花眼，眼尾天然帶著點紅，彷彿醉在酒罈裡的桃花，還是那身翠綠色的比甲。

沉歡記得之前見過這個女子，而且覺得有些眼熟，卻想不起到底是誰。美得如此突出，她應該有印象才對。

鍾管事捏了捏女子的屁股，嘴裡胡亂叫著「心肝肉」。

女子領口敞開，抹胸半露，比甲也穿得不端正，妖裡妖氣，委實不正經。她忽然不高興地打掉鍾管事的手，看了沉歡一眼，轉身就走出去。

鍾管事忽然被打了一下，心中癢得厲害，想追出去，又礙於這麼多人在現場，而且倉庫鑰匙還沒問出來呢！

正在此時，一個年輕男子急忙跑進來，與癲狂的王管事低聲說了點什麼，王管事又說給鍾管事聽。

這一群人忽然將女眷們匆忙地關在一起之後，全部都出去了，不知是不是外面發生了什麼事。

第五十八章　奴變

再次相見，相顧無言，一群女眷被挾持，竟是此等局面。

要不是沉歡剛剛那聲大吼，指不定崔氏現在就是一具屍體了。

「母親，這到底是怎麼回事？哥兒和姊兒呢？」

若是換成以前，沉歡肯定心急如焚，但現在她反倒要感謝南城那次馬上追殺、搶奪卷宗之事。

因為那次生死歷練，此刻她雖然掌心有汗，大腦卻比任何時候都清明，甚至比當初洪泰搶奪卷宗時還要冷靜。

崔氏沒有馬上回覆沉歡，而是先去把地上那丫鬟扶起來，然後將丫鬟身上的衣衫拉好，拉得嚴實，一邊拉，一邊眼圈發紅。

沉歡靠近看，才發現崔氏眼裡布滿濃密的血絲，眼下一片青黑，她確實生得極美，即使這個年齡，此刻如此狼狽，鬢髮散亂，但是依然背脊挺直，不顯怯懦。

而那被折磨的女子竟然是崔氏的貼身大丫鬟海棠。

只見她滿身血污，臉色慘白，雙目渙散，顯然要熬不住了。

「夫……夫人……海棠……只是個……沒用的……奴婢，幫不了您……海棠……要走了……」

崔氏極力控制眼眶裡的淚水，拚命保持著自己最後的尊嚴，終究是一句話都說不出來，只是搖頭。

海棠在惡奴見色起意的時候，自己站了出來。王管事畢竟對崔氏還有一點骨子裡的畏懼，於是把對她的恨都發洩在海棠身上。

現在這個跟了她數年的丫鬟，要走了。

海棠嘴唇動了動，似乎還想說什麼，但是上天沒有給她機會，她掙扎了一下，似乎想拉一下崔氏的手，但是很快地她的身體就軟下來，瞬間沒有了呼吸。

海棠的眼睛還是睜著的，像是回憶起什麼恐怖的事情。

崔氏咬牙，硬是強撐著不讓眼眶裡的淚珠掉下來，抖著手將海棠的眼皮合上，她臉上恨意迸發。

沉歡心中不忍，側過頭去。

等崔氏平靜一會兒，一行人慢慢道來，才把事情說清楚。

鍾管事和王管事都是侯府的老人，要說共同之處，就是侯府革爵之後都出去過一陣子，然後又不約而同地纏著崔氏回來了。

鍾管事負責外院，平嬤嬤一應採買都是通過他；王管事負責內院小廝等人事，平日裡都是他調度人員。

宋衍和沉歡帶著孩子去南城後，京城只餘女眷和老人。太夫人深居簡出，倒也簡單。估計趁著府中無男人，這夥人膽子越來越大。

「那日我命人清點宅子裡的東西，準備全部帶回侯府，沒想到當初老侯爺送給我的百鳥朝鳳銅胎掐絲琺瑯的手爐不見了。」

以崔氏的性格，老侯爺宋明送她的東西忽然不見了，她勢必要找到，就命平嬤嬤去找。這一查不得了，崔氏的大量私產都被這幾個惡奴貪去了。

崔氏當場氣得發抖，把茶盅、花瓶都砸了，生平第一次將平嬤嬤狠狠地痛罵一頓，並揚言要將人送去官府治罪。

這兩人聽到風聲，趁夜就跑了，崔氏更氣了。

結果還沒來得及報官，這兩人跑了之後沒多久，竟又主動回來了，說是幡然悔悟、後悔不已，求崔氏仁慈，不要送他們去官府，他們願意把東西退回來，並說東西都藏在外面，要雇車拉進來。

趁著退還東西的時機，這兩個惡奴竟然夥同外面的人裝作侯府的僕從，趁著侯府全是老弱婦孺，無男丁做主，將女眷脅迫在此。

大丫鬟芙蓉偷了崔氏的頭飾被發現，乾脆夥同這群人，在府裡搜刮，想乘亂出逃。他們想逼崔氏交出侯府的庫房鑰匙，折辱崔氏洩憤。

海棠站出來保護崔氏，被當場凌辱，這就是沉歡剛剛看到那一幕。

沉歡聽得心都揪起來了。

這夥人不知是吃了熊心豹子膽，還是外有倚仗，竟然如此大膽！

想到南城帶回來的人，此時一個都沒見到，沉歡心急如焚。「孩子呢？先行回來安頓的孩子呢？」

若是女眷都在此，連宋澤都在，那小哥兒和小姊兒呢？

太夫人出聲了，聲音還算鎮定。「當時一片混亂，府中到處都是惡奴在抓女眷，兩個孩子在混亂中不見了，目前都還在找，想必還沒落在這夥惡奴手裡。」

「確定沒被抓到？」沉歡還是擔心。

崔氏冷笑一聲。「這群惡奴若是抓到了哥兒、姊兒，勢必會用他們來威脅我交出侯府倉庫的鑰匙。他們現在都還威迫我，想必兩個孩子都沒找到。」

沉歡心中稍定，上次南城出事之後，她對兩個乳母都交代了眾多逃生事宜，若是如崔氏所言，沒被惡奴抓住，那麼一定躲在什麼地方。

「惡奴欺主，敗壞倫常！當務之急是要把消息送出去給容嗣！」崔氏憤恨出聲。

沉歡想到剛剛的話，心中揣測。「不！容嗣來不了，他甚至可能比我們更危險！」

崔氏聞言抬起頭，想起惡奴威脅時說的話，每次她都當對方是故弄玄虛，沒有當真。宮裡有埋伏？她好像記得是這樣說的。

沉歡按住狂跳的心臟，回憶剛剛面聖時，皇帝蠟黃的臉色，以及忽然通傳的留飯，心中梳理著不合理的地方。

「幾個奴僕若是之前幹這樣的事情，或許我還相信。可是現在宋家剛剛復爵，他們哪裡來的膽子，敢殺掉侯府滿門女眷？弒殺主人，自身也難逃刑法，何來如此大的仇恨？」

崔氏沈默一會兒，緩緩開口。「那王管事藏得深，他有個私生女以前是服侍容鑒的，後來……容鑒沒了，我一時生氣，仗責了伺候的人。」

中間過程，侯夫人沒說，沉歡心中也明白，怕是沒熬過。

「其中一個就是那丫鬟，原來是那姓王的惡奴和外室所生養，謊稱是姪女帶到侯府，謀了份差事。」

殺女之仇，不共戴天，怪不得如此癲狂。

太夫人開口了。「沉歡，妳把宮裡的情形一字不漏地說給我聽。」

聽完沉歡的描述，太夫人靜默了一陣，忽然站起來，臉色大變。「危險了！聖上怕是不行了，此刻容嗣都有危險！」

太夫人臉色不好，事實上京城最近一直有傳言，聖上身體欠安，太子與成王殿下輪流侍奉湯藥。

但是到底欠安到什麼程度，也沒個具體的說法。後宅婦人不問朝堂之事，只是各家走動之間，略有耳聞。

其中鬧得最厲害的，就是南城案一案，直指東宮，屠殺朝堂命官，藏糧養兵，侵吞國庫，隱隱指向大逆之罪。

朝廷養了百來個御史，彈劾的奏摺如雪片般飛到聖上案頭，聖上大怒過一次，單獨傳喚太子，後又傳喚成王殿下，具體如何不得而知。

但是左副督御史劉大人緊咬不放，證據一波接一波，證人和證詞俱在，督察院、大理寺都被捲入其中，一時間朝廷的風向令人看不懂。

這些，都是沉歡返京途中所發生的事。
沉歡並不知道並州交糧一事所帶出的背後政治影響，洪家藏糧被發現，實際上牽扯到太子，尤其最後爆出大量囤糧，都是太子為自己的私兵所準備。
「也許只是胡亂猜測，幾個惡奴亂府，只要一個人能跑出去報信，這夥刁奴就能一網打盡，難道還真敢弒主不成？」崔氏此時恢復冷靜，她不信憑這兩個管事真敢動她！
如今被挾持的人，大部分是提前跟著崔氏回來打點的女眷，京城宋宅還有男丁，此時還不知道侯府發生什麼事。無非是趁侯府人少且大多是女眷的時刻，貪她的財產罷了。
崔氏道：「若是想動手，那一開始就動手了。」
太夫人卻眉頭緊皺，不語。
沉歡想了一下，提出一個想法。「若是一開始就不是為了財呢？或者說起初是為了財，後面有人給了他們膽子，反正都是治罪，若是一搏，還有一線生機？」
不然這兩個人為何跑路了，忽然又回來？
「他們為什麼不動手，或許是在等，等一個信號，或者說等著人來做交換？歷來女眷多為人質，一旦有變，也可作為要脅。」
崔氏心中一凜，忽然有不太好的想法。
太夫人一直沒有說話，眼神也變了。
「平國公府的通傳玉珮，是哪裡來的？」崔氏忽然問了個不相干的問題。
「啊？」沉歡掏出那枚玉珮，剛剛用此威懾兩個惡奴，兩人似乎還是有點忌憚。「這是來自容嗣以前給我的錦囊。」

說起來還是上次返京的時候，宋衍怕她一個人應付不來，給了她兩個錦囊，當時她還笑曰自己也有了錦囊妙計，說宋衍多慮。這東西她一直貼身放著，久沒用就忘記了。

這次在進宮的馬車上，第一次面聖，她心裡緊張，就胡亂拆了一個錦囊分散自己的注意力，這才發現竟然是平國公府的通傳玉珮。想必當時宋衍怕崔氏失去理智為難她，讓她去找平國公求助。

沉歡原本要還給宋衍，宋衍卻叫她留著，沉歡就留下了。

崔氏神色複雜，終是嘆了口氣。

這通傳玉珮可以直接調用部分崔家的人，不知宋衍是否告訴過沉歡？

「我們不能被繼續關在這裡，得想法子出去平國公府報信。」沉歡站起來，打量四周。

崔氏無奈。「這大廳四面被封，正門又上鎖，我們多次嘗試都無法出去。」

沉歡想了一下，招呼王家媳婦過來，讓她摸出匕首去嘗試撬鎖。

成不成，也只有先試試才知道。

王家媳婦悄悄在門口打探一下，回頭傳信。「門外有人守著，此刻都在用飯，有一段距離，若是聲音不大，不驚動他們，倒是可以試試。」

崔氏先是一驚，臉色又有點難看，萬萬沒想到沉歡身邊一起跟著的幾個女眷，竟然都帶了武器。

這原本是為了防誰？

沉歡看崔氏臉色，知道她多心了，連忙解釋道：「兒媳在南城數次遇險，宋衍偏遠為官，這些都僅僅是防身罷了。」

其餘人喜出望外都覺得有了生機，除了崔氏、太夫人和平嬤嬤，後面的丫鬟、僕婦都被繩子綁住。

沉歡趁這個時間掏出自己的匕首，正彎腰割那綁繩，崔氏壓住她的手，也不看她，只是說：「妳如今是有身子的人，懷的是我宋家的骨肉，我來吧。」

崔氏說完，接過那匕首，一刀割斷，動作並不陌生。

沉歡這才想起，平國公府是將門封爵，崔氏也不是嬌弱型的婦人。

「不行，這鎖撬不開！」如心也加入撬鎖隊伍，此刻禁不住著急。

「噤口！復原！」沉歡忽然出聲。

只見門外有響動，似乎是用飯的人回來了。

所有人聽指揮立刻收好武器，假裝還綁著繩子，等待情況。

如此提心弔膽又過了一些時辰，這群人似乎真有事在身，暫時沒有回來。

此時已經夜深，崔氏和太夫人畢竟年齡大了，撐了一會兒就在角落裡休息。

崔氏到底對平嬤嬤有舊情，讓人將平嬤嬤扶起來，平嬤嬤坐起來之後撐著一口氣還在低聲呻吟，呻吟完了又咒罵賤蹄子、殺千刀的、忘恩負義之類的話。

沉歡這才想起毆打平嬤嬤的狠辣丫鬟，就問被關在一起的幻娟。「今日與那王管事打情罵俏的丫鬟是誰？怎麼以前沒見過。」

幻娟瞪大眼睛。「什麼沒見過，那是平嬤嬤院子裡的蘋兒啊！」

什麼？

沉歡大驚，蘋兒在她記憶中就是個低著頭的小丫頭，和現在完全沾不上邊。

「她怎麼變得這副模樣？」沉歡震驚。

幻娟知道一些以前的情況，挑了重點說：「誰知道這丫頭當年發什麼瘋，自妳走後，忽然就變了，嘴甜了，又會伺候人，越發哄得平嬤嬤高興，少挨了很多打罵。後來更不用說，頭抬起來了，身段也長出來，倒是個模樣好的，就是爬著男人上來的，日子倒也好過。漸漸的，她也不倚靠平嬤嬤了，那鍾管事就是她的姘頭。」

幻娟臉上不屑，顯然對蘋兒的行為並不認同。

沉歡沈默不語，心中隱隱覺得不對，她當時鼓勵蘋兒多努力，可不是走這條路啊！

正所謂說曹操曹操到，只見蘋兒換了一套名貴一點的衣裳，帶著幾個人開鎖進來了。

脫掉丫鬟的慣常衣服，綾羅綢緞加身，蘋兒倒是美豔，就是沒有貴氣。

沉歡仔細地打量著她的面容，就說以前覺得有點熟悉，卻又想不起是誰。蘋兒這丫頭以前就長得好，只是畏畏縮縮的，讓人看不清臉。

蘋兒走進來，眼睛直直地盯著沉歡，原本嫵媚的眼睛多了一分期待。「沉歡姊姊貴人多忘事，現在想起來了嗎？」

「蘋兒。」沉歡還是覺得有點難以置信。

蘋兒忽然笑了起來，低頭把玩著衣服上的寶石釦子。「姊姊終於想起我了。」

「這竟然是蘋兒？」如心也感到難以置信，當初定魂香一事，還是這丫頭送來物證。

哪裡知道她剛剛還聲音溫柔，如心一開口，蘋兒立刻就臉色變了，聲音尖銳，眼中的期待也陡然變成扭曲，恨恨開口道：「沉歡姊姊騙得我好苦，當初誆我說做丫鬟也有出路，什麼一等、二等，什麼管事嬤嬤，還說什麼無力帶我出府，都是騙我的。」

她眼神怨毒，如蛇一般盯著如心。「我後來才知道，這如心不就是跟著妳出府了嗎？我當時那樣央求於妳，妳卻急著打發我走，沉歡姊姊，妳好狠的心啊！」

她一邊說，一邊走到平嬤嬤面前，一腳踢到平嬤嬤心窩上，平嬤嬤慘叫一聲，倒在地上。「我一個人熬呀熬，熬得好苦，這些姊姊可曾知道？」

見平嬤嬤在地上掙扎，蘋兒竟然笑了一下。

「我就想讓姊姊看看，妳讓蘋兒尋出路，蘋兒就去尋了，如今蘋兒也找到了生存的辦法，姊姊說蘋兒過得好不好？以前打罵我的老奴，都受了懲罰，姊姊替我開心嗎？」蘋兒美豔的眉目此刻有絲純真，純真中又帶著一絲黑氣，看著瘮人。

沉歡無言以對，蘋兒這歧路，怎會走到如此地步？

蘋兒很快地對平嬤嬤失去興趣，又像冷血動物一般盯著如心，眼神怨毒，似要出手。

沉歡敏銳地察覺她神色有狂態，將如心一把拉到身後，轉移話題。「蘋兒妳過來幹什麼？」

如心心中有點發怵，她和蘋兒沒什麼接觸，但是此刻蘋兒對她的冰冷恨意卻是實打實。

沉歡不停說話來分散蘋兒注意力，持續問道：「蘋兒，妳能放我們出去嗎？」

「出去？」蘋兒竟然走過來，像姊妹一樣熱絡地握起沉歡的手。「姊姊，妳還沒回答，蘋兒過得好不好呢？鄭家的人把整個侯府都封了，妳們去哪裡？在這裡還可以多活一會兒。」

沉歡聞言，心頭一沈，將手迅速從蘋兒的手裡抽出來，退了一步。

這動作激怒蘋兒，她臉色大變，蛾眉倒豎。「嫌我髒嗎？」

沉歡不想此時刺激她的情緒，連忙回答。「哪有，只是剛被綁過，手很疼。」

沉歡隨口胡謅，蘋兒就聽進去了，立刻吩咐後面的人。「去拿傷藥給姊姊。」

那人看了沉歡一眼，又不想反抗蘋兒，還是去了，一會兒就回來，將一個白瓷瓶給蘋兒，蘋兒又遞給沉歡。

沉歡不好推辭，見她情緒緩和，一邊接過，一邊乘機套話。「哪個鄭家的人？皇后娘娘的母家嗎？」

蘋兒倒沒否認，看樣子是默認了。

好不容易等到蘋兒離開，如心才心有餘悸。「我覺得蘋兒她……」

面對她時的怨毒眼神太明顯了。

也是到此時，如心才知道，當初蘋兒竟然也想跟著沉歡出府，但是沉歡最後卻帶走自己，不禁心中感激萬分。

崔氏早醒了，只是沒說話，沉歡發現崔氏脫下自己的綢緞外衣，將海棠的屍體包裹起來，顯然是怕屍體再受侮辱。

沉歡心中不忍，海棠是崔氏身邊多年的大丫鬟，亦是崔氏壓根兒沒放在心上的奴婢，如今危難之下，這奴婢為她而死，不知崔氏心中作何滋味？

還沒等到沉歡開口，崔氏卻先開口了。「那個蘋兒為何如此厭憎平嬤嬤？」

沉歡盯著崔氏與宋衍如出一轍的細長眼睛，有點震驚。「母親這是真不知道還是假不知道？」

平嬤嬤行事狠辣，對奴婢毫無憐憫之心，沉歡以為崔氏是知情的。

崔氏不回答，只是簡單說了一句。「平嬤嬤待我倒是好的。」

沉歡想到崔氏之行事作風，又想到蘋兒這類小丫鬟，崔氏肯定平時根本就沒注意，猶豫了一下，補充道：「蘋兒以前在平嬤嬤手裡備受折磨，掌嘴、掐肉、餓飯都是常事，若是平嬤嬤惱了，挨板子也少不了。」

崔氏不以為然。「既是奴婢，做錯了事，自然得罰。」

被觸及心事，沉歡忍不住微微抬高音量，面露嘲諷。「若是沒有做錯什麼呢？母親生來富貴，不知人間疾苦，可知多數賣子女為婢者，都是生活窮苦所迫，若是做了錯事，自然得罰，但是很多所謂的錯事，豈是這些奴婢可左右，與這些奴婢何干？」

崔氏不說話，細眉緊蹙，臉有微微慍色，沉歡也不管了，一口氣打算將心中的話說完。

「有的奴婢只是奉命送一樣東西，主子不喜歡這東西，得挨打；負責伺候病人，病人咳嗽一聲，得挨打。蘋兒在平嬤嬤手裡，高興的時候指不定打兩下，不高興的時候打得更厲害，蘋兒怎會不心懷怨恨？那跟著兩個惡奴趁火打劫的小廝、僕從，以及偷了東西跑走的芙蓉，焉知不是平日管教不當，讓這些奴僕惡向膽邊生，一不做、二不休？「在母親眼裡，這些人命如草芥，都是銀子買回來的丫鬟、小廝，可是危難之際，難道不是海棠用草芥之命拚死護著母親？若是母親真的鐵石心腸，又為何脫下自己的衣服包裹著她？」

沉歡以為崔氏會大發雷霆，畢竟除了太夫人，在整個侯府，沒人敢質疑她，甚至說一句重話。

崔氏確實是面露慍色，但是一陣子之後，她似乎在想什麼，慍色消退，又問了沉歡另外一個問題。「所以，當年妳不願意做世子通房？」

這是一個很多人都問過沉歡的問題，包括如心，包括封嬤嬤。

比如當年為何在世子醒來後仍要離府？為何不願做世子通房妾室？

而當時沉歡的回答也很一致。「貌鄙而卑微，不堪為妾。」

只有宋衍從來沒有問過她，但是現在，沉歡很想回答崔氏，講一次真話。

她凝視著崔氏的眼睛，語氣鄭重而堅定。「因為和容嗣在一起之前，我首先想做一個人，不是物品，不是可以隨意發賣的東西。」

崔氏心頭震撼，嘴唇張了張，卻終是一句話都沒有說出來。

那個從侯府離開又回來的卑微小丫鬟，已經有了自己的逼人氣勢。

那個總是被迫掙扎求生的小丫鬟顧沉歡消失了，現在站在崔氏面前的女子，是曾經的知州夫人，與宋衍一起攜手抗災，推行稻種，惠及於民，受人愛戴。

她是陸家入了族譜的養女，擁有朝廷誥命的夫人，亦是現在昌海侯的妻子，是侯夫人。

「我首先想做一個人，不是物品，不是可以隨意發賣的東西。」這句話猶如當頭棒喝，讓崔氏瞬間清明，轉頭看了看旁邊海棠早已冷卻的屍體。

服侍多年，畢竟難受，悔之晚矣。

正在此時，太夫人和其他休息的人都醒了過來，如心看到崔氏與沉歡在一起說話，怕沉歡被為難，立刻跑到沉歡身邊。

剛剛的話題就此中斷，沉歡適時問了另外一個重要問題。「母親，還有誰有大廳的鑰匙？」

婆媳兩人都心照不宣，不再繼續剛剛的對話。

崔氏想了一下。「除了那兩個惡奴，還有一份在管著車門出行的錢管事手裡。」話至此，崔氏又有點猶豫。「但是……我不知道錢管事是否亦背叛了侯府。」

沉歡對錢管事毫無印象，但是旁邊的如心聞言卻愣了一下。

當務之急是要逃出去，或者說，用另外一種方式自衛。

一個計劃逐漸在沉歡腦海裡成形。

畢竟懷有身孕，沉歡站一會兒就不舒服，她緩了一下，坐到崔氏身邊，將自己的想法悄悄講了一次。

崔氏剛開始還聽得心不在焉，越到後面則眼睛發光，她回頭打量著沉歡，以前只覺得這媳婦會生養，是個性子通透的人。今天又覺得她氣勢逼人，言之在理，如今看來，這腦子還怪好使的。
剛剛商量完，就聽到門外有異響，眾人立時緊張起來，連太夫人都坐起來了。
那響動很快就停止了，接著是開門的聲音。
會是誰？
沉歡悄悄將手伸進胸前，握緊匕首。
只聽「咯吱」一聲，門開了一道縫，兩道人影躡手躡腳地進來。
崔氏先認出來人，驚喜出聲。「錢管事？」
「夫人。」那進來的人小聲招呼。
沉歡對此人不熟，正想問是誰來著，只見站在旁邊的如心呆滯地一動不動，兩行清淚直直從臉頰流下來，滴到地面上，濡濕一塊。
沉歡吃驚了，從她認識如心以來，從沒見過如心這個樣子。
只見從錢管事的背後走出一位年輕男子，個子頗高，長眉秀目。
沉歡有點印象，當年她在侯府被關過一次柴房，是此人送飯給她。
「如、如心……」那人聲音哽咽，「撲通」一聲，竟在如心面前直直跪下。「如心，妳可曾怨我？如心……」
那人痛苦不堪，喊聲中藏著劇烈的悔恨。
「錢洗……」如心聲音顫抖，叫出男子的名字。
電光石火間，一切似乎都串起來了，沉歡忽然想到，余道士以陰女心頭肉煉藥，須是處子。

當時如心差點被平嬤嬤打死，就是因為她已失身於他人，不是清白之身，卻又不願意說出對方是誰。如心被打得氣若游絲，還倔強不開口，若不是沉歡出手相救，只怕當場就是一具屍體抬出去。

沒有想到，原來此人竟然是錢管事的兒子！

原來那次定魂香失竊，恰逢幻娟歸家，幻洛命如心去外院找車馬調度的錢管事，調用車輛速速把幻娟接回來。錢管事一聽哪裡敢耽擱，就派了自己的兒子錢洗護著如心一起隨行。

如心貌美嬌弱，錢洗高大俊朗，兩人那次互生情愫，趁著幻洛偶有通傳之事時幽會，後來就有了夫妻之實，錢洗也有心對如心，給了如心銀子，揚言要贖她出府。

哪知道後來此事敗露，平嬤嬤大發雷霆，如心不願意說出錢洗的名字，自己忍受懲罰。錢洗擔心被打死，也不敢站出來。

兩人就此決裂，從此沒有再見過一面。

事後每當想起，錢洗後悔莫及，深恨自己懦弱，到處追尋如心的下落，可是當時陰女之事乃侯府私密，錢洗輾轉打聽都是無果，甚至有人說如心已經死了。

錢洗沒了指望，隨著父親繼續在宋宅辦事。

直到今日府中突遭變故，錢洗看到沉歡帶著如心回府，這才明白，原來當年如心跟著沉歡早就離開侯府。他立刻回來與父親商議，發誓一定要將如心救出來。

今日錢管事假意順從，趁著此時兩人與鄭家密會，裝作為王、鍾二人準備逃跑的車輛，偷偷地拿鑰匙出來。

正廳的鑰匙原本就有兩份，只是王、鍾二人不知道而已。

大廳裡氣氛很緊張，錢管事將門打開，神色緊張。

「其餘的人都被關在廚房附近的柴房裡，守衛不算多，有封嬤嬤還有廚房大娘子，盥洗衣物的奴僕等人。此時不是兒女情長的時候，趕緊走吧！」

錢管事父子迷暈門口的幾個守衛，招呼著沉歡一行人趕快出去。

如心擦乾眼淚，問錢洗。「我們要是走了，那兩個惡奴會怎麼對你們？」

錢洗站起來，一咬牙，將如心推出去。「別問了，快走吧！再不走就沒機會了！」

且說此時的鍾管事正在與鄭家的人交涉，他美人在懷，也撈了不少錢，有點不想再冒險，想速戰速決。

「貴人，那毒婦始終不肯交出侯府的倉庫鑰匙，我們撬開了兩個，可是還有四個鎖是專門設計過的，須得專門的鑰匙才能打開。那裡面都是昌海侯府歷代的祖產，金銀財寶無數，若是等到太子殿下的人過來，只怕你我連肉渣都分不到。我看要不……一不做二不休，盡快走了。」他比劃了一個「割頸」的動作，意思是直接對崔氏動手。

命都沒了，他就不信，她還不交出這鑰匙。

那人也心煩。「上面的人只想著斬盡殺絕，你我可是要揹鍋的人，等著宮裡傳信了，咱們再動作，還是給自己留條後路。等殿下得手，咱們再殺了這群婦孺，自然是追隨殿下，誅殺反賊家眷；若是沒得手，咱們就是私吞財產，沒把這殺人之罪坐實，說不定上面還能轉圜一下，再等一等吧！」

這其實是他的私心，若是事情得手那自然是最好，若是真的敗露，他就把王、鍾二人推出去頂罪，至少把自己撇乾淨。不過嘴上這麼說，他心裡也著急。

為何還不來消息？

第五十九章　反擊

京城皇宮，緊閉的大門內廝殺之聲不絕。

陸麒一劍刺死一個撲上來的叛兵，驚聲出口。「容嗣！你受傷了？」

宋衍草草包紮一下染血的腰間，拔劍繼續殺敵。「無礙。保護殿下和聖上！」

成王內疚。「容嗣此傷是為了護我而傷，今天若是出不去了，就是我欠你的。多年前，我欠你一次，如今我又欠了你一次。」

宋衍握緊手中染血的劍，音色未變。「殿下多慮了。」

鏖戰這麼久，能調動的人都已到極致。

太子設伏，誅殺成王，逼聖上退位，若是京衛指揮使和大將軍的人還衝不進來，那麼此地就……

宋衍仰頭，目光直視遠方，那是昌海侯府的方向。

沉歡……

收回目光，耳邊殺戮之聲震天，宋衍揮劍直指叛兵。

「誅殺叛賊者！記大功行賞！京衛指揮使即刻就到！殺！」

翻雲覆雨為權力，三千廟堂謀蒼生。

天下能臣，民是根本，為個人者，不過一身罵名。

崔簡，你一生亦贏不了我。

昌海侯府正廳。

「等一等！」沉歡阻止所有打算此刻跑出去的人。「所謂寡不敵眾，沿途都是那兩個惡奴和鄭家的人。正門被封，我們極大機率在途中被擒，一旦被抓將再無機會逃脫，還會增加傷亡，所以我們必須集中行動。」

「這……」有人想開口反駁。

「沒錯。」崔氏扶著太夫人走出來支持沉歡。

她對著沉歡點點頭，示意沉歡繼續說。剛剛趁著如心和錢洗說話的空檔，崔氏已經將沉歡的想法給太夫人說了。

「鄭家人雖多，我們關著的人也不少，更有很多人不過是牆頭草，混水摸魚的宵小，一旦局勢不對，肯定丟盔棄甲！這次我們不能退，要先下手為強，殺了那兩個惡奴！」沉歡眼神冷冽。

殺了？

在場的奴婢、僕婦，面面相覷，都覺得害怕。

沉歡拔出匕首，寒光照在她臉上，讓她顯得更加睿智冷靜。

「王、鍾二人都不是習武之人，不過仗著人多控制了局面，但是此二人用心歹毒，一旦局面失控，這兩人絕不會放過我們。」

姓鍾的貪財、姓王的癲狂，若是到最後她們無還手之力，滿府婦人、幼童都是凶多吉少，必是命喪刀下。

幹了這樣的事，這兩人只能一條道走到黑。既不會信崔氏會放過他們，也不會在此時背叛鄭家再度倒戈。

何況小哥兒和小姊兒下落不明，隨時可能被這夥人抓住。

她不能次次都指望宋衍，若是宮內實情真如她們所推測，那麼宋衍此時只會比她更加艱難，更加凶險。

侯府是宋衍的家，有他們的孩子和親人，她必須要守住這裡，等宋衍回來。

她要護著尚不知躲在哪裡的哥兒、姊兒，還有腹中的這個胎兒。

這次不能退！

退必死。

沉歡目光幽深，心臟奇跡般反而跳得很平靜，不像上次南城遇伏那麼緊張。

「只要死了一個，另一個必然慌張，原本被他們煽動的其他僕從就可能投降。只要人心一散，就對我們有利。我們若是亂跑，一旦被追殺，就如同被野狼追逐的兔子，只有一個一個被單獨殺害。」

她們的人不能散，一旦散掉，女眷居多，獨自一人簡直毫無還手之力。

當機立斷，沉歡把計劃說了一遍，拔出匕首，咬牙低喝道：「成敗在此一舉，若想活著，就跟著我放手一搏！」

其餘人心中雖害怕，又覺得沉歡分析有理，遂不再猶豫，橫豎都是死，又衝不到大門去，乾脆拚了！

沉歡轉身對錢管事說：「你說還有很多人被關在柴房裡，可為我傳點話過去？」

錢管事聽完傳話內容，大吃一驚。「可是封嬤嬤生性謹慎，我之前假意歸順王、鍾二人，我怕她不信我。」

如心站出來。「我和你一起去，只要能避開外面的眼線，她定是信我的。」

錢洗也站出來。「父親，此事太危險了，還是我去吧！」

此刻不容猶豫，沉歡拍板定案，由錢洗帶著如心偷偷過去報信，若是能有機會迷暈幾個人自然更好。錢管事則負責按計劃接應待會兒過來的人，處理外面迷暈的人。

所有女眷跟著沉歡將麻繩捆成一股，又搬椅子布置現場，設下埋伏。

崔氏趁著此時，看了一下倒在地上的人，心中有數。果然不是以前慣常見到的人，只怕這府裡真正的下僕很多都被關著，其餘的全是穿著侯府衣服的外人。

「夫人放心，俺殺過羊，殺過雞鴨，雖然沒殺過人，但是想著也差不了多少。」王家媳婦的妯娌是裡面最高壯的婦人，身形比一般男子還壯實。

聽到此話，其餘幾個柔弱點的丫鬟都笑了起來，氣氛頓時輕鬆不少。

待如心和錢洗走後，沉歡立刻命錢管事將外面迷暈的侍衛全部拖進來綁好。

當這幾人醒來以後，只見自己五花大綁，一把匕首橫在頸間，沉歡也不廢話，王家媳婦那妯娌，一刀劃開，跟劃魚肚子似的，血滴直流。

他們想驚聲大叫，都被幻娟、幻言將布團塞在嘴裡，立刻叫不出聲。

這幾人心中害怕，脖子劇痛。

聽到的第一句話就是：「想活命嗎？」

他們眼露恐懼，拚命點頭。

第二句話卻是：「想要銀子嗎？」

他們均吞了吞口水。

侯府的另外一邊，王、鍾二人與鄭家的人討論一陣子，又覺沒有耐心了，兩人出來商量。

因蘋兒吵著要見他，鍾管事又先溜回房去見蘋兒。

王管事看他那色急的樣子，一陣嗤笑。

反正他早已恨毒崔氏，一直在找機會下手，如今好不容易有了機會，怎肯輕易放棄，要不是侯府財產太過誘人，他一直惦記著，恐怕早已手刃崔氏。

鍾管事照例是要跑回來摟著蘋兒翻雲覆雨的，哪知蘋兒今天卻一掌推開他，賞了他一個冷臉。

鍾管事以為蘋兒又被平嬤嬤氣著了，正說要去處理那老貨，結果蘋兒冷笑一聲。

「誰管那老貨死活？動誰都可以，就是不能動侯夫人顧沉歡，一根手指頭都不能動。」

鍾管事面上答應，心中不以為然，若是動了他的利益，枕邊人蘋兒都是墊背的，何況本來就是人質的侯夫人。

兩人正在拉扯之間，突然聽守正廳的侍衛來報，說崔氏想通了，答應交出倉庫的鑰匙，要鍾管事單獨過去交涉，放她們出去。

「可叫上其他人？」鍾管事連忙問道。

那人搖頭。「崔氏說，王管事恨毒她，只讓鍾管事一人來。」

鍾管事心中一喜，必是崔氏想活命，又怕王管事控制不住情緒，當場殺了她，因此單獨交鑰匙給他。

他早已急不可耐，立刻轉身就往正廳鎖著女眷的地方快步走去。

他也不傻，怎可能崔氏說怎樣就怎樣，隨身仍是帶好幾個手持武器的男丁。

到了大廳外面，門衛見鍾管事來了，連忙把門打開。

只見正門敞開之後，崔氏坐在正中間，沉歡站她旁邊，其餘的丫鬟僕婦跟之前一樣被綁著坐在地上，此刻見他來了，都眼露恐懼，害怕地盯著他。

平日裡都是他求著崔氏，如今崔氏眼巴巴地求他，巨大的反差讓鍾管事得到一種難以言喻的快感。

他心中得意，又見裡面都是弱不禁風的婦孺、丫鬟，放鬆警惕地邁進門檻，臉上也笑了起來。「妳這毒婦早該如——」

「此」字還沒說完，一道巨大的黑影從天而降重重砸下來，只聽見「砰」一聲巨響，清脆的木頭聲四分五裂，鍾管事被從天而降的椅子砸得頭破血流，直挺挺地倒下去，頓時不知是死是活。

「有詐！」跟在他身邊的幾個人立刻拔刀衝了進來。

剛一進門，坐在地上佯裝害怕的丫鬟、僕婦們，如兔子般跳起來，四散開來，將他們圍在中間。

「殺了他們！」沉歡高聲吆喝。

原本同夥的守門侍衛，立刻與他們纏鬥起來。

錢管事和錢洗偷拿到了刀，此時也加入混戰進來幫忙。

王家媳婦趁著此時混亂，飛快地將大廳的門關上，避免異響引來更多的人。

沉歡對反水的幾人大吼道：「只要能殺了他們，我們立刻交出一個倉庫的鑰匙，財寶任取，絕不食言！」

反水的四個侍衛加上錢家兩個男人，一共六個人，力抗著鍾管事帶來的八個男丁，本來打起來就討不得好處。

然而，將近二十個女眷加入戰場，此時乘機扔花瓶砸、掄椅子打。

王家媳婦如魚一般到處走動，將大廳能砸的都砸過去。她的妯娌力氣大，搬了桌子丟過去，當場砸昏一個。

不久後，這八個人全部受傷被擒，嚴嚴實實地五花大綁起來，都被堵住嘴，塞到大廳角落。

這一戰給了大家信心，女眷們全部站起來，取了武器，勢要奪回侯府。

「不要耽擱，馬上去倉庫拿東西！」沉歡立刻下指揮。

四個叛變的侍衛心中大喜，帶著沉歡就去倉庫那邊。

按沉歡要求，裡面的財寶拿得越多越好，四人心中激動，立刻按計劃執行。

「老夫人交出鑰匙了，鍾管事讓我等先來搬東西。」

守倉庫的人聞言大喜，原以為這倉庫沒戲了，沒想到最後還是交了鑰匙。

此時混亂，若是搬的時候能分一杯羹，他這趟就沒白冒險了。

於是幾人都立刻放人進去開倉庫，待倉庫門一開，只覺光芒奪目，堆金積玉，布疋、瓷器、銅爐、絲綢、珍珠、寶石、西洋的舶來品，那真是幾輩子都沒見過。

大家都摸走不少東西，各自心滿意足。

其中一個守衛裝了滿滿一箱，假意說先給鍾管事過目，確認真假。

守倉庫的人卻根本沒聽，珍珠、寶石使勁往兜裡揣，懷裡又抱著瓷器，腦子跟不上手，壓根兒沒聽對方說什麼。

趁著這個當下，兩個侍衛立刻抬著箱子跑出來。

沉歡、錢洗等人早已候在外面，等那些守衛一出來，立刻關門落鎖，將守倉庫的人關在裡面。

裡面的人回過神來發現中計，此時已無法求救。

一行人退到僻靜處，眾人早已做好接應的準備。

沉歡開口。「趕緊揣身上！不要耽擱時間！」

於是大家把珍珠、寶石、小香爐趕緊往懷裡揣。

按沉歡的吩咐，抬出來的東西要不易碎的，因此瓷器、玉器一個都沒拿，全是鐵器工藝品、寶石、珍珠、金片子之類的物件。

大家揣完都屏息凝神地看著沉歡，等著她指示下一步，儼然已把沉歡當救命稻草，侯府的指令官。

崔氏扶著太夫人在樹林陰影處候著，看著這情況，太夫人暗自點點頭。

「當初沒看錯，是個好的。」

破天荒的，崔氏也跟著點了點頭。「確實是個好的。」

王管事久不見鍾管事，心中起疑，又聽聞有守衛單獨找鍾管事，更覺其中有貓膩，遂帶了一群人趕去大廳。

剛走到一半，只見廚房方向濃煙密布，煙霧直衝天際，還有火舌冒出來。

顯然是廚房那邊著火了。

「壞了！肯定是有人跑出來點火報信！」

外面若是看到侯府失火，肯定會聚集很多人，王管事立刻招來十來個人，馬上去滅火。

當務之急，是得把煙霧滅掉！

恰逢今日沈笙去接沈芸回家省親，馬車路過此地，見濃煙直衝天際。

兄妹倆對望一眼，心中起疑，沈笙眉眼直跳，又想到他今天原本是要進宮面聖，父親卻破天荒地把他安排出去接沈芸。

調轉馬頭，兄妹倆立刻去向負責京城治安的五城兵馬司報信。

而侯府裡面，封嬤嬤與沉歡終於相見，只覺今日萬般凶險，九死一生。

若不是錢洗和如心悄悄報信定下計劃，與他們裡應外合，借著送飯之機會，集體暴動，燒了柴房，又從廚房拿了菜刀、砍刀、鏟子做武器，只怕他們此時還被關在裡面。

封嬤嬤身後站著目前能調動的所有男丁，還有沉歡從南城帶回來的僕從，他們有的是廚房的伙夫，有的是看護院子的低位小廝，也有的是護理院子的花農，負責餵養馬匹的馬伕，洗衣服的下等役婦等等。

「任憑夫人調遣！我們定要護著侯府！」

「只要能活著出去！怕什麼！」

「惡奴欺主，天理不容！」

「我有割草的鐮刀，照樣可以頂一頂！護著主子！」

眾人早已知曉王、鍾二人私吞侯府財產，串通外人欺主亂府，姦淫丫鬟之惡劣行徑，個個群情激憤！

崔氏看著這些人，都是最下等的僕從，有五、六十歲的中年人，也有年輕的小廝。若是躲在角落，這些人或許可以活命。但是此刻他們都站了出來，揮舞著簡單的武器，說著要護著侯府這樣的話。

今天，崔氏笑不出來，她甚至覺得眼睛有點酸澀。

沉歡心中安慰，再次給與激勵，她朗聲說道：「護主、護府乃忠義之事！只要今日能護著主子挺過這一關，凡參與者全部退還身契，脫奴籍！」

下面的人都驚呆了，眼睛瞪圓，完全不敢置信。

畢竟除了沉歡從南城帶過來的人，其餘都是崔氏下面的人。

脫奴籍是大恩典，沒那麼容易給的。

此時崔氏站了出來，眼角有點濕潤，抬眼望著滿目瘡痍的侯府，聲音一頓，抬高音量。

「我以宋家宗婦身分在此立誓，若能護主、護府挺過這一劫，必退還身契！從此以後，我崔氏必善待下人，言出必行，天地可證！」

眾僕忽然都覺得有了指望，慷慨激昂，信心大增。

封嬤嬤忍不住抹了抹眼淚，趕緊拉著沉歡著急地說：「當時情況緊急，哥兒與姊兒被我藏到宋家祠堂靈牌背後的暗縫裡，一人寬，只能塞下兩個小孩，那位置雖隱蔽，若是有心找還是找得到，我們趕緊過去！」

沉歡聞言，心頭一凜，點點頭。

王家媳婦帶著南城的人跑前面，回頭對沉歡說：「夫人，您有身孕，如此行走恐動胎氣，我先去前面看看！」

沉歡點點頭，捧著肚子，她今天劇烈走動，已經覺得肚子隱隱作痛，現在只是強撐著。

第六十章　手刃惡奴

且說負責滅火的人，一看廚房門口有好幾十人，男女都有，此時若是頑抗，撈不著好處，立刻轉頭向王管事報信。

王管事大驚，打算招來守在其他位置的人手，過去逮人。

結果負責招人的下人去了一趟回來之後，臉色大變。「管、管事的，鄭家的人在收拾東西了！」

王管事一把扯住報信人的衣領，怒目圓瞪。「你說什麼？」

放了報信的人，王管事急忙去找鄭家的人，拉住那人的衣領，大吼出聲。「你什麼意思！過河拆橋？」

那人此時比他還心急，他已得到線報，形跡敗露，此時他再不跑，只怕就死無葬身之地了。

哪管姓王的死活，反正都是代罪羔羊！

他一把將王管事推開，冷笑出聲。「什麼意思？就這個意思！」

那人不想多說，帶著幾個親信，就從後面的小門往外跑。

府裡畢竟人數眾多，鄭家打頭的人自己先跑，餘下的人撤也撤不完，都慌了神，你看我，我看你，面面相覷不知該怎麼辦。

此時又聽有人來報，說鍾管事被人在大廳砸死了，女眷們都逃跑了。

王管事聞言怒不可遏，面色陰狠，想了片刻，咬牙切齒地宣布。「餘下的人都跟著我！都是些女眷，怕什麼！跑了可以再捉回來，捉不回來直接殺了！」

侯府正門，此刻正起爭執。

「我乃忠順伯府沈笙，奉母親之命攜妹妹沈芸拜訪顧夫人，為何阻攔？」

門口幾人俱是鄭家的人假扮，此時立刻高喝道：「夫人近日不見客，再不離開，別怪我們不客氣！」

說完，竟直接用武器隔開兩人。

私闖侯府是大罪，沈芸著急，這幾人若是執意不開門，她也不能硬闖。

沈笙咬牙。「再等等，等兵馬司的人過來！我看快了！」

門外劍拔弩張，門內也各不相讓。

王管事知道鄭家此時捨棄他，事已至此，橫豎他是必死無疑的局面。

血絲爬滿他的雙眼，他忽然一回頭，帶著手下所有人，往宋家祠堂去。

就算要死，他也要把宋家的祠堂燒個乾淨，為他被活活打死的女兒報仇！

讓宋家祖先的牌位，全部被他的尿泡一泡，讓他們在地下都顏面無光。

沿途若遇女眷，也不用留情了，都拉著陪葬吧！

王管事拿著刀一揮。「走！先去把宋家的祠堂燒了！」

一行人進了宋家祠堂裡面，正淋著火油，忽然裡面有人狂喜大喊：「我們有活路了！宋家的崽兒在裡面呢！」

王管事再也顧不得手裡的火油，立刻推開人群跑進去，果然看到靈牌後面的暗縫裡，藏了兩個小孩，此刻一男一女正驚恐地望著他。

哈哈哈，真是天助他也！

王管事將兩個孩子揪出來，先揪出的是小姊兒，只見小姊兒雙腿亂蹬，大喊大叫起來。

「哥哥——救我！」

小哥兒拚死拉著妹妹的衣角，稚嫩的童音發狂大吼道：「我是男丁！你放了我妹妹！你們抓我，你們抓我！」

另外一人哈哈大笑，將小哥兒也從縫隙裡拖出來。

姊兒的乳母躲在箱子後面，看到此種情況再也躲不下去，她手裡握著一根髮釵，如豹子一般用盡全身力氣衝出去，一頭撞到王管事的肚子。

「賊人！納命來！」

因為位置不對，沒捅進王管事的肚子，只是擦傷了，還撞得他連連後退。

王管事吃痛，一腳向乳母踹過去！

小姊兒害怕到極致，拚命掙扎起來，她能從這個人身上感受到一種深深的殺意，這個人是真的會殺人！

「你抓我，你抓我吧！」小哥兒聲嘶力竭，拚命大喊。「你放了她！你放了我妹妹！」

「別擔心，先殺了她再殺你，你們一個也跑不掉！」王管事肚子上有血，好在不深，此刻一陣獰笑，心中暢快。

女兒被崔氏打死了，宋家的崽子就償命吧！

小姊兒為求自保，忽然急中生智，狠狠地咬了王管事一口，他手一吃痛，立刻就鬆開了。

小哥兒見狀，馬上也咬了抓自己的人，這一口用足力氣，那人也鬆手了。

電光石火之間，兩個孩子連跌帶爬地跑了。

「抓住他們！」王管事大喝。

孩子雖然腿短，但是在南城天天鍛鍊，此刻盡往角落裡、縫隙裡鑽，後面的人追趕著，轉眼就追到假山的池塘那邊。

沒路了，池塘兩邊都是人。

小哥兒渾身顫抖，護著妹妹，盡力壓抑著自己的恐懼。

他是侯府的第一個兒子，他要保護妹妹！

「我溺死你！」王管事怒從心起，一時間心理極度扭曲，一把提著小哥兒就要往池塘裡按。

還有一位乳母此時藏在假山裡，心中急得不得了，到這地步再也顧不得，立刻衝出來抱著石頭砸過去，想趁著機會救人。

「孩子可能在那裡！」王家媳婦一聲吼，隱隱看到前面圍了一堆人。

就在這時，沉歡帶領的人與王管事的人開始交鋒，但是對方畢竟男丁多，沉歡這邊顯得優勢不大。

「不要正面碰撞，扔東西！」沉歡被如心及好幾個壯實的僕婦護著，邊疾步快走，邊指揮著眾人。

眾人聞言，一邊跑、一邊扔之前藏在懷裡的珍珠、寶石還有金葉子之類的財物。

扔香爐的人都往腦袋上砸，邊砸邊吼。「這是同得坊的香爐，價值千金！」

扔布疋的人也大聲喊：「這是高麗進貢給娘娘們的！價值千金！」

扔珍珠的人，都往遠處扔，灑了一地。「這是侯府祖產，歷代傳下來的，價值千金！」

總之琳琅滿目，動不動就價值千金，全是值錢的。

那些沿途原本追著他們不放的人，此刻都扔了刀到處撿東西，遇見互相分贓不均的，還會打起來。

「跑快點！不要管後面的，那惡奴就在前面，我怕孩子落他手上！」沉歡心急如焚，心中隱隱有不好的預感。

由於之前跑的跑，搶財物的搶財物，王管事此刻身邊人手不多了。不用多久，沉歡的人衝了過來。

抓著小姊兒的那人見情勢不對，提著小姊兒就往假山上爬，這是他們手裡的重要人質，邊爬邊威脅道：「你們再敢追我，我就掐死她！」

話還沒說完，只見王家媳婦帶著她的妯娌，還有南城過來的兩個僕婦，像猴子一樣飛速地往假山上爬，速度飛快，下面的人看得瞠目結舌。

那人正要繼續說些威脅的話，王家媳婦一個棒槌大力往他掄去。

他眼一黑，額頭流血，手一鬆，身體軟了下去。

「夫人，我搶著姊兒了！」王家媳婦大喜。

說實話，跟在田間追趕不聽話的孩子比起來，侯府這假山真的不夠看。

眼看小姊兒被奪回，王管事沒指望了，他心中一片死寂，殺意陡生，一把將小哥兒往水中按，嘴裡發狠道：「我溺死你！溺死你！」

水淹沒哥兒的頭，軟軟的黑髮飄在水中，他無法呼吸，拚命吐著泡泡。

耳邊都是水聲，一切喧譁都安靜了。

娘親，爹爹，救我！

沉歡被眼前一幕嚇得肝膽俱裂，不知道哪裡生出的無窮力氣，她甩開如心扶著的手，拔出匕首，撲到王管事的背後。

血濺了沉歡一臉，她一刀插進王管事的後頸。

刀入皮肉的聲音，和上次宋衍殺人時一樣，像緞子被撕裂，布疋被扯開。

血是熱的，王管事沒死透，轉頭如惡鬼般瞪著沉歡，奮力還想動作。

崔氏正在幫小哥兒拍背，見此情況大驚失色，猛地從地上站起來，一把將沉歡拉開，拔出匕首再猛地補了一刀。

「這個惡奴我來收拾！」

權當給海棠報仇了。

崔氏將沉歡拉到後面。「妳畢竟懷著身子，不宜見血。」

說完，她拔出匕首，又插了一刀。

王管事雙目圓睜，不可置信，嘴巴流了血出來，立時死透了。

小哥兒早已被撈上來，吐出水。

沉歡見他無礙，心中鬆了口氣，將他緊緊抱在懷裡，無聲地流淚。「好孩子！勇敢的好孩子！」

隨後，沉歡站起來大聲宣布。「王、鍾二人欺主亂府，現在都已被誅殺！餘下的放下武器可免死罪，若是負隅頑抗，刑法重判！必死無疑！」

餘下的人見王管事都死了，鄭家的人也跑了，此刻全沒了主意，武器紛紛墜地，跪了下來。

此時，昌海侯府大門外。

沈笙已經等不及，面色一沈，厲聲喝道：「我疑府中有變，你們若再不開門，我們就要硬闖了！到時候朝廷治罪，你們都難逃一死！」

那幾人對視一眼，心中正在猶豫。

只聽見開鎖聲一響，大門推開一絲縫隙，昌海侯府那扇巍峨厚重的朱紅色大門，這個時候竟然自己打開了。

沉歡牽著小哥兒一身鮮血站在門口，旁邊站著如心和錢洗，乳母抱著小姊兒，崔氏與太夫人在後面。

從昨天晚上到今天上午，整整七個時辰，她終於親手打開這扇緊閉的大門，獲得了生機！

馬蹄聲紛至沓來。

「成王有令！閃開！閃開！」大批騎馬的士兵忽然衝到門口。

為首那人見到沉歡還活著，鬆了一口氣，翻身下馬，單膝跪在地上稟告。

「賊人亂府，京城好幾家被設伏，宮中動盪，侯爺護駕有功，我特奉成王殿下之命，前來護住侯府家眷！」

說完，命手下的人趕緊衝進侯府。

短短幾句話，信息量不是一般的大，沉歡望向崔氏和太夫人，見兩人點了頭，才放下心來。

待士兵進入，只見裡面眾僕都拿了武器，有死傷痕跡，還綁了很多人，顯然經過殊死搏鬥。

不一會兒，該綁的綁，該抓的抓，連屍體都清理乾淨。

那人見沉歡衣裙染血，但臉色沈靜，顯然並未受傷，不禁暗暗敬佩，不愧是侯府宗婦，在完全封閉且鄭家還有人的情況下，手刃惡奴，帶領眾僕反殺，控制局面。

這膽量非一般女子可及。

「成王殿下派人來接侯夫人，侯爺受傷了。」

來的人是成王殿下親信，太夫人與崔氏對望一眼，心中有數。

沉歡連忙問他。「侯爺如何了？傷得重不重？」

那人怕沉歡擔心，據實相告。「夫人莫慌，侯爺只是腰上受傷，無性命之憂，如今都在宮裡安置。」

沉歡又確認一番，直到見到孫期到場，以宋衍的信物為證，這才鬆了口氣。

別怪她如此多疑，實在是京城局勢複雜，不見宋衍信物，她都抱持懷疑。

不只沉歡放下心來，那負責接應的將官才是真正放下心來。

太子為了誅殺成王，同時設伏好幾家與成王有關係的勛貴之家，陸家、平國公府、昌海侯府以及好幾家都有埋伏。

昌海侯剛剛復爵，府中本來就是主子少、奴僕多，又是女眷。宮中生死相搏，宮外也好不到哪裡去。他沿途帶著士兵快馬加鞭地趕過來，生怕入府之後，看到侯府滿府家眷被殺的淒慘場面。

侯爺救了殿下，但得到的卻是家眷慘死，到時候，他該如何回去覆命？

光是想就令他頭皮發麻。

好在侯府女眷超越他想像中的頑強，竟能手刃惡奴，奮力自救。

曾聽聞侯夫人顧氏並非尋常女子，在並州的時候就與民婦一同上山下田，抗災自救，大力推行蒼天稻種子，協助並州災年納糧成功。

他心中敬佩，自然對沉歡禮遇有加，一路護持，很快就將沉歡送到宮中。

皇宮已經被清理過，看不出異常，只是所有宮人、僕役斂眉垂目，不敢多言。

沉歡暗暗打量，走得很慢，如此氣氛，顯然之前發生過其他事情。

結果沉歡進門前還冷靜無比的面容，一見宋衍胸前染血的繃帶就再也撐不住，眼淚撲簌簌往下掉，撲到宋衍床前，趁著沒人才放聲大哭。

「容嗣，你受傷了？你沒事吧？」沉歡邊說邊哭，輕輕摸著那傷口。

沉歡這才卸下防備，將驚魂幾個時辰的所有恐懼傾洩而出。

「我……我都以為我活不成了！嗚嗚……我還懷著身孕，還好我身子骨兒康健，若是換個弱女子，這侯府真的護不住了！還有那惡奴竟然想殺了哥兒，我當時嚇得肝膽俱裂，瘋了一般。」

沉歡說得結結巴巴，拚命述說著自己的遭遇和不安。她一夜未眠，緊張的情緒讓她毫無睡意，此刻見到宋衍，更是滿心釋放。

宋衍身上有傷，不便挪動，他心中愧疚，眸色深沈，抬手將沉歡凌亂的頭髮理順，撫摸著她的臉頰，聲音沙啞。「綿綿，妳自嫁給我，竟沒多少日子是放鬆的，妳可曾後悔？」

太子要造反，他早已預料到，清理南城這條線的埋伏，又逼著洪泰伏誅認罪，鄭家元氣大傷，順著南城縣令案，把崔相的人也折了進去。

只是沒想到太子這麼按捺不住，他才剛回京城，就動手了。

沉歡聞言使勁搖頭，抬起臉止住哭，望著宋衍的眼睛。

宋衍的眼中有擔憂，有後悔，還有她以前不曾見到過的懼怕。是的，恐懼，鎮定自若如宋衍，也有無能為力的時候。

當他知道侯府被設伏，家眷可能全數被誅的時候，恨不能把始作俑者碎屍萬段，然後背生雙翅飛回去護住妻兒，護住家眷。

若不是沉歡沈著勇敢，奮力自救，現在只怕兩人已是天人永隔。

宋衍的眉頭蹙起，低垂眼簾，沙啞的聲音裡包含太多激盪的情感。「我人生最大的幸事，就是娶了妳。」

幼時練武，風雨不輟；少時學藝，獨自拜師；探花及第，一睡不醒；侯府奪爵，南城風雨。

從天之驕子的新科探花，到三年不醒的活死人世子；從剝奪爵位的孤獨嫡子，到心性堅韌的外放幹吏；從抗災救民的一州父母官，到取天下大義的肱骨能臣。

宋衍這段孤獨的人生路上，總有沉歡相伴。

昌海侯府旁支凋落，除開宋澤，嫡系只餘他這一脈，是這個小丫鬟闖進宋衍的人生，安慰他失去幼弟之苦，陪伴他復爵晉升之路，這個嬌小的女子如今更是守護侯府滿門。

宋衍喟嘆般撫過她單薄的肩膀。

「不後悔，我不後悔！」沉歡主動摟住宋衍的脖子，又怕碰到他腰上的傷口，小心翼翼地抱著他的手臂，仰頭凝視他。「我有什麼好後悔的？你為了娶我，掃平一切障礙，為我籌謀，給我身分，給我依靠，屢次救我，我已經得到很多很多了。」

沉歡滿心的歡喜中又摻雜著難過，若是宋衍以後納妾……她也……

宋衍顯然看透她的內心，黑黝黝的眼珠轉動一下，替她說出口。「若是以後我納妾，綿綿也還是如此大方嗎？」

沉歡臉一下就白了，自己想是一回事，真的面對又是一回事。

宋衍用手指敲她的額頭，忍不住斜睨她一眼。

「騙妳的。我不納妾。」

沉歡慘白的臉馬上恢復血色，臉上有一絲被抓包的尷尬。

「這……」她記得嫉妒可是七出之罪來著。

宋衍沒好氣地道：「從南城開始就想些有的沒的。妳還懷著身孕，我怎能如此薄情無義，妳把我當什麼了？」

從宋家要復爵開始，沉歡就藏著心事，他深知沉歡性格豁達，丫鬟時期就對後宅爭風吃醋之事興趣缺缺。原本他等著沉歡主動開誠布公，結果到最後沉歡也沒開口。

她抗拒返回京城，除了宗婦責任的束縛之外，他知道有這些緣由在裡面。

「有這心思，就該好好整頓一下侯府。妳我少年夫妻，相扶相持，豈是其他人能比肩的？」

最後宋衍忍不住看了沉歡的肚子一眼。

「何況，妳又不是不能生。」

宋衍那意思太明顯不過了。

沉歡忍不住破涕為笑，心情瞬間晴朗。

有個聰明的夫君就是這點好，不用說破就通透了。

心情愉悅之餘，沉歡又挽著宋衍的手臂，有點內疚。「侯府中饋早該整頓了，是我想著南城舒適，並沒有宗婦意識。這惡奴亂府是以前就埋下的病根，如今也好，趁著這回凶險，連根拔除了，以後就好了。」

宋衍點點頭，又問她。「孩子可好？」

沉歡知他記掛子女，連忙將當時的情況簡單說了一遍。「兩個如今都在母親身邊，這回嚇著了，這段日子母親肯定寸步不離了。」

母親自然指的是崔氏，宋衍聽到凶險處便面色陰寒，直到最後在沉歡的安撫下才放下心來。

沉歡太累了，不眠不休直到手刃惡奴，如今看到宋衍安然無恙，自己算是徹底放鬆了。她和宋衍說著話，腦袋就不停地往下垂，隨後只覺得世界一片模糊，連宋衍的臉都看不清了。

分開的時間很短，但發生的事情卻很多，她還有好多話要說給宋衍聽，但是腦子不聽使喚，身體叫囂著要休息，幾秒鐘時間，她就倒在宋衍身邊睡著了。

宋衍深情地撫摸著她的頭髮，眼含眷戀，又命服侍的宮人幫她脫去鞋襪，蓋上被子，讓她能夠舒服地睡在自己旁邊，這才安靜地看了她好一會兒。

「綿綿。」宋衍的手指滑過她小巧的耳垂，動作輕柔。「以後不會再讓妳受苦了。我承諾過護妳一生，我只要妳陪著我。」

第六十一章　晉爵

宮中昨夜巨變之事今早傳遍朝堂，大臣們議論紛紛，揣測不斷。

自那日後，皇帝沈痾更甚，只宣了幾個近臣御前議事。

太子設伏篡位，屠戮手足，殺害朝廷命官家眷，豢養私兵等所有事全部被掀了出來。

百官炸開了鍋，督察院一直緊咬太子不放，猶如惡犬，如今證據確鑿，更是不肯鬆口。

隨後鄭皇后以教子不嚴之罪，被軟禁在冷宮，外戚鄭家乃罪臣當誅，太子則被打進大牢，等著聖上親自問罪。

在沉歡陪著宋衍在宮裡養傷的這天夜裡，宮人忽然急急來報，說聖上傳喚，要宋衍馬上過去。

沉歡一驚，立刻從床上蹦起來，比宋衍還緊張。

宋衍按住她，吻著她的鬢髮，只是說了句「放心」，就起身離開了。

燭火通明的皇帝寢宮，這位君王也到了最後的時刻。

成王殿下守著聖上，小聲道：「父王，容嗣來了。」

容嗣？好一個宋家容嗣！

皇帝笑了一下，蒼老的面容已到油盡燈枯之時。「你是什麼時候看出來的？」

宋衍究竟是什麼時候看出他有易儲之心？此事他從未跟任何人說過。

宋衍跪在床前，垂下眼眸，淡聲答道：「探花宴上。」
探花宴？算下來，已經是數年前的事了。
可那時候的宋衍不及弱冠。
「那日可是鴆毒？」皇帝又問。
「是。」
「可是太子做的？」
「不是。」
皇帝的眼珠震動了一下。「是誰？」
「普天之下，最熟悉聖上的人，自然是皇后娘娘。」
成王顯然也是一驚，隨後宮殿裡是長久的沈默和安靜，哪怕一根針掉在地上都能聽得清清楚楚。
終於皇帝說話了。
「宋家容嗣，你贏了。」皇帝一聲長嘆，垂下眼簾。「成王性格仁善，你須好好輔佐他。」
宋衍跪地叩首。「臣遵旨。」
在宋衍回到沉歡身邊後，不久，喪鐘響起，宮中哀號之聲不斷。
沉歡震驚地站起來，隨後知道──那是聖上駕崩了。
宋衍立於廊下，外面不知什麼時候竟然淅淅瀝瀝下起雨了，他用掌心接過從天而降的雨水，眸色淡淡的，含著思量。

一個時代結束了，而一個新的時代即將誕生。

雨水如今之於大律，可是矜貴的寶貝，百姓們一時間不知道是該高興雨水降至，還是哀傷帝王亡逝。

聖上駕崩乃是國殤，一道遺旨送了鄭皇后上路。既然是天底下最瞭解他的女人，自然應該在地下好好陪著他。

太子貶為庶人，終身囚禁牢獄。

朝野以雷霆之勢，肅清障礙之後，成王繼位了。

當宋衍清理太子餘黨時，沉歡正在整頓侯府。

喜柱兒處理完南城的收尾事宜，也返回京城了。

封嬤嬤現在主管侯府內宅諸事，此刻嘆了口氣。「沒想到蘋兒那丫頭怨念如此之深，趁著當時混亂，竟是自己拿刀捅死了平嬤嬤。」

平嬤嬤畢竟是侯府老人，崔氏雖然懊惱她是非不分，欺上瞞下，卻沒想過要她性命，如今蘋兒被抓住，肯定是要送官府。

蘋兒也不求救，一門心思說要見夫人，就當是話別。

沉歡沒想到蘋兒寧願不逃走，都要親自殺了平嬤嬤，可見心結仇恨之深，已經不是一般情況可化解。

「讓她進來吧。」沉歡也想見見她。

王家媳婦和她的妯娌，還有兩個壯實的婆子，綁著蘋兒進來。

沉歡看著她妖嬌的眉眼，依稀回想起幾年前窗戶上那一抹小巧的影子，那個偷偷送東西給她的小丫頭，一時心中百感交集，無奈道：「蘋兒，當初我離開時說的那番話，並不是要妳活成這個樣子。」

好好的丫頭，為何走上歪路了？

若是好好做事，不生其他心思，如今她也願意護著這小丫頭。

蘋兒定定地看著沉歡，神色平靜。「我知道姊姊看不起我，嫌我髒了。」接著她神色激動。「可是姊姊難道不知，我擺脫了平嬤嬤的控制，我終於可以想幹麼就幹麼，想說什麼說什麼，妳難道覺得我過得不好嗎？」

沉歡頭痛，不知該如何向蘋兒解釋，若是以目前這種情況，蘋兒五花大綁馬上就要送往官府了，如果這樣子叫過得好，那普天之下誰過得差？

「姊姊，妳覺得我過得可好？」

蘋兒抬起頭，眼中有孺慕，依稀有當年哭哭啼啼在她身邊的樣子。

沉歡無法認同，也不能違心，只能搖頭嘆道：「不好，我覺得不好。妳的人生，不該是這個樣子。」

蘋兒聞言，臉色大變，又滿腹絕望，喃喃自語。「總是不好……總是我不夠好……」

她說完，眼中含淚，最後深深地望了沉歡一眼，忽然站起來衝出去，一頭撞在柱子上。

「姊姊！保護沉歡姊姊！」如心嚇得半死，手裡的茶碗都摔了，連跌帶爬地衝出來。

只見蘋兒的身子軟軟地滑了下來，鮮血染紅她半邊額頭，已是沒了氣息。

封嬤嬤心有餘悸，立刻指揮下人。「怎會性子如此之烈，也不怕衝撞了夫人！其他人愣著幹麼？趕緊把人拉下去！」

下人護著她，蘋兒的屍體被迅速拖下去。

沉歡心中難過，一聲長長嘆息之後，站起來對封嬤嬤說：「惡奴亂府，她記恨平嬤嬤，對我卻始終是惦記的，也不曾加害。不用報官，好生安葬了。在我心裡，就當她還是當年那個給我送信的小丫頭罷了。」

成王的護衛那日進入侯府，將叛奴和鄭家的餘孽一網打盡，當時沉歡為了拖延時間保住性命，開倉庫丟了一些財帛之物，這些東西也盡數收繳回來了。

沉歡一邊看著冊子核對，一邊暗暗點頭，除了少數耗損，其餘的全部追回來了，效率奇高。

喜柱兒升了外院管事，如今管著外頭聯絡諸多事宜，他已從如心嘴裡知道了事情始末，此刻還在生氣。

「要我說，那些不聽話的婆子也早點打發，好用的留下，趁這個機會，剛好處理那些不懂事的！」

沉歡也覺得這確實是一個好機會整頓侯府，遂讓封嬤嬤擬名單一併處理。

崔氏雖然霸道，卻是個言出必行的人，那日承諾護住侯府的僕役全部退還身契、脫奴籍，在這幾天，她就命人將所有人的身契拿出來，願意留的繼續留，想走的也可以走了。

大家喜不自勝，除了少數人對家裡有掛念，大部分人都選擇留下來。

芙蓉偷了崔氏的首飾，昨日官府也將人抓回來，崔氏沒心思再見這手腳不乾淨的丫鬟，只是淡淡吩咐，按律法處理，便沒過問了。

芙蓉哭著說自己是侯府大丫鬟，要見主子求情，卻是沒人理她。

倒是海棠，崔氏命人厚葬之外，又封賞大筆銀子派人送給她的父母。

沒隔幾日，沉歡見到崔氏身邊新的管事嬤嬤又帶了個丫鬟回來，說是芙蓉的妹妹，年歲比芙蓉小一點，跟在崔氏身邊伺候。

「我原想著這幾個大丫鬟年歲大了，都放出去嫁人，如今看是不能了。」崔氏端坐在椅子上喝著茶。

經過上次惡奴亂府一事，她的臉上少了幾分冷厲，多了幾分歲月賦予的平和。

沉歡將清點過的侯府倉庫冊子連同鑰匙交給崔氏，雖然花了點時間，總算是處理完了。

崔氏卻不接，只是輕搖了下頭。「我既占嫡又占長，自幼錦衣玉食，不曾知道民間疾苦，若不是我無心打理中饋，亦不會出現惡奴亂府一事。」

言罷，她將那鑰匙推回到沉歡手中。

那是侯府祖產，可謂家財萬貫，只要不出敗家子，宋家幾輩子都吃不完，還不算上太夫人林氏從信德侯府帶來的私產，和崔氏從平國公府帶來的嫁妝。

「妳乃侯府宗婦，也早已為我宋家育有子嗣，這中饋執掌之事就交給妳了。」

沉歡吃了一驚，崔氏畢竟年齡也不算老，以前在伯府的時候，伯夫人可是拚死都要捏著中饋大權不放。

崔氏嘆了口氣。「妳如今懷有身孕，從原有的下人裡再選幾個伶俐點的幫襯妳，左右不要讓自己累著了。」

這話是關心沉歡了。

沉歡連忙向崔氏道謝，這才從她的院子裡出來。

小哥兒和小姊兒正在院子裡玩耍，恰逢宋衍的幼弟宋澤也在，他只比小哥兒大一歲多，幾個孩子都常常一起玩。

沉歡對小哥兒招手。「哥兒，到娘親這裡。」

之前伺候小哥兒的人，走的走，散的散，如今院子裡除了以前的乳母和沉歡從南城帶來的人，近日沉歡命喜柱兒又去採買一些下人補缺，哥兒院子裡的人如今倒是夠用了。

兩個乳母都英勇護主，一個受了點外傷，好好休養著，一個此刻正和孩子們在一起，看見沉歡來了，趕緊過來請安。

特別是姊兒的乳母，她其實是京城人士，是宋衍乳母的遠親，因為很會帶孩子，一直在高門大戶做事，當時被宋衍選中，去南城看護小姊兒。

初到南城，她滿心不願意，後來與沉歡多有接觸，覺得這位女主人性格溫柔，賞罰分明，南城又自由，漸漸地也就習慣了。

原以為一輩子就在南城伺候人，沒想到兜兜轉轉，竟然到了昌海侯府。

她知道姊兒是沉歡嫡出，只要好好伺候，自己這輩子就有著落了，因此更加用心。

沉歡此刻封了賞錢，乳母歡歡喜喜地接了，心中感嘆，要是當時她看不起沉歡，只怕就沒有今天了。

可見世事無常，誰說得準呢？

沉歡對哥兒心中有愧，正因為侯府稀少的男丁，這孩子自從跟著她之後屢次遭難。

此刻，沉歡坐在院子裡的石凳上，丫鬟事先幫她放上軟墊，避免寒氣浸入。她牽著哥兒的手，摸著他軟軟的頭髮，想到那日溺水場景，心中仍有餘悸。

「好哥兒，娘親的好孩子，你怕不怕？」

這麼小的孩子，連續遭遇兩次綁架，沉歡真的怕他留下心理陰影，所以今日特地來疏導一下。

小哥兒站得端端正正，黑白分明的大眼珠凝視著沉歡，語氣鏗鏘有力。「娘親，我不怕惡人。父親說了，我是侯府長子，長大以後要保護滿門女眷！我就要習武了，再有惡人來，我就把他們全部打跑！」

他認真的樣子逗笑了沉歡，沉歡將他摟在懷裡，頓感欣慰。「對！哥兒是長子，是哥哥，父親、母親都盼著你長成頂天立地的男子漢！」

「娘親，娘親，我也是勇敢的！我還咬了一口惡人呢！」小姊兒拉著沉歡的衣袖，不停地邀功。「我也很勇敢的！」

沉歡笑起來，刮了下她的鼻子，表揚她。「對！小姊兒雖然哭了，但是也咬了惡人，姊兒也很厲害呢！」

小姊兒與小哥兒對望一眼，兩人都笑得開心，經歷過如此多的事情，兩個孩子感情自是親密無間，再也不復當初打架的時候了。

兩個孩子都在娘親身邊打轉，乳母連忙拉著他們。「小祖宗你們小心一點，夫人懷了身孕，可別衝撞到了。」

且說顧母聽聞侯府之事，也慌慌張張地來找沉歡，見沉歡無礙這才放下心來。她如今日子也好過了，光是宋家當時下的聘禮就足夠她買下大宅子，再找兩個伺候的僕婦，倒也打理得井井有條。

顧父自那日摔倒成傻子且癱瘓之後，日益消瘦，成日喝酒打牌的狐朋狗友一見他發達，經常來拜訪顧家，不是借錢鬧事就是說些不陰不陽的話，變著法子攀關係。

顧母不堪其擾，又一心掛念著為顧沉白說門親事，乾脆就直接搬家到城裡，離開以前住的地方。

顧沉白讀書不行，跟著京城指揮史的展家倒是有了點發展，之前領了個職位，倒也做得踏實。如今他姊姊是侯夫人，他也跟著沾光，人人都叫他小顧爺。

「妳那死鬼父親我看是不行了，看今年熬不熬得過。」顧母牽著女兒的手仔細端詳，見她氣色紅潤，倒是鬆了口氣。

「當初他咎由自取跌了個半殘，要不是想著妳即將出嫁，要是父親死了，妳又得守孝，如此一來婚事可就耽擱了。他這混蛋耽擱得起，妳的年歲卻是耽擱不起，母親才這忍下怨氣，照顧著他。如今仁至義盡，且看他自己熬不熬得過吧！」

沉歡與顧母熱絡地說了好一會兒話，又問了弟弟沉白的諸多事宜，再叮囑著母親向弟弟傳話，讓他好好跟著京城指揮使做事，指不定以後還有大發展。

送走顧母，沉歡才坐下來歇一歇。

伺候的丫鬟連忙端來熱好的安胎藥，一邊扶著她坐下，一邊小聲提醒道：「夫人，趁熱喝了，待會兒用完飯還得小睡片刻，這幾天都顯懷了，須得好好養著。」

之前在南城，沉歡還腰肢纖細，只要不說的話，誰都看不出來她有孕在身。返京路上走了一段日子，起初有點顯懷，但是衣服遮著還好。這幾天忽然肚子明顯大了起來，衣服都遮不住了。

太夫人怕她累著，從自己的院裡撥了一個能幹的丫鬟過來幫著沉歡做事，崔氏也命人送了不少珍奇藥材過來，還送了一套頭面首飾。

那套頭面華貴異常，做工精緻，一眼就看出是京城飾品大家之手，正是當初崔氏出嫁時配戴的行頭。

沉歡知道，這是崔氏認可她了，遂命人將那套頭面小心地收藏起來。

今日崔氏陪著太夫人用飯，如心怕兩個孩子太吵，沉歡無法好好休息，便提前催著乳母，讓兩個孩子用過餐後就去午睡，這才回來陪著沉歡。

這幾年來互相扶持，沉歡早已將如心認作義妹，因此招呼著她一起過來吃飯。

如心目前在侯府管著沉歡一應財物，協助管事，倒也忙碌。

沉歡不想她委屈，拉著她的手問：「妳早已脫了奴籍，可以自由自在，若是想出去，到哪裡都可以，姊姊問妳，妳可有打算？」

沉歡其實心中捨不得她，從入侯府到離府，再到南城一路顛簸，都是如心陪著她。幾次遇險，如心都奮不顧身前來救她。

如心是個死心眼的人，沉歡心中著實放不下她。

可是放不下歸放不下，如心是個人，會有自己的想法，而今如心年齡也到了，與錢洗再度相遇，沉歡要問一問她的打算。

說到此事，如心臉紅紅的，囁囁嚅嚅半天。「姊姊，怎忽地問起此事？」

沉歡逗她。「什麼忽然問起，在南城的時候我就問了，如今妳有何打算，趕緊說給姊姊聽。」

沉歡其實早已幫如心備好嫁妝，甚是豐厚，土地、財帛俱全。若不是有錢洗這段前緣在此，她一定還會給她挑一個好的夫婿，而現在主要是看看如心的想法。

如心害羞不已，想了一下，向沉歡說：「錢洗已經跟他父親講明當年之事，他已經準備好聘禮，要去我家提親。我沒有姊姊那麼大的能耐，只想和和美美過日子，原想著也就這麼過了，沒想到他還惦記著我，一直未曾娶妻。」

錢管事在侯府當差，如今也升職了，不僅管著原本的車馬出行，還管著一些採買，這些年來還是有些家底。

錢洗腦子活泛，好幾年前就買了不少鋪面，一直做著生意，只是不肯娶妻。他父親以為他眼高於頂，看上了哪家姑娘，憋著勁攢錢，結果竟是侯夫人身邊的人。

若是如心嫁過去，肯定要操持錢家事務，聽聞錢洗還有出去做生意的打算，如心若是嫁過去，可能就會離開侯府了。

天下無不散的筵席，如心陪著她走到這裡，終是一段旅程的結束。

沉歡眼圈有點紅，握著她的手，既是為如心高興，又是不捨得。

那個總是問她意見的小丫頭也成長了，有自己的想法，要出去了。

沉歡笑中帶淚，連連點頭。「好，好！妳和錢洗能再續前緣自然是最好的，姊姊真的高興，真心為妳高興。」

如心看到沉歡的眼淚，自己說著話也哭了出來，一邊幫沉歡擦拭淚水，一邊牽著沉歡的手。

「姊姊，當年出府要不是妳極力周旋，哪有我的活路，妳永遠是我的姊姊，如心就算出去了，也會回來看妳。」

沉歡笑起來。「說什麼傻話，就算妳嫁給錢洗了，我也是妳的娘家人，看他敢不敢欺負妳！」

說完，她起身端出一個箱子遞給如心。

「妳嫁到錢家不能沒有傍身的錢，這是我在南城就為妳準備好的，妳打開看看。」

如心擦乾眼淚，她也捨不得離開沉歡，但是人總要學著自己去走，去其他地方看看。

那日錢洗來她家求娶，她就下定決心，以後的路，要自己走了。

打開盒子，裡面有許多銀票、地契還有各種首飾，如心吃了一驚，連忙推辭，將盒子遞給沉歡。「姊姊！我不要這些，這太多了！」

「不多！」沉歡推回到她手上。「那日妳騎著馬衝到洪家的人堆裡救我，我就下定決心，絕不能薄待妳。妳跟了錢洗，以後安家置業、生兒育女，花錢的地方多了去，好好拿著。」

除此之外，沉歡還準備一些綢緞、家具等嫁妝，待如心出嫁的時候，一併陪嫁過去。

如心捧著盒子，心中感動。好多年了，她從膽怯的小丫鬟走到現在，在這段旅程當中，沉歡是對她影響最深的人。

如心無法控制自己的情緒，抱著沉歡放聲大哭。

沉歡也抱著她，宣洩著內心的不捨，記憶回到剛出府的那段日子，如心幫著她揹孩子，做家務，出門打聽消息。她們去南城，一路餐風露宿，如心從無怨言。

沉歡真的太不捨了，心情激盪難安，默默地流著眼淚。

如心，她的好姊妹，要嫁人了。

兩人互相看著彼此，都破涕為笑，曾經那麼艱難的日子都走過來了，現在應該為彼此的成長而高興。

如心擦乾眼淚，怕沉歡情緒太過波動對胎兒不好，因此扶著沉歡上床，讓她午睡休息一會兒，正在幫沉歡脫衣衫，一陣腳步之聲由遠及近。

外面有人叫門，是崔氏院子裡的大丫鬟頌梅。

「夫人，老夫人命我趕緊來通知您，速速換了衣裳進宮謝恩，侯爺晉了爵，聖上親封定國公，現在要給所有女眷封誥命，傳家眷進宮呢！」

什麼？

宋衍封了一等國公爵位？

沉歡剛剛還沒擦乾的眼淚，此刻滑稽地乾在臉頰上，整個人都愣住了。

蒼天呀，趕緊換了衣裳，進宮去！

謝恩是大事，須得衣冠齊整，丫鬟們一邊忙著更衣，一邊給沉歡綰著頭髮。

如心也過來幫忙，又見沉歡催促不停，不禁勸著她。「姊姊，妳慢點，妳慢點，妳是有身子的人，若是侯爺看到，肯定又要說妳。」

錢管事早已準備好馬車，喜柱兒在旁邊候著，一邊扶著沉歡上車，一邊讓如心掀簾子。

「什麼時候的事？」沉歡問喜柱兒。

這晉爵之事竟是一點風聲都沒有。

喜柱兒回話。「今兒早上，侯爺上朝，聽聞聖上要給侯爺恢復國姓，還要封王，侯爺一口就回絕了，聖上便加封國公之位。」

待上了馬車，太夫人林氏和老夫人崔氏俱是盛裝妥當，就等著沉歡了。

太夫人慈愛，看到沉歡上車，溫聲道：「晉爵是喜事，妳莫要緊張，肚子裡的孩子要緊。」

沉歡連忙坐好，笑起來。「孫媳記下了。」

第六十二章　尾聲

一行人進了宮門，有專門的小太監領路，那小太監頗是伶俐，進門就恭喜沉歡和崔氏等人，嘴巴很甜，幾句話就把事情的來龍去脈講得一清二楚。

「幾位貴夫人大喜，侯爺護駕有功，今日聖上要給侯爺封王，還要給侯爺恢復國姓，侯爺一口就回絕了。如今侯爺晉升定國公，又為幼弟請封，聖上體恤昌海侯一脈子嗣單薄，恩封了侯爺的幼弟宋澤襲昌海侯爵位。如今宋家一門雙貴，一公一侯，這可真是恭喜諸位夫人，賀喜諸位夫人！」

太夫人聽完笑了起來。「多謝公公傳話。」

命下人給了賞錢，帶著沉歡與崔氏一同進去。

沉歡被這大餅再次砸暈，侯夫人還沒坐熱，現在就是國公夫人了？蒼天啊！

但這國姓是怎麼回事？

太夫人見沉歡一臉迷惑，解釋道：「宋家的祖輩和聖上同出一脈，宋是先祖賜下的姓氏，歷代掌著兵權，若是恢復國姓，以宗族論。」言罷她沈吟片刻。「不過容嗣想是不願意的。」

此刻朝堂之上，其餘官員早已下朝，聖上頒發晉爵詔書，與宋衍閒話幾句，待其家眷過來謝恩。

左副督御史劉大人極力控制著自己的面部表情，看了宋衍一眼，退朝之後默默上了馬車。

劉夫人早已在馬車裡等候著他，此刻見他上來，聲音發顫，淚盈於睫。「老爺，素言的兒子可是襲爵了？」

提到劉素言，這位朝堂之上氣勢凌人的老臣忍不住老淚縱橫。

「宋衍遵守當初的約定，他真的護著澤兒襲爵了。如今澤兒年幼，待年歲一到就可請封。」

宋澤，乃宋衍庶母劉素言與父親宋明所出，如今還是個幼童，其外祖父正是劉大人。

劉素言本是落水的官家貴女，被宋明所救，自請為妾，入了侯府。劉素言乃劉大人獨女，一心傾慕宋明，在宋明死後，拋下幼子，追隨而去。幼小的宋澤就被宋衍抱回崔氏的院子裡養著。

死之前，劉素言回來探望過父母，護送她回來的人，就是當時的世子宋衍。

那一天晚上，宋衍邀劉大人結盟，共伐太子，擁護成王。

劉夫人擦著眼淚。「這緊咬太子一事何等凶險，稍不留神就是萬劫不復、粉身碎骨，從你彈劾太子黨羽以來，我沒有一個晚上是睡好覺的。無數個夜晚，我夜不能寐，想著素言只留下這一丁點血脈，俱是咬牙撐著。」

如今宋澤襲爵，劉大人只覺得女兒若是泉下有知，必是歡喜的。

宋澤，終於有了未來。

劉大人拭乾眼淚，回望宮門，想到宋衍與聖上溫聲交談那一幕，心中微凜。

宋衍多年布局，步步為營，不驕不躁，逐步圍剿。

每一個時代，都有名冠天下、權傾四野的能臣，或者更準確的說是權臣。

新的時代，要來了。

其實朝堂上這兩日發生的大事，不僅僅是宋家晉爵這樣的喜事，因牽扯太子之事，崔相辭官亦是朝野大震盪，只不過幾家歡喜幾家愁罷了。

宋衍一身緋色官袍立於燭火通明的殿內，髮束金冠，長身玉立，猶如當年侯府初見，說不出的卓爾不群、風流恣肆。他黝黑的眼珠似深淵，看久了，猶如漩渦會將人頃刻間吸進去。

沉歡的呼吸都要停滯了，眼中瓊堆玉砌的宮殿都已消失，眼中只有他。

她的夫君，容嗣。

宋衍凝視著她，伸出手，等待著沉歡走向他。

從殿門到裡間，只有十幾公尺的距離，沉歡卻覺得走了很久。

她一步一步朝他走著，每一步都是他的承諾。

肌膚相貼的感覺，滾燙而炙熱，宋衍修長有力的手指將她緊緊握住，給她力量，護她成長。

「容嗣……」沉歡小聲喚他，尾音都不自覺帶著顫。

宋衍握著她的手，將她帶到自己身邊，唇角含笑。「綿綿。」

待一行人都向聖上行禮，沉歡這才見到新任帝王端坐龍椅之上。

新皇帝笑了起來，眉目溫和。「有了身孕的人就不必多禮了，朕倒是聽聞不少並州災年納糧的傳奇故事，亦知當時妳與容嗣為了推行新稻種，歷經許多周折，這加封亦是自然。」

沉歡連忙謝恩，自謙道：「都是聖上恩澤，臣婦不敢居功，這蒼天稻耐旱易活，乃是臣婦恩師徐老天的畢生心血，臣婦不才，努力推廣，盡自己綿薄之力而已。」

皇帝顯然對並州之事早已知悉，他點點頭，忽然對旁邊的大太監說：「來人！賜匾。」

賜匾？賜什麼匾？

沉歡滿臉問號。

宋衍捏了下沉歡的手，附耳小聲對她說：「聖上准了妳繼續推廣新稻種，要妳將蒼天稻普及到全大律。」

沉歡面上一喜。「真的？」

片刻之後，只見一個木匾抬了出來，紅綢揭開，上面有皇帝親書的五個鎏金大字：天下第一糧。

「蒼天稻護蒼生，待妳生育休養之後，這新稻種，就繼續推廣到大律諸州吧！讓百姓能吃飽飯是大事，朕剛登大典，願與民積福。」

沉歡撫摸著那匾額，心中百感交集，喃喃道：「此匾我想將它獻給我故去的恩師徐老天，這份榮譽，應該屬於他。」

皇帝對徐老天之事亦有耳聞，為了嘉獎他在並州的貢獻，追封了一個「大律稻聖」的榮譽稱號。

追封完畢，他又轉頭對宋衍說話，語氣甚是親厚。「定國公對朕有屢次救命之恩，他的家眷自然是受得起。」

聖上賜匾雖不是具體的金銀珠寶，卻是大恩賜，其價值和意義媲美殊勛稱號，褒獎沉歡在並州抗災中所做的貢獻。

太夫人面帶激動，連崔氏亦有動容，帶著沉歡連忙向皇帝謝恩。

沉歡沒想到聖上竟會支持推廣蒼天稻，心中感謝。「臣婦定謹遵聖命。」

她答應過徐老天，要為他完成遺願，這件事她一定能做好。

皇帝又說了幾句寬慰的話，這才算是全了聖恩，慰問功臣家眷。

本次恩蔭的是宋衍的妻子及母親，封的是一品誥命夫人。

沉歡沒想到自己有一天在品級上竟能和崔氏平起平坐。

其實豈止是崔氏，在整個大律，她都是最年輕的一品誥命夫人，在命婦中，也是拔尖的了。

事實上，整個大律封爵亦分等級，國公也分一等公、二等公，而定國公則是一等公世襲爵位，昌海侯也是一等侯世襲爵位，如今宋家一門雙貴，也是大律罕見。

宋家不分家，旁支都尊宋衍為家主，計劃在昌海侯府邸的旁邊，劃出一大片土地修建定國公府邸，兩個府邸都由沉歡掌管。

從宮中回來之後，沉歡猶如還在夢中。

宮裡又賜下黃金、白銀、錦緞、絲綢等恩賜品，如流水般搬往侯府，府裡下人們忙上忙下，好不熱鬧。

沉歡愣愣地站在外面，看著這一切，感覺不真實。

同一時刻的皇宮裡，皇帝又留宋衍說了一會兒話，這才散了。

待宋衍出了宮門，皇帝才回到自己的寢殿拿出那份藏好的先王遺詔，小聲對那遺詔說：「父皇，你說容嗣心機深沈，可兒臣只看見他屢次捨身相救，盡心盡力輔佐兒臣。若是沒有容嗣，幾年前兒臣就死了。若不是他自請奪爵，遠赴南城，又怎能在屢次試探中讓你看清太子的狠辣？

「父皇，你說容嗣若是接了封王復姓之事，立刻斬殺他於大殿之上，可是你看錯了，容嗣一口就回絕了，他絕沒有不臣之心。」

說完這些話，他將那道遺詔點燃，火苗飛舞，很快就吞噬了全部。

「父皇，你放心吧，我會守著大律，讓百姓安居樂業的。」

待火苗徹底吞噬乾淨了那道遺詔，皇帝才整了整衣衫，喚來宮人伺候他歇息。

此時的崔家卻是另一番場景，眾族人匍匐在地，痛哭不止。

崔簡嘆氣。「崔家已經折掉幾位大將，斷了我的左臂右膀，不能在他手裡折掉更多的族人了。」

崔簡辭官，崔相出內閣，這是崔家的決策。

他早就看出太子非良主，是他自己一意孤行，雖然看出皇帝的動搖，卻還是遵循師父崔入淵的遺囑，輔助太子上位，對皇后忠誠。

現在到了該退的時候了，此時若不退，以後退無可退。

眾人流淚不止。

陸家如今手握內閣權柄，是最炙手可熱的重臣。

陸閣老立於窗前，卻並沒有想像中的高興。

「你選了宋家那個小子，置家族安危於不顧，如今成王上位，要是太子不落馬，陸家可沒有崔家那麼會護著族人。」

陸麒已經入閣，是大律最年輕的重臣之一。

陸閣老想到那日仍是心有餘悸。「說吧，活死人三年不醒，當年宋衍究竟是怎麼布這個局？」

陸麒原本想嬉笑糊弄一下祖父，見他神色嚴峻，知道今天跑不了，只得將燭火撥得亮一點，眸色轉深，將多年前之事娓娓道來。

「我奪了狀元，他探花及第，我二人共赴宮中宴飲，宋衍看出聖上最大的心結——太子過於狠辣，恐自己死後子嗣被屠。」

陸閣老亦有所思。「但是太子也有才能，所以聖上很是猶豫？」

「對。」陸麒直言不諱。「此時最可能接替的人自然是成王，成王治世能力雖不如太子，但是性格仁善、正直，適合守成，可是……」

「可是如果成王要繼位，第一件事情就是要打散內閣崔家的勢力，為成王肅清道路，可是如此？」

陸麒笑起來，真是什麼都瞞不過自己的祖父，泥菩薩多年，照樣一清二楚。

宋衍探花及第，聖上親封翰林院編修，之後會用更快的速度，拉他進中極閣任學士，打散內閣配置。

宋衍發現聖上牽制文官集團的決心，所以才有後面不走勛貴恩蔭路，文臣入朝的事情。

帝心難測，玩弄群臣於鼓掌之間，普天之下，只有三個人洞若觀火，真正看清他的用心。

這三個人，一個是皇帝的結髮枕邊人鄭皇后，一個是崔家的幕後掌權者崔簡，時任朝廷不起眼御史小官，另外一個就是年輕的勛貴探花宋衍。

「勳貴不入翰林，這是不成文的規矩，前腳我進了，立刻就有人上書要我尚公主，聖上後腳就拉了宋衍進去，既是找顆棋子集火，也是試探群臣反應。」

前後一推測，陸閣老心中了然。「可是前朝沒動手，後宮動手了？」

陸麒點點頭。

杏林初宴上，覺察聖上動搖之心的太子生母鄭皇后，不願夜長夢多，打算借刀殺人，企圖毒殺成王，嫁禍給皇帝之弟宗王李坤。畢竟李坤的母親與成王的母親早有夙怨，三言兩語道不清。

崔簡當日識破動機，恐皇后手段被查，引起懷疑，於是中間使了絆子，將那杯毒酒掉包給成王的侍女。

成王侍女鴆毒殺主，就看大理寺怎麼判了。

正在暗潮湧動之際，恰逢那日成王知昌海侯宋明喜愛「飛鸞酒」，所以命侍女先給宋明斟酒。

如此一來二去，這杯毒酒就到了宋明跟前。

這樣也好，剛好一舉拔除宋家的兵部勢力。

天子眼前鴆毒，何況成王與他無冤無仇，宋明毫不懷疑，端起酒杯。

此時，新任探花郎宋衍說話了。

「諸位乾喝無趣，不如曲水流觴或是行個酒令。」

一句曲水流觴行酒令，那酒杯在各方角力之下，又再度轉到什麼都不知道的成王面前。

皇后那日溫聲催促。「這酒到了成王面前，自然是要喝的。」

行酒令，聖上也參與了，哈哈一笑，贊同道：「自是該喝的。」

聖上都發話了，那成王也只有喝了。

成王會喝嗎？

各方勢力屏息以待。

此時宋衍站了起來，笑道：「好酒配名士，今日探花宴，我是探花郎，這酒就請聖上賜給容嗣喝吧。」

言畢，他接過成王的杯子，仰頭一飲而盡。
杏花宴就此生變，硬生生破局。
聖上疑心太子鴆毒成王，之後屢次試探，成王躲過一劫，順勢得利。
至於宋衍究竟以何方法保得性命，那只有他自己最清楚了。
此後醒來的宋衍，以宋家爵位及自己性命為賭注，與聖上進行一場沒有挑明的豪賭。後續天災、徵糧、查案、私兵事件，在一次一次的試探中，更加暴露太子涼薄的天性。
直到太子對聖上的動搖再也不能忍耐，真正動手設伏篡位。
陸麒聲音堅定。「成王是良主，我要輔助他成就太平盛世。」
陸閣老聽完一聲長嘆，良久無言。
不管曾經多麼波濤洶湧，成王敗寇之後，都是過去式了。

此時已是傍晚，天色濛濛黑，外面起了風，宋衍獨自從宮門出來，風把他總是一絲不苟的頭髮吹得凌亂。
他臉色平靜，步履從容，脊背挺直，一步一步走向馬車，沒有回望宮門。
宋衍做事，從不回頭。
一直等待著宋衍回來的沉歡，此時望著院子裡忙上忙下的諸多僕從，一陣恍惚。她立於院內，回望昌海侯府那道朱紅色的巍峨厚重大門，一切似乎都沒變，侯府門口那兩個石獅子仍如從前一樣。

一切似乎又變了，她的身分、心態乃至未來，都變了。

她曾從偏門離開，如今從正門回來。她曾驚嘆於侯府的富麗堂皇，也曾懼怕它的束縛與牢籠。

似乎心有所感，沉歡慢步走到大門前，用手指頭輕輕撫摸過大門上銅鎏金的獸首拉環。

「我竟然回來了。」

到此刻，沉歡才有時間真正整理心情，接受自己回到侯府的事實。

宅門之外曾是她的嚮往，她出去過，感受過，如今再次回到宅門之內，她將以宗婦身分挑起大梁。

亂府之後，侯府滿目瘡痍，一片混亂，如今在她的打理下，又恢復往日的恭肅嚴整，雄偉壯麗。

小哥兒和小姊兒從後院跑出來，好奇地看著流水般的賞賜充入庫中。小孩子什麼都不知道，拿著玉如意當玩具，驚得乳母連聲叫喚。

他們以後，一個是定國公府世子，一個定國公府嫡長女，身分尊貴，前途光明。

正想得入神，一隻修長有力的大手，從後面包裹住沉歡的手指。

與大殿之上一樣炙熱、有力，指腹薄薄的繭子摩擦著她的皮膚，傳遞著主人的占有慾。

沉歡知道，是宋衍回來了。

「不要害怕。」宋衍握緊她的手，擁著她站在院中。

「容嗣。」沉歡的心只要一見到宋衍就變得安定。

她輕輕撫摸著肚子，還有孩子即將降生，一切都昭示著新的希望。

「娘親！爹爹！」小姊兒看到父母，高興地跑了過來。

小哥兒看妹妹跑，也跟著跑起來，一是護著她，二是看到父母也歡喜。

宋衍緊握沉歡的手，與她並肩而行。「我說過，宅門不會是妳的圍城。」

沉歡凝視著他笑了起來，發自內心的愉悅，滿足。

行走世間，尋一個自我。

萬水千山，道一聲安寧。

沉歡知道，宅門不會是她的圍城，而是她需要重建的家園。

番外　雙胎

當初有孕在南城請過一回郎中，回了京城之後雜事煩擾，沉歡也沒太在意，如今這肚子委實有點大，於是又從宮裡請了太醫過來。

見太醫皺眉不語，沉歡有點緊張，連旁邊的宋衍都站了起來。

「可有不妥？」宋衍眉頭蹙了起來。

沉歡此時也忽然緊張起來。懷上這個孩子以來，她就沒什麼感覺，吃飯睡覺就跟沒懷時一樣。

中間復爵一路回京，接著又經歷亂府一事，除了那日腹部一陣緊縮疼痛，倒沒有其他感覺。

只是肚子過了五個月之後忽然大了起來，崔氏擔心孩子過大不好生，催著請太醫過來看看。

宋衍也覺得沉歡的肚子大了一點，此刻略沈著臉盯著太醫，等著他的答覆。

太醫拭了下額頭因緊張而冒的汗滴。今日問診，定國公宋衍也在，真是讓人莫名緊張。被他這樣一盯著，本來確定的事情都莫名開始擔心是不是診斷不準確了。

但是如今都五個月了，應是十之八九。

「據聞夫人之前生的是龍鳳雙胎，這胎我反覆確認，仍是雙胎。」

聽完太醫的話，沉歡瞪大眼睛。「雙胎？」

「對，所以夫人這肚子比一般孕婦要大一些。」太醫回答沉歡。

「可是確定？」宋衍也有點驚訝，他原本擔心胎兒過大不好生產，沒想到竟然是雙胎。

「如今都五個多月了，正是胎兒發育的時候，所以肚子大得快一些，我開些滋補的藥物，雙胎生產之時頗是凶險，夫人還是注意些好。」

說完，太醫開始提筆替沉歡開保胎的湯藥。

宋衍此時臉色卻不好看。

沉歡摸著肚子，還在震驚狀態。

母親生了她和沉白是龍鳳胎，她後來第一胎生了小哥兒和小姊兒也是龍鳳胎，這次懷孕難道也是龍鳳胎？

但是為什麼宋衍面露不喜？

沉歡有點委屈，宋衍完全看不出高興的樣子。

「你為什麼這個樣子，你不高興嗎？」沉歡委屈，她懷著兩個本來就辛苦，宋衍還這個表情。

「是挺不高興的。」宋衍直言不諱。

沉歡立刻垮下臉生氣了，轉頭不去看他。

宋衍走過來坐到床邊，牽起她的手，捏著沉歡的下巴將她的臉轉過來，見她一臉委屈，笑起來。「雙胎生產之時凶險，我是擔心妳。」

沉歡扁嘴。「再凶險上次還不是經歷過了。」

宋衍溫熱的手掌貼在沉歡圓圓的肚皮上，那孩子竟然踢了他一下。

沉歡一笑。「你看，孩子都抗議爹爹了。」

宋衍寵溺地彈了一下她的額頭。「盡是胡謅。」說罷臉色一整。「明天就要按太醫的要求準時服藥，不可像在南城一樣懶散。」

宋衍一錘定音。

剛剛太醫也說了，要防著胎兒過大的生產風險。

懷孕後女人的性子都要嬌一些，沉歡被宋衍哄了好一陣子終於肯聽話了。

待宋衍上朝之後，沉歡躺在床上回憶起上次生產時的場景，終於開始心裡發怵了。之前根本沒想這些事情，忙這忙那的也無所謂，反倒自在。如今養在府裡，一想到當日生產之痛，沉歡就頭皮發麻，午睡起來還是心中害怕。

就這樣肚子一路如吹氣球般到了八個多月。

這八個多月裡，宋衍過得像和尚，沉歡有時候看著宋衍都懷疑他是不是沒有需求。可是她大著肚子，用膳、走路都行動不便，更別提夫妻之事了，頂多兩人纏綿悱惻地吻一下，但是宋衍都適可而止，讓沉歡很不好意思。

而且肚子越大她越害怕，唯一老實的地方就是準時喝了太醫的安胎藥。

這多虧宋衍盯得緊，只要定國公臉一沈，沉歡最終都老老實實地喝完了。

封嬤嬤無語。「夫人，女人都是要走這一遭的，您莫要想東想西。」

很快就到了要臨盆的時候。

雙胎都多早產，懷不足月，沉歡這日正在喝湯，忽然就肚子疼痛起來。

府裡頓時驚慌失措，請國公爺回來的人趕緊去朝廷，喊穩婆的趕緊喊穩婆，幻言和幻娟如今都是服侍沉歡的人，扶著沉歡往產房裡去。

沉歡緊張得要死。

天啊，要生了，怎麼辦？上次太痛了，她都以為自己熬不過。

所謂痛苦的記憶反而記得很清楚，沉歡比上次什麼都不懂的時候緊張一萬倍，一直問：「國公爺回來了嗎？容嗣回來了嗎？」

封嬤嬤捏著沉歡的手。「夫人，這女人生孩子靠的是自己，國公爺就算回來也幫不上什麼忙，反而大家緊張，您要穩住啊。」

沉歡穩不住，她還是緊張。

陣痛很快就來了，沉歡開始大叫。

然而……

雖然很痛，好像也不是不能接受。

沉歡又不停地問穩婆。「會不會生很久？還會痛多久？」

穩婆是城裡最好的，經驗豐富。「夫人，您是二胎了，應該還好，別自己嚇唬自己。」

就這樣，沉歡以為很痛，但是，咦？好像還可以忍受。

以為還會繼續痛，但是，咦？好像停了。

下一波痛，繼續！

沉歡以為會經歷很久，心中萬分緊張，沒想到在經歷幾波陣痛之後，肚子一鬆，就聽見穩婆大喜地叫喚一聲。「生了、生了！是個姊兒！」

沉歡心中一鬆，姊兒也行，橫豎都是自己的。

穩婆接著又喊：「又出來一個，是個哥兒！」

果然又是龍鳳胎，別人一胎一個，她一胎得倆。

崔氏和太夫人都比沉歡激動。

四個了！家裡一共加起來就有四個孩子了！

僕從們多了小主子，都來道喜，沉歡的院子外面擠得水洩不通。這和當年生產相比，真是一個在天，一個在地，形成鮮明對比。

「國公爺回來了！」

只見宋衍不懼血腥味，簾子一掀，就進來了。

沉歡沒了力氣，但是精神還好，覺得自己這胎比之前輕鬆多了。

宋衍抱著那兩個皺巴巴的孩子，面色溫柔。「綿綿，謝謝妳。」

下人們都歡天喜地，乳母很快抱著孩子出去餵奶。

宋衍吻了一下沉歡的手指，吩咐人好好伺候夫人坐月子。

沉歡心中感動，夫君連坐月子這樣的事情都安排得甚是妥當，自己只要安心吃好，睡好就行了。

待月子一坐滿，太醫自然是要來問診，沉歡不明所以，以為身體又有不妥，因為她看到宋衍將太醫叫出去單獨說話。

沉歡也緊張起來，難道身體有什麼不對勁？

待送走太醫，沉歡晚上照例沐浴更衣，坐在鏡子前梳頭髮。

這次生產之後，倒是豐腴一些，她瞧著鏡子中的自己，嬌豔如花。

正想得出神，忽然被人打橫抱起來。

沉歡尖叫出聲，毫無準備。

「容嗣。」嚇死她了。

宋衍將她一把抱到床上，解她的衣服帶子。「不是懷疑夫君是和尚嗎？今天問過太醫了，妳身子已恢復，可以行這夫妻之事了。」

等、等等。

沉歡一下就臉紅了，由於嘴巴被堵住，剩餘的話語全淹沒在喉嚨裡。

平日裡清心寡慾的夫君他就是裝的！

——全書完

結髮為夫妻，恩愛兩不疑／灩灩清泉

2021年4月出版

大四喜

她將他當成了弟弟般照顧，甚至拿出稀世藥膏治他的臉傷，
一開始他也確實將她當成姊姊般，雖然兩人只差幾個月，
可聽見媒婆說了些條件差的男子給她時，他極憤怒，
得知外貌、才幹、家世都頗佳的人對她有意後，他仍是不悅，
思來想去，自己怕是對她情根深種了，才覺天下男子都不配啊！

文創風 949 1

許蘭因擁有能聽見別人「內心話」的特殊能力——聽心術，
由於這樣，她每次相親總因聽見了對方內心的差勁想法而從未成功過，
某日又相親失敗後，她走在路上，突然一腳踩空，再醒來竟然穿書了？!
這兒是大名朝，皇帝姓劉不姓朱，而她是僅剩一個多月生命可活的負評女配！
呵，老天爺是在整她吧？既然回不去原本的世界，那她當然得想辦法活下去，
根據她腦中接收到的資訊，這女配跟她同名同姓，家中有寡母及兩個弟弟，
重點來了，她還有個自小就訂下婚約、長相俊俏又有功名在身的古姓未婚夫，
但按原書設定，他中舉後不久她就要溺斃了，根本來不及當舉人娘子享福啊！

文創風 950 2

錯把古渣男當良人，原主許蘭因就是個愛到無藥可醫的傻棒槌無誤啊！
雖然她平時很勤奮工作又會做事，但攢下的錢全獻給了未來夫家，
這還不夠，古家母子倆甚至攛掇著她偷賣家中田地，拿錢供他們花用，
結果，不僅娘親氣得許久不跟她說話，就連兩個弟弟也煩她、厭她了，
如今她沒了利用價值，古家還打算暗地裡壞她名聲甚至害死她好另娶他人，
幸好自己不是原主那個癡情小傻瓜，早知他的真面目並成功退親保住小命，
當前最要緊的，就是趕快想辦法把之前被原主敗光的錢掙回來，
畢竟這個家窮得連頓像樣的飯都沒，娘親和幼弟還一身病，樣樣都要錢呀！

文創風 951 3

黑根草，簡單地說就是每六十年才會出現一次的神奇藥草，
原主因為鼻子特別好使，曾誤打誤撞地在山裡挖出了兩棵，
就這麼巧，聞名天下的老神醫遍尋不著它卻又急需它，
所以當場以僅有的一錠銀角子、一塊刻了字的神祕小木牌及一盒藥膏買走，
據老神醫說，藥膏既能讓皮膚又白又細還能治疤，省著用放二、三十年也不會壞，
偏偏原主不信這話，隨手丟在家中，幸好許蘭因翻箱倒櫃尋了出來，
都說老神醫有三寶，其中一寶就是這個能去疤生肌的如玉生肌膏，
但話說回來，當初老神醫跟她換還覺得她虧了，可見那黑根草更是珍寶吧？

文創風 952 4 完

尋覓黑根草期間，她先是跌落獵人設的陷阱中，命懸一線時被那個叫趙無的男子所救，
後來她又碰巧救了被親戚謀害推下崖的他，並在現場發現了心心念念的黑根草，
算他幸運，雖然那張俊臉摔出不少傷痕，還被老鷹啄出兩個洞，變得血肉模糊，
但不怕，她手裡有如玉生肌膏啊，保證還他一張比之前加倍俊美的臉！
傷癒後，這傢伙卻老愛在她耳邊唸叨著：若她因退親一事而嫁不出去，他願意娶她，
本來她是不當一回事的，可不知是否被他洗腦了，她竟也覺得嫁他似乎不賴，
而且，他還意外救了她「失蹤多年」的爹爹一命，是他們許家的恩人啊！
兩人互救相許、天價賣掉黑根草、父親生還大團圓，這許是她的人生四大喜吧？

文創風
972

時來孕轉當正妻 3 完

國家圖書館出版品預行編目資料

時來孕轉當正妻 / 景丘著. --
初版. -- 臺北市 : 狗屋出版社有限公司, 2021.07
冊 ; 公分. --（文創風 ; 970-972）
ISBN 978-986-509-229-0（第3冊 : 平裝）. --

857.7　　110009496

著作者　景丘
編輯　黃鈺菁
校對　沈毓萍
發行所　狗屋出版社有限公司
地址　台北市104中山區龍江路71巷15號1樓
電話　02-2776-5889～0
發行字號　局版台業字845號
法律顧問　蕭雄淋律師
總經銷　知遠文化事業有限公司
電話　02-2664-8800
初版　2021年7月
國際書碼　ISBN-13　978-986-509-229-0

本著作物由北京晉江原創網絡科技有限公司授權出版

定價260元
狗屋劃撥帳號：19001626
網址：love.doghouse.com.tw　E-mail：love@doghouse.com.tw